中国小小说名家档案

# 长大了俺都嫁给你

刘志学◎著

吉林出版集团股份有限公司

总 策 划：尚振山
策划编辑：东　方
责任编辑：张晓华　韩　笑
封面设计：三棵树
版式设计：麒麟书香

**图书在版编目（CIP）数据**

　　长大了俺都嫁给你/刘志学著．—长春：吉林出版集团
股份有限公司，2010.4
　　（中国小小说名家档案）

　　ISBN 978 - 7 - 5463 - 2855 - 3

　　Ⅰ.①长…　Ⅱ.①刘…　Ⅲ.①小小说 - 作品集 -
中国 - 当代　Ⅳ.①I247.8

　　中国版本图书馆 CIP 数据核字（2010）第 069625 号

书　　名：长大了俺都嫁给你
著　　者：刘志学
开　　本：710 mm×1092 mm　1/16
印　　张：15.5
版　　次：2010 年 5 月第 1 版
印　　次：2017 年 6 月第 2 次印刷
出　　版：吉林出版集团股份有限公司
发　　行：北京吉版图书有限责任公司
地　　址：北京市西城区椿树园 15-18 号底商 A222
　　　　　邮编：100052
电　　话：总编办：010-63109269
　　　　　发行部：010-63104979
印　　刷：北京一鑫印务有限责任公司
书　　号：ISBN 978 - 7 - 5463 - 2855 - 3
定　　价：30.00 元

# 一种文体和一个作家群体的崛起

## ——《中国小小说名家档案》序

最近几年，由于工作的关系，我开始接触并关注小小说文体和小小说作家作品。在我的印象中，小小说是一种非常古老的文体，它的源起可以追溯到《山海经》《世说新语》《搜神记》等古代典籍。可我又觉得，小小说更是一种年轻的文体，它从上世纪80年代发轫，历经90年代的探索、新世纪的发展，再到近几年的渐趋成熟，这个过程正好与我国改革开放的30年同步。我觉得这是一个非常有意义和非常有意思的文化现象，而且这种现象昭示着小说繁荣的又一个独特景观正在向我们走来。

首先，小小说是一种顺应历史潮流、符合读者需要、很有大众亲和力的文体。它篇幅短小，制式灵活，内容上贴近现实、贴近生活、贴近群众，有着非常鲜明的时代气息，所以为广大读者喜闻乐见。因此，历经20年已枝繁叶茂的小小说，也被国内外文学评论家当做"话题"和"现象"列为研究课题。

其次，小小说有着自己不可替代的艺术魅力。小小说最大的特点是"小"，因此有人称之为"螺丝壳里做道场"，也有人称之为"戴着镣铐的舞蹈"，这些说法都集中体现了小小说的艺术特点，在于以滴水见太阳，以平常映照博大，以最小的篇幅容纳最大的思想，给阅读者认识社会、认识自然、认识他人、认识自我提供另一种可能。

还有非常重要的一点，小小说文体之所以能够迅速崛起，离不开文坛有识之士的推波助澜，离不开广大报刊的倡导规范，离不开编辑家的悉心栽培和评论家的批评关注，也离不开成千上万作家们的辛勤耕耘和至少两代读者的喜爱与支持。正因为有方方面面的共同努力形成"合力"，小小说才得以在夹缝中求生存、在逆境中谋发展。

特别是2005年以来，小小说领域举办了很多有影响力的活动，出版了不少"两个效益"俱佳的图书，也推出了一批有代表性的作家和标志性的作品。今年3月初，中国作家协会出台了最新修订的《鲁迅文学奖评奖条例》，正式明确小小说文体将以文集的形式纳入第五届鲁迅文学奖短篇小说奖的评奖。而且更有一件值得我们为小小说兴旺发展前景期待的事：在迅速崛起的新媒体业态中，小小说已开始在"手机阅读"的洪潮中担当着极为重要的"源头活水"，这一点的未来景况也许我们谁也无法想象出来。总之，小小说的前景充满了光耀。

在这样的历史背景下，《中国小小说名家档案》的出版就显得别有意义。这套书阵容强大，内容丰富，风格多样，由100个当代小小说作家一人一册的单行本组成，不愧为一个以"打造文体、推崇作家、推出精品"为宗旨的小小说系统工程。我相信它的出版对于激励小小说作家的创作，推动小小说创作的进步；对于促进小小说文体的推广和传播，引导小小说作家、作品走向市场；对于丰富广大文学读者特别是青少年读者的人文精神世界，提升文学素养，提高写作能力；对于进一步繁荣社会主义文化市场，弘扬社会主义先进文化有着不可估量的积极作用。

最后，希望通过广大作家、编辑家、评论家和出版家的不断努力，中国文坛能出更多的小小说名家、大家，出更多的小小说经典作品，出更多受市场欢迎的小小说作品集。让我们一起期待一种文体和一个作家群体的崛起！


　　　　　　　中国作家协会党组成员、书记处书记
　　　　　　　　　　中国作家协会副主席　　　何建明
　　　　　　　中国作家出版集团管委会主任

# 目　录

## ■ 病象面具·夜的眼

## 风烟故乡·骑河镇

## ▉ 近作二十·在远方

## ▉ 作品评论

## ■ 创作心得

## ■ 创作年表

# 欠就欠着呗

均延是那种说话极随便的人。说话极随便的人也极易欠债。

均延刚调到杂志社不到一个月，就"欠"了叶子一顿饭。叶子是编辑部仅有的一位姑娘，人漂亮得用社长的话说：我们的刊物封面每期都上她的照片读者都不会烦。

均延那张嘴巴整天纵横四海，雄盖古今，于是他就无意中就"欠"了叶子一顿饭。

"你早就说请我吃饭，啥时候兑现？"

"均延，你别海吹了，你还欠本小姐一顿饭呢。"

"一顿饭都不兑现，你还算个男人？"

"……"

这类话成了均延每次侃兴正浓时，叶子向他发难的"冷水"，总浇得均延以下的这句话声音低了八度——

"欠就欠着呗。"

均延吹牛有水准，工作也没说的。他没来时这本杂志办得举步维艰，一些人所共识的弊端大家早都心中有数，可就是没人敢在社领导面前提。均延刚来不到半年，就在编务会议上无数次地"击中要害"，弄得社领导很没脾气，只好按他的办。没想到杂志按均延的意见改版后出了几期，反响极大，正好又赶上是来年的征订工作开始之前动的"手术"。因此，发行部通报了第二年的订数后，社长笑了，笑得很灿烂——发行量飙升了两倍多！

女孩子一般对做了爸爸的男人都比较友好，这回，叶子更是对均延刮目相看了。

为此，社里发给均延 5000 元的"合理化建议奖"。先前均延因刚调来省城，儿子上学、老婆就业、住房吃饭，一大堆事儿弄得他整天在吹牛之余焦头烂额。如今大半年过去，生活安定了，均延又得了这笔"外财"，囊中有物精神旺，再说均延也不是那种"吹"了不算数的人，于是，这下轮到均延撵着叶子说"事儿"了：

"叶子，别整天下眼瞧你哥哥，不就一顿饭么？兑现！"

"地方随你点，今天我非请你一顿不可。"

"男子汉大丈夫岂能说了不算？欠你这顿饭，我请定了！"

……

均延追着叶子"还"债，叶子却吊起了他的胃口，每次都笑眯眯地说——

"欠就欠着呗。"

几乎每天工作之余两人都有同样的谈话内容，渐渐地，均延坐不住了，向叶子说了无数回的"欠饭还请，天经地义"不见奏效之后，便发动编辑部的同仁当说客，动员叶子"配合"他履行诺言。编辑部的男同胞们本来就对叶子平时在均延面前低眉顺眼的温柔酸溜溜的，这回纷纷一脸坏笑地要求：做工作可以，请客！

均延便请客。

均延的 5000 元奖金快请完了，也没请到叶子——男同仁们头天晚上吃了请，第二天全害健忘症。叶子在每天替均延擦桌子、沏茶水之余，依旧是那句话——

"欠就欠着呗。"

两三个月过去了，均延被这事儿闹得有点儿食不甘味、夜不安寝了。这天，他找到社长，像当初提"合理化建议"那样，把他的苦衷倒了个一干二净，末了，要求社长对叶子下达一项工作任务：配合均延兑现诺言！

社长神情专注地听完之后，"扑哧"一笑说："我以为啥大不了的事儿呢，不就一句戏言嘛。好好好！我这就给叶子说。"

均延临出门，社长又漫不经心地说："老弟，你追着一个女孩子请吃饭，可得注意影响哟！"

刚刚松了一口气儿的均延听了这话心里一紧。

社长下了指示，叶子只得从命。当天晚上，均延如愿以偿。

然而，那顿饭均延吃得特没滋味。第二天，叶子头一回没给他擦桌子、沏茶水……

# 大　鞋

老 K 和小 P 供职一家合资公司，两人一直是相处融洽的同事。

一次搓麻将，小 P 的手气特臭，老 K 的手气却特好。于是，一宿下来，小 P 山穷水尽，而老 K 却战果辉煌，最难堪的是临散摊儿，小 P 因还不上老 K 的 30 元赌债而被逼着学了三声驴叫。小 P 对此耿耿于怀，发誓要报这"胯下之辱"。

小 P 赌场失意，官场却得意，不久即被提升为办公室主任，于是，老 K 的日子开始不好过了。

海外发来了集装箱，小 P 立即吩咐："老 K，你跑一趟海关。"

老 K 乐呵呵地去了，临办手续才想起忘了带公章。打电话到公司，小 P 在那头呵斥："操的什么心？没人给你送，自己过来取吧！"他忙不迭地折回公司，小 P 却不知去向。没有办公室主任的用印签字，他就绝不可能把公章带出公司，当然也就办不成事。拖了两天，小 P 训斥老 K："简直是头猪，这点儿小事都办不成！"老 K 照旧乐呵呵地东颠西跑，似乎小 P 训的是他坐的那张椅子而不是他老 K。

公司要与老外吃官司，小 P 照旧把这根难啃的骨头扔给老 K。老 K 二话没说，请律师、理材料，一头扎了进去，硬是把玄乎八分要打输的官司给翻了个儿。于是，公司险些要白白损失掉的一大笔外汇竟让他一个人给保住了，连老外都伸出毛茸茸的大拇指连呼："OK！佩服！"

公司里谁都明白小 P 在给老 K 穿"小鞋"。可老 K 却像浑然不知，依然固我，照旧整天乐呵呵的，董事长却在一次中层干部工作会议上突然宣布老 K 荣任总经理助理。

老 K 连连推辞："不不！我……实在不能胜任，还是……"

没等老 K 说完，董事长就掷地有声："我看准的人不会走眼儿，就这样定了。明天你随总经理飞海口！"

飞海口？小 P 心里乐了：这小子有好果子吃啦！海口的分公司刚组建，人生地疏，总经理野心勃勃却志大才疏，看你小子还乐得起来？

于是，在公司与海口的业务流程中，小 P 照例又给老 K 奉送了几双"小鞋"，让他忙了个焦头烂额，在电话里却幸灾乐祸："咋样？助理先生，海口美女如云，潇洒吧？"

电话那头，老 K 依然乐呵呵的："凑合能过……"

三个月后，董事长宣布：鉴于老 K 在海口分公司的组建当中业绩卓著，经考察具备一个总经理的领导能力，经董事会研究决定，由老 K 接任总经理！

还没等小 P 回过神儿来，一张盖着公司大印的老 K 的聘任书，就发到了他手上。

公司上下的人都思忖：这回轮到老 K 给小 P 穿"小鞋"了。

谁知，老 K 上任后，在第一次总经理办公会议上就把小 P 大大地夸奖了一番，说他年轻有为，在具体工作的管理方面能力非凡、出类拔萃云云；乐呵呵地叮嘱小 P 在干好本职工作之外，兼负责公司的人事管理及年终决算分红；并且以后诸如公司的车辆调配、办公用具的发放等等，无小 P 签字批准，均不得办理。

公司上下的人们都感到新的总经理真是大仁大量、高风亮节。小 P 以前对老 K 的那套"小鞋"做法，简直是瞎了狗眼！

私下里，老 K 又把小 P 请进了一家酒店。吃饭时老 K 拍着小 P 的肩头说："老弟，我如今是鸭子上架啦。咱哥儿俩可是几年的同事加朋友，你可得帮我一把哟！"小 P 本来一喝酒脸就发红，听了这话简直变成了猪肝。他抹着眼泪说："我以前真他妈的吃错了药。老兄宰相肚里跑骆驼，不忌恨我给你穿的'小鞋'，小弟就……"老 K 一挥手："哪里话？我可没认为你以前是在跟我过不去。来来来，喝酒喝酒，不提这些，不提这些……"

自此以后，小 P 鞍前马后，披星戴月，玩儿命地干，使得本来就患了肝炎的身子骨两个多月下来瘦掉了十几斤。

老 K 见了小 P 照旧乐呵呵的，每次开会都盛赞小 P 业绩优异，能力非凡；公司缺他老 K 可，无小 P 则大厦将倾！又号召全公司的人都以小 P 为楷模，学习他的敬业精神，并报请董事会同意，提升他为副总经理，还发了 1 万元奖金。小 P 感激涕零，士为知己者死，他工作起来，简直变成了一台疯狂的机器。渐渐地，他的脸色发乌了，嘴唇也黑青黑青，瘦骨怜怜的四肢撑起了一个挺得像身怀六甲的大肚子。

终于，在春暖花开的芬芳里，小 P 躺到了医院的病床上。医生扒下白惨惨的大口罩对前去探视的人说："怎么搞的？人都成这样了才来治，劳累过度，又没及时治疗，致使病情延误得……"

全公司的人都落了泪！

小 P 的追悼会上，总经理老 K 涕泪齐流地致完悼词，驱车就赶回了家里，屁股没挨沙发就冲老婆喊："快快，炒几个菜，我要痛痛快快地喝！"

老 K 老婆一甩手："吃午饭早着呢，猴急个啥？"

老 K 咬牙切齿地从嘴里挤出一句话："嘿嘿！今儿个我高兴……"

# 古 砚

丁一未届而立，其书学造诣已在古城闻名遐迩。

在书协举办的"黄河风"书法大赛获奖作品展览会上，一位须发皆白、仙风道骨的老者初见丁一的作品，便目光一亮，连呼："妙，妙啊！运笔老辣、结体险奇，章法出神入化，韵味古朴中透着玲珑、老拙中含着奇趣啊。"当他得知作者是一位年轻人时，连说："后生可畏，后生可畏！"

老者惊喜之余，便拉着丁一的手切磋书艺。丁一也觉得眼前这位老先生虽说眼生，但一定是书学前辈，因此毕恭毕敬。

当老者听说丁一至今仍用砚台磨墨时，大为惊奇。眼下，人们的时间观念越来越强，谁还去慢腾腾地磨墨？眼前这位年轻人能承袭古风，无视现成的"一得阁"墨汁之类，肯定悟出了书家高雅情趣之所在，或对墨色的枯润浓淡极为考究。老者觉得他也肯定也有不俗的文房四宝，当即便请求丁一带他去府上拜访。

丁一不好推辞，只好把老者领到家里。老者观赏了他的笔、墨、纸，并没有多说什么，当他顺手拿起丁一常用的那方沾满陈墨、通体墨乌的砚台时，忽然一怔，眼睛里立刻射出一种奇异的光彩来。他双手微微颤抖着，表情由惊异渐呈激动，快步走到阳台上，借着室外的光线翻来覆去看了很久，结结巴巴地问：

"小伙子，这……这方砚是哪儿来的？"

"家父留下来的。"

"他没有对你说过什么吗？"

"唔……"

"令尊是做什么工作的？我能拜访拜访他吗？"

"这个……他是大学的美术教授。我没出生时，他已经……跳楼去世了。"

"哦，对不起，对不起。哪一年……"

"六七年。母亲说，他不肯承认自己画的墨竹是'大毒草'。"

"哦……唉——"老者叹了一口气，接着说，"宝砚哪，宝砚！稀世珍宝！"老者小心翼翼地把砚台捧在手里，继续说，"你的字之所以那么古朴、拙巧、险奇，除了你苦练的功底之外，应该也与此砚有关。"接着，老者把砚台轻轻地放在案子上，手拂长须叹道："我平生所藏，不及此砚。你这方砚是历史上有名的'黄河澄泥砚'，是用黄河壶口下游极细的红泥，经挑选、水漂、制坯后，烧制而成。此砚磨出来的墨，不滞不枯、细腻润滑、手感绝妙；更可贵的是，剩墨存放在澄泥砚里，即使在三伏天，也不枯干，不发臭，非一般的石砚可比啊！据说，书圣王羲之的《兰亭序》，即是用此种砚台研出来的墨书成。没有'澄泥砚'，哪来那千古不朽的'天下第一行书'？可惜啊，这种制砚工艺，元朝之前就失传了。因此，'澄泥砚'也就传世极少。我活了快一辈子了，连乾隆皇帝的御用'端砚'都有收藏，苦苦寻求，就是无福见到'澄泥砚'，想不到今天在这儿得尝夙愿，我不枉此生啦！"

丁一听呆了。他做梦都想不到自己经常拎来拎去、磕磕碰碰，用了这么多年的砚台，竟是一件稀世珍宝。它委屈了不知多少个春秋，今天才遇到识宝之人。激动之余，他忙把那方沾满污迹的古砚拿到洗手间，反反复复、一丝不苟地冲洗得一干二净。

老者提出愿以平生所藏的古玩字画换这一方宝砚，丁一唯唯喏喏。老者看出丁一的心思之后说："君子不夺人所爱，我无此洪福。你要仔细珍藏，好好待它……我以后只要能走得动，会常来看它。今晚如方便的话……小伙子，能不能答应我陪它一夜？"

丁一甩着手上的水珠说："老前辈，当然可以了。不是您慧眼识宝，我哪会知道它的珍贵呢？"接着就找出一块新毛巾反复擦拭古砚上的浮水，但怎么擦都好像有一层水汽罩在上面。老者说："这就是'澄泥砚'的珍贵之处，这水汽，你放多久也不会干！"

丁一听了这话，把古砚放进了新买来的微波炉里，想烤干上面的水汽。谁料刚按下电源开关没多大一会儿，古砚"啪"地炸成了碎片儿！

老者和丁一都惊呆了。

良久，老者的眼睛里淌出了两行清泪，疯了似的打开微波炉门，颤抖着双手捧出了古砚碎片儿。碎片儿灼得他的手掌直冒青烟，老者浑然不觉，嘴唇哆嗦了半天，长啸一声："爱之，害之啊——"一口鲜血喷溅在古砚的碎片儿上，栽倒在丁一面前！

丁一慌忙哭喊着去扶老者，喊了几声他才想起，他还不知道老者的姓名……

## 冰棍李

家属院的大门外是一条繁华的大街，谁也没留意大门左侧的人行道上什么时候有了一个冷饮摊儿。看摊儿的是位六十多岁的老汉，后来邻居们才知道他姓李。

不知是谁给老汉起了个绰号，叫冰棍李。

冰棍李夏天卖雪糕、冰棍儿，冬天卖热茶、咸鸡蛋，天天守在他的小摊后面，有人来了就做生意，没有人了就眯着眼打盹儿。

冰棍李极少和人打交道，连"废话王"老王也和他搭不上话儿。据说有一回废话王拿了一副象棋找冰棍李要求对弈，冰棍李头也没抬，眯着的双眼睁都没睁，就硬梆梆地扔出两个字："不会！"弄得废话王一句废话也没有了。

消息特别灵通的废话王虽经过了多方侦察，也仅仅知道这位拒人于千里之外的怪老头是本家属院四号楼三层东户的小李的老爹。小李两口子出国深造了，冰棍李退了休没事儿干，就来替他们看房子。

冷饮摊儿摆了两三年，家属院的邻居们对冰棍李的了解也仅至于此。

又是一个炎热的盛夏。

废话王的儿子国庆节要结婚。废话王不知道在亲朋邻友中说了多少废话，这才凑够了那套两室一厅的"安居工程"所差的 8 万块钱。废话王拎了装钱的小皮包去交房款，下了楼就觉得像跳进了蒸笼里。

废话王在路边上等车，顺便从冰棍李的摊儿上买了一瓶冰冻的"非常可乐"，呷了一口后，顿觉从头爽到了脚。这阵凉爽使嘴巴极少闲着的废话王又找到了"灵感"——

"老克（林顿）这会儿心里恐怕比这冰冻的饮料都凉，一个'拉链门'就整得他这个大总统灰头灰脸的，啧啧……"

路边还有好几位等车的，废话王这些话不知是说给谁听的。他越侃越来劲儿，从克林顿侃到叶利钦，从东南亚经济危机扯到瓜农卖瓜难……直说得口若悬河、滔滔不绝、手舞足蹈、得意忘形……

等车的那拨儿人一个个听得如痴如醉，冰棍李却依旧眯着双眼打他的盹儿。

突然，口若悬河的废话王嘴上卡了壳："包！我的妈呀……我的包呢?!"

废话王刚才侃得云山雾罩的当儿，鬼才知道他腋窝里夹着的那个装着8万元房款的小皮包和那瓶刚喝了一半儿的"非常可乐"，啥时候不翼而飞了！

看热闹的人呈 U 型把他和冰棍李的冷饮摊围到了中央，冰棍李也睁开了那双总是眯着的眼睛，目光忽然箭一样对着废话王和那圈儿人一一射过去。

"我的妈哎！这可要了我的老命啦……"废话王的废话还没说完，冰棍李便塞给他一瓶矿泉水说："来，先别急，喝口水，喝口水。咦?! 刚才我放这儿的那瓶'非常可乐'呢?"

"我刚喝了一半儿，就连那包一块儿不见了。"废话王一仰脖，半瓶矿泉水下了肚。

"坏了坏了，这些天家里闹老鼠，那是我刚配好的灭鼠药，你喝了?!"冰棍李一把拽住废话王，一脸惊恐地问。

"啊?! 我喝了小半瓶呀！"废话王的腿有点儿软了。

"天！这不要了你的老命啦? 那是我自个儿配的毒鼠药，只有我有法儿解毒，但是得先洗胃。快！谁去给'120'打个电话，赶紧救人呐……"冰棍李一面拽着瘫成一堆泥的废话王，一面向围观的人群求助。那双整天眯眯糊糊的眼睛在扫视一个个围观的人的面孔时出奇地亮。

一阵哗然。

"妈呀！也救救我吧！刚才……那瓶'非常可乐'，是……我拿走喝了……"人群里突然挤出一个精瘦精瘦的年轻人，"扑通"一声跪到了冰棍李的小摊前……

那精瘦精瘦的年轻人后来被冰棍李和废话王送进了派出所，因为他腋下夹着的外衣里包着废话王的那个装钱的包。

当天晚上，全家属院的人都知道了这件奇闻，也知道了冰棍李退休前是外地一个城市公安局的刑侦科长。

这是废话王在冰棍李家喝酒喝得一摇三晃后透露的。

# 铁哥们儿

人都有三十年河东、三十年河西，好运气并不是总罩在一个人头上的，茄子如今就被赖运气旋住头了。茄子在连迈了好多家公司求职，都被婉拒在大门之外后，只好去找他那帮铁哥们儿告别了。他要离开这个城市。

老枪、虾米、小刀这帮死党都来了，连当年班上的小不点儿草虫子也请了一下午的假，来为茄子送行。大家坐在老枪开的烩面城，都打不起精神来。

从上小学到现在，这帮弟兄们都如梁山结义一般，打架、偷瓜、糊弄老师、欺负同学，直到长大后陆续离开骑河镇，跑到这个城市里混，无论干什么都能抱成团儿。当时，学校里上至校长，下至班上学习最好、却混得最窝囊的鼻涕婆，都说他们这帮坏小子祸"校"殃"生"——离祸国殃民仅二字之差，足见这帮浑小子虽没有当时骑河镇上鼎鼎有名的痞子赖三恶道，但也是多么的招人厌了。哥儿几个自然没有一个能够修成正果，和鼻涕婆那样考上大学的，后来就混到了社会上，但关系仍铁得让人眼馋。比如说小刀，小刀是最先到这个城市混的，摆地摊起家，如今已经是"小刀副食连锁店"的董事长了；比如说老枪，从开了个小饭馆起家，如今已经是"枪枪烩面城有限公司"的老板了；再比如说虾米，这家伙歪点子多，居然靠着他那个破脑瓜，混成了"大虾广告有限公司"的总经理；就连这帮学兄学弟的小妹妹草虫子，如今也是一家房地产公司的公关部经理了。

茄子虽然来的也不晚，但这家伙不但外号叫茄子，脑袋也跟茄子差不多。小刀、老枪等哥们儿咋给他上课都不开窍。比如他刚来时小刀给他介绍的那家旅游公司，办公室主任干得滋滋润润的，他却吃里扒外地总给那些好不容易组来的旅游团的旅客说大实话。后来，他又发现公司偷漏税，一个电话打到了税务局，自己的饭碗儿砸了不说，也搞得小刀在朋友面前很没面子。没法了草虫子又为他这个当年曾护送其上下学的学兄介绍到一个电子器材公司，谁知道这家伙干了不到两年，又一个电话把公司给毁了。老枪刚要给他再上一课，没想到他先振振有词："你说说，你说说，放着好好的电子器材生意不做，他们干吗非要卖这公安局整天盯着的针孔摄像头呢？"

"好好好……茄子哎，俺算服了你了。当初在学校，有一个鼻涕婆告咱的状还不算，你也时不时到班主任那里揭发咱们，这都不说了，咱可是跟赖三那帮死对头恶干干出来的交情呃。瞧瞧你现在都三十多了，你个浑球，你你你你咋还一头拱进茄子地钻不出来了呢？俺看啦，你家伙是蛤蟆蝌蚪害头疼——你浑身是毛病啊你！"老枪气得想吐血，摔下 1000 块钱就走了。老枪不能让自家兄弟没饭吃。

接着，小刀、虾米和草虫子都给茄子送来了一些钱，让他先垫着底儿，然后全体哥们儿发动起来，再继续给茄子找饭碗儿。人家陈胜吴广还懂"苟富贵，勿相忘"，俺们二十一世纪的铁哥们儿，再怎么着也是"新社会的有为青年还不如封建时代的古人乎"？上学时历史老师经常挂在嘴上的那句话，居然又被他们翻了出来。

一帮人在老枪的"烩面城"坐了半天，三鲜烩面和满桌子凉拌热炒一筷子没动，口水干了，舌头僵了，甚至草虫子都流了三次泪了，到底也没把茄子留住。

草虫子边抹眼泪边晃茄子的胳膊："茄子哥，你可不能走啊。你不但是俺的大哥，还是俺的恩人呢。那回，要不是你跟镇上的痞子赖三一替一砖头地拍脑壳，俺怕是早就……"

"就是啊就是啊，茄子，那回俺们哥儿几个闻信儿窜去时，你差点儿被赖三的砖头拍死都没孬。打那时候，咱哥们儿的交情就攒下来了。老枪大哥领着咱们跟赖三打群架，你给班主任告密，俺们都没怪你，可是你这回一走，别人还不以为咱们散了伙？"小刀也跟着着急。

"哎?！要不……这样吧茄子，现在有'新闻线人'这一行。你先满大街转悠着找新闻去，俺给俺广告公司代理的报社记者打个招呼，让他们跟你建立热线联系。就凭你爱往政府打电话的眼光，光'线索费'一个月你就……"

"呸！我说虾米，你这不是搧咱兄弟的脸吗？你那虾米脑瓜就不能再转转，给茄子兄弟找个好点儿的、光彩点儿的活儿干？这在香港电影里，是赖三那种街痞子才干的差使。咱茄子兄弟干这活儿，他愿意，俺还不愿意呢！"老枪没等虾米说完，就截了他的话。

"那咋办呢……老枪哥哎，你是老大，赶快给想想法儿。别的城市再好，咱们弟兄几个少一个，咋着俺心里也不是个滋味儿……"草虫子站起来，又晃老枪的胳膊。

"枪哥刀哥虾哥，还有虫子，都别说了。俺生就的茄子命，这辈子就这了……救急不救穷，咱弟兄们关系再铁，俺也不能让哥们儿罩一辈子不是？人挪活，树挪死嘛……"

看茄子铁了心，几位铁哥们儿终于乌着脸，让这顿烩面宴不欢而散了……

半个多月后，茄子在相邻的城市给老枪打电话："枪哥枪哥……我给你说，俺现在已经是税务稽查大队的协理员啦！你给小刀虾米还有虫子说说，别让他们操俺的心了。你猜猜俺跟着谁混？哈哈……鼻涕婆——俺咋一下车就撞见了他？这家伙现在是队长，正领着俺查赖三的'三九贸易公司'的'小账'呢。过瘾啊！哈哈哈哈……"

茄子在电话那头还没乐完，老枪就开骂了："你个茄子还真是茄子！鼻涕婆、赖三他们不但原先是咱们的死对头，现在鼻涕婆更他妈的……好啦好啦，你算是把咱们哥儿几个的脸面丢光啦！这话俺不捎，你自个儿给他们打电话吧，俺怕挨小刀虾米虫子的骂……"

老枪媳妇在一旁嘟噜："吼个啥？你们哥儿几个，董事长的董事长、总经理的总经理，孬好给茄子兄弟在你们公司找个差使，他也不会……"

"你娘们儿家懂个鸟？俺用人是闹着玩儿的？俺情愿每月赞助他1万块钱，也不能让他那茄子脑袋坏了俺的大事儿！茄子他……走了也好！"

# 卖雨伞的姑娘

有些思念是不需要理由的，就像那个姑娘的身影时常跃入我的心里。每当缠绵的细雨裹住这个城市的时候，那种思念就如同四处弥漫的细雨一样，无边无际。

我不明白为什么会常常想起她，我也不明白那个雨夜她从哪里来，会到哪里去。我仅仅和她邂逅了不足一刻钟，为什么她留下的印象却如同潮水一样，时常翻越我情感的篱笆，撞入我的思念里？

那是一年前的一个雨夜吧？是的，就是一个细雨菲菲的夜。路灯在丝丝雨线织成的帏帐里睁着惺忪的睡眼，撒下的光映射在路面的积水上，路于是五彩斑斓。

就在那个雨夜，在单位加班昏了头的我下了楼，才知道这个城市的一切都猫进了细雨的怀抱里。我呆望着路灯光罩里舒缓而降的雨丝，想起了远在十多公里之外的家，心一横，推着车子撞破了雨幕。

"先生，您需要一把伞吗？"正准备骑上车子的我，突然听到一个轻盈、温馨的声音。回过头我才发现，单位大门外的路灯下站着一位姑娘，怀里抱着一捆雨伞。她有十六七岁的样子，穿着鹅黄色的薄毛衣和黑色的长裙，背光站着，看不清她的脸庞。

我的确是需要一把伞呀！我停下来，仔细地把她怀抱中的十几把雨伞挑了一遍。我那时世俗地想：街头小贩儿的东西十有八九是假冒伪劣，既然急需，那买就买吧，但挑挑拣拣的事儿是不能掉以轻心的。

那姑娘极有耐心地把我打开包装的雨伞又一一装上。她蹲下来时，一头长发几乎垂到了地上，发稍上一缕缕地淌着雨水。

"姑娘，你卖的是雨伞，为什么不自己用一把？看你，小心淋病了。"我嘴上这么说，手里却没有停止挑拣。

"一用就卖不出去了，这是我这个学期所有的生活费……"姑娘说了半截儿，止住了话头。我这才明白，眼前的这个小贩儿，是个学生。我想接着问她其他的情况，但她再不肯说一句话了，只是悉心地拾掇着被我弄乱的雨伞。

我不好再挑拣下去了，随便拿了一把，撑开，遮住了我的脸，遮住了我世俗的灵魂……

事情就这么简单，简单得如同到集贸市场买了一把小葱、一捆韭菜那样，只不过是我生活中完成的一个小小的交易而已，但那个雨夜及时出现的那把雨伞，却罩着我干干爽爽地回到了家里。而且，我走到半路时，那场雨就下大了，原本温柔细腻的雨丝变成了骠悍狂暴的大雨，因而，那把雨伞便显得尤为体贴、尤为及时……

隔了两天，我无意中翻阅彩印的晚报时，在四版右下角看到了一幅图片报道。虽然那晚我没有看到卖伞姑娘的面孔，但我从衣着的款式和颜色以及报道的内容上却立即断定，她就是我遇见的那个姑娘。图片报道简练得只有几句说明："这位贫困大学生昨晚在勤工俭学卖雨伞时，挺着感冒了好几天的病体，因冒雨等待一位付款时掏掉了400余元的顾客，而昏倒在街头……"

那个因付款而掏丢了400多元钱的人肯定不是我，如果是我，那就太富有戏剧性了，而且我对她的挂念也会有个充分的理由。报纸上没有她就读的校址，只有她很美的名字。我不知道那位丢钱的顾客看到这篇报道会有什么样的感觉，但我当时没把那几句图片说明看完，就立即想起了雨中的路灯下，她的那句含着丝丝忧愁的话："这是我这个学期所有的生活费……"

于是，我便为那个夜晚自己的刻薄而愧疚，并迅速痛恨起自己来……

又是一个下雨天。独自走在行色匆匆的人流里，我又想起了那个卖雨伞的姑娘。初春的雨水还有几丝凉意，我没有打伞，潜意识里有一种希冀：那个穿着鹅黄毛衣、黑色长裙、看不清面庞的姑娘会不会突然出现在我的面前？

"先生，您需要一把雨伞吗？"如果我再次听到这句轻盈温馨的问话，我会热泪盈眶。

# 夜很凉

夜很凉。

紫钰放下电话，嘴角浮上了一丝她自己也没有察觉的笑。

紫钰刚才在电话里给王亚说："还去那儿吧——故音茶室。"

故音茶室，是她和王亚相识的地方，也是那晚她抛着泪离开这个城市的地方。

紫钰已经三年没有回这个城市了。如果不是公司突然派她出差到这里，她仍不会回来。

二十分钟后王亚赶来时，紫钰的嘴角早已褪去了那丝她自己也没察觉的笑，她已经端坐在茶室的吊椅上，静静地开始品"一品毛峰"了。她这三年多，喜欢上了绿茶。她喜欢静坐着，一遍又一遍地吹拂绿汤上漂浮的叶芽，一个人。

往事，就在这一盏盏清茶中，化为青烟。

但今晚，她不得不再回到往事里，因为王亚。

为什么要给他打这个电话？曾经发过誓的，这辈子不再见他！

直到王亚在她的对面坐下了，紫钰还没找到答案。她觉得自己不会找到答案的。

"还……好么？"王亚喝了一口茶，但他随后就被烫了嘴，吸溜着冷气，问。

"夜很凉……"紫钰莫名其妙地说。

"嗯。你冷吗？要不要加件衣服？"王亚终于找到了说话的理由。

"谢谢……她还好么？"说"她"的时候，紫钰明显地加重了语气。

"唔……怎么说呢？我来的这么快，应该说明什么了吧？"王亚还是跟三年多前那样狡猾。但他那时的狡猾，在紫钰看来，一开始可爱，后来可恨。

"她是个好妻子，你不该来见我。"紫钰开始为"她"抱不平了。一边说话，一边脱下了外罩。

王亚盯着紫钰胸前隆起的毛衣，忘了回话。愣了一阵，忽然语无伦次地说："她篡了你的位置，你还是那么……你忘了？你是哭着走的……"

"三年多了，我早把那些事儿忘完了。你还没走出来？"紫钰浅浅地笑，低下头，又在吹黑陶茶杯里的叶芽。

"可是，我忘不掉。是她不让我忘！时不时敲打敲打……"王亚望着紫钰，可怜兮兮的。

"是吗？你应该把她带过来，我会给她说：我早把那些事儿忘完了，她就对你放心了。而且，我还没见过她呢。"紫钰说这话的时候，放下了茶杯。

"唉——失去的才是最美的。这是一句很滥的话，但我体会最深。紫钰……我后悔了！真的！"王亚说这话的时候，眼睛盯着紫钰的眼睛。

紫钰的嘴角上又浮上了她自己也没察觉的笑，回避了王亚的目光，往落地玻璃窗外的街上看。"你来就是给我说这个的？算了，三年多了，什么恩怨都该被风吹走了……"

王亚站了起来，紫钰看清了他的一脸诚恳："我都起诉了，我要跟她离婚！已经是第四次起诉了，我没法忍受她！紫钰，我后悔了！"王亚站起来的时候，顺势把紫钰的手抓住了。

"是吗？你不该这样的……"紫钰暖暖地笑了笑，忽然抽出了自己的手。

"啪！"

故音茶室的人不多，但都很清晰地听到了这一声脆响。

"老板，买单！"紫钰在一圈儿惊愕的眼睛的注视下，很干脆地说。她后来甚至还回忆起，当时她还很干脆地打了个响指，就跟抽王亚的脸那样干脆。

"他后悔了……"独自走出故音茶室，走进这个熟悉而又陌生的城市，紫钰重复着这几个字。

腮边滑落的泪水，泡湿了这个城市的夜。

夜很凉。

## 吻之殇

那辆锃亮的小轿车开进骑河镇时，全村都沸腾了。骑河镇的人从来没有见过这么大的官儿。

车里出来的是一位老将军，和他并肩走着的，是仪态万方的将军夫人，后面跟着四个兵。

将军屏退了左右和所有陪同的地方官员，只带着夫人上山了。

骑河镇北面的一片洼地里，有一座孤零零的坟茔，长满了蒿草。

"给我……"将军没有看后边跟着的夫人，只伸出了一只手。

坟茔前燃起了三炷香，还有纸钱。一阵风吹来，风旋着纸灰，飘飘摇摇地飞上了天空……

整整五十年前，将军还不是将军，还是个二十多岁的年轻军人。

在一片鲜花和口号声中，他也和战友们一样，亢奋在"保家卫国"的激情里，感受着刚刚"站立起来"的人们由衷的敬仰。

他已经记不清楚当时她是怎么挤到自己跟前的了，只记得自己随着队列，一边应和着欢呼的人们的口号、一边应接不暇地收受着路边一双双手塞过来的鸡蛋、水果，以及布鞋、绣花鞋垫、绣花手绢等，人们表达对"最可爱的人"的敬爱之情的东西。

就这样遇见了她。

她猝不及防地抱住他、亲了他，亲了很长时间。

他当时一阵眩晕。因为那时他还是一个从来没敢正眼看哪个姑娘一眼的小伙子。

上了战场以后，他就一直觉得自己浑身总有一种从部队首长的讲话中感受不到的动力。这种动力促使他在战争烽烟中成为一名英雄。

回国后，他才知道他和她亲吻的那一刻，被一名记者抓拍下来了，而且，那张照片还登上了报纸。尽管那时他还不是将军，但许多人都从这张题为《把真情献给最可爱的人》的照片上知道了他。他现在的妻子——当年一位首长的女儿也知道了他，并成了他的夫人。

　　但将军这么多年来，总在梦中和照片上的姑娘相遇，渐渐地，他想见那位姑娘一面的渴望就越来越强烈了。尽管夫人极力反对，但他总觉得应该找到那个亲了他的姑娘。他作了很多努力都失败了，直到不久前一名军报记者在采访将军时，已经退休在家的将军不顾夫人的暗示和阻挠，终于把当年那段美好的记忆和心中的憾事一吐为快了。文章发表后，竟然有许多和将军年龄相仿的女人来"认吻"，甚至还有很多女人拿来了当年那张登着他和她紧紧拥抱在一起、在鲜花的拥围中忘情热吻的报纸，但无论是谁，将军总会问一句："当时，你给我说了什么话？我怎么回的你的话？"

　　于是，便有很多种答案。

　　"我当时说我等着你……"将军摇了摇头。

　　"我说的是你在前方打仗，我在后方……"话还没说完，将军就摆手制止了。

　　"我那时说把我的爱献给最可爱的你……"将军仍一脸失望。

　　甚至一位从国外飞回来的富婆还说："我当时什么都没说，只说了三个字：'我爱你！'"将军眉头一皱，望着她摇了摇头……

　　终于有一天，骑河镇的镇长来了，并带给将军一个布包。将军打开布包一看，什么话都没说，就急切地问："她现在在哪里？生活得怎么样？"

　　"都是地方上没照顾好她啊……她……她什么都没留，就留下了这个。临了了说……说这是她一辈子的念想……那张报纸我们那儿的很多人也看到了。镇上的人都说她……都说她不要脸……一个闺女家去和一个当兵的大男人亲嘴，还……还登到报纸上显摆……于是……她便一辈子没嫁人……也没男人敢要她……唉……那时候，人的思想都太封建……"

　　镇长吞吞吐吐地说着，将军仍迫不及待地追问："她现在还好吗？她现在在哪里？"

　　于是，镇长就把他带到了骑河镇……

不知道将军在这座孤零零的坟茔前站了多长时间，直到将军夫人提醒他天晚了时，将军仍没有回一下头，只是对夫人说："你先下去吧……我自己待一会儿……"

将军夫人知道将军的脾气，轻轻地叹了一口气，说："那……我到车上等你了。别太久了……"就独自走了。

只剩将军一个人了。将军突然对着那座坟茔单膝跪了下来，从口袋里掏出了镇长带给他的那个布包，一层一层地、很慢很慢地打开，就像打开逝去的岁月和遥远的记忆——里边是一个绣着一对鸳鸯的香囊！

将军把包裹这个香囊的布包摊开，把那个香囊摆上去，另一只手从贴身的口袋里又拿出了一个香囊。

并排放在一起的两个香囊一模一样！

将军摆放好后，站起来退后一步，对着那两个一模一样的香囊鞠躬，鞠躬，鞠躬……

其实，只有将军自己知道，她当年亲他时什么话都没说，只塞过来一个香囊，装进了他的口袋。在战场上，一名老兵告诉他，这种绣着鸳鸯的香囊是姑娘们的定情信物，一旦她送给谁了，就说明她已经把他当成自己的意中人了。而且，将军在未遇上亲吻他的姑娘之前，因为无意中露出了"怯战"思想，刚刚受过处分……

又一团浓烟盘旋起来，将军私下抚摸过无数次的那个香囊，和镇长带来的那个崭新崭新的香囊，很快就化成了一团灰烬……

将军泪如雨下。

# 我其实就是一只老鼠

我其实就是一只老鼠。

我其实与别的鼠兄鼠弟们没什么不同。

就因为我长了一身金灿灿的鼠毛，局长和局长太太就不把我称作老鼠了，他们叫我"宠物"。

到局长家的人，谁见了我都吃惊，总千篇一律地问："局长，您怎么没养个荷兰猪、沙皮狗……竟养了只……老鼠?"

就好像那些荷兰猪、沙皮狗之流比我金贵似的，我对他们的冒昧之辞很不满意。

往往是局长夫人鼻子里先"呲——"一声，然后为我正名："老鼠怎么啦? 并不是所有的老鼠都招人讨厌的。我们'球球'（局长太太给我取的名字）招人讨厌吗? 科学家搞试验，用的那些个小白鼠，招人讨厌吗?"

来人这时无论男女老少，大都会冲我投来一种媚笑："是啊是啊，呵呵……局长家的老……啊——这个这个'球球'，果然与众不同啊! 别的老鼠是什么东西? 它们有'球球'这么漂亮的锦毛吗? 它们……能配叫'球球'吗? 呵呵……"

局长夫人这时一般就会转嗔为喜了，往往还会招呼我说："球球，谢谢叔叔，谢谢阿姨!"

我便闻声而动，竖起身子，捧着两支前爪，向来人打拱作揖。

"噢——俺的球球真乖，妈妈奖励你!"局长太太这时便会透出一种慈母的眼神儿，赏给我一些怪味豆或者核桃仁啥的。

局长和局长太太的儿女们都长大了，出国的出国、留学的留学，全都远走高飞了，我于是就代替了他们的位置。

　　既然局长太太是我的"妈妈"，那来访者第一次见到我，一般都要给些"见面礼"的。如果遇上哪个不识相的对我不屑一顾，局长太太的脸色就会很难看，当然局长的脸色也会很难看；接下来，局长就会让那些对我不屑一顾者的脸色更难看。

　　渐渐地，很多人都知道了我在局长太太和局长心目中的地位了，于是，局长太太就笑眯眯地替我收了很多红包。我于是便在局长太太和局长的宠爱下一天天地长大了，一转眼，我就到了青春期。我需要找个与我这身锦毛相匹配的老婆，来解决我的恋爱问题。

　　局长太太终于从我不思饮食、躁动不安的表现中看出了端倪，于是开始为我的婚姻大事四处忙碌。

　　局长太太最终为我找到的，是一个叫"遥遥"的黄毛小母鼠。遥遥的一身黄毛虽然与我的一身金毛无法同日而语，但总算比较接近的吧。于是，局长和局长太太便大摆了十几桌宴席，还请来了一家婚庆公司，去局长的一位下属家里迎娶遥遥。那天，我听到来来往往的人们在议论：

　　"局长家的老鼠也这么风光啊！"

　　"呵呵……小声点儿，局长太太讨厌'老鼠'这两个字。他们叫它——'球球'！"

　　"一人得道，老鼠升天啊！"

　　"好好混吧。什么时候你要当了局长，别说老鼠，连家里的跳蚤也能变成金豆子、长出双眼皮儿来……"

　　"……"

　　我和遥遥洞房花烛那天夜里，边做爱边听局长和局长太太数红包。

　　遥遥嫁给我之后，局长家里的东西就比以前更新的速度快了一倍——我们其实都是普普通通的老鼠，凡是老鼠，那讨厌的大门牙就会不停地生长，就得不停地咬噬东西去磨损它。局长家的东西一开始是我自己咬，现在添了遥遥，成了我们两个咬。我们不管局长家的电视、冰箱、床头柜，还是衣服、梳子、金首饰，看什么好下嘴就咬什么。

　　于是，局长太太每逢有人来家，就不时地拎着那些被我们咬坏的东西，十分无奈地怪我们："你瞧瞧、你瞧瞧，俺球球、遥遥都结过婚了，咋还这么淘气?"于是,那些被我们咬坏的东西很快便由来人更换成新的了。局长太太和局长便天天笑眯眯地喂我们怪味豆、核桃仁,还有美国进口的开心果。

我们咬遍局长家里所有的东西后,渐渐觉得什么东西都没有局长太太存在"西蒙斯"床斗里的一捆捆钞票味道好,而且,遥遥那天对局长公文包里的那个圆头圆脑的家伙下了嘴之后,红着嘴唇告诉我:那个被局长称之为"公章"的东西味道更好!

遥遥已经怀孕了,等我们把局长太太存下的一捆捆钞票咬碎,铺成迎接我们鼠儿鼠女的襁褓,遥遥把那个叫做"公章"的东西啃噬得只剩下一个短短的手柄时,有一天,局长家里突然来了几个人。那伙人破例没有正眼瞧我们一下,就把局长和局长太太的手腕上戴了一个亮晶晶的什么东西弄走了。我们和局长以及局长太太居住的那所房子——我们的乐园,也被贴上了几个纸条子。我和遥遥立即成了丧家鼠,从天堂跌进了地狱。

到现在已儿孙满堂、四处亡命的我,和遥遥,还十分怀念在局长家的那段幸福日子啊!但静下心来仔细想想:其实,我们也就是一只普普通通的老鼠而已……

# 红 包

和老公结婚五六年了，小荷这是头一回领着孩子孤孤单单地过年。以往，过年的年货、礼品、人来客往的应酬等等，都由老公全权处理；小荷抱着孩子乐得自在，不知寒暑。

谁知，老公一不在身边，这过年的事儿立即把小荷缠得脑袋大了起来。单位到年三十儿才放假，班又不能不上，孩子又不能不接，年货啥时候去办呢？

焦头烂额地奔走了几天，给上海忙活生意的老公打了不知道多少次的请教电话，才算把过年的事儿安顿得差不多，年三十儿的春节晚会没看完，小荷就拥着孩子先跟电视机"拜拜"了……

一觉醒来，已是大年初一的九点多了。要不是老公给她拜年的电话把她叫醒，小荷说不定一觉就睡到下午了。

老公在电话那头的上海说了没几句话，就差点儿把小荷的泪给催出来："荷呀，我现在在南京路给你打电话。看着满大街团团圆圆的一家家人，阿拉想你，阿拉想儿子，嘿嘿……别忘了给孩子压岁钱呀！"

一句话提醒了小荷，糟了！装压岁钱的红包忘买了，这咋办？刚把这事儿给老公汇报完，老公就解了她的后顾之忧："没关系，你别着急。我记得去年买的没用完，好像在书房电脑桌的抽屉里，你找找……"

顺着老公的话按图索骥地一找，还真找到了。小荷长出了一口气，洗漱梳妆后，煮了早就预备好的速冻水饺。丈夫不在家，她也照例摆了三双筷子，盛了三个碗，吃完饭，便先给儿子装了一个红包，然后，开始往剩下的红包里装钱。

人有远近亲疏，这红包也得分多少厚薄；小荷正这么在心里算计着，分着三六九等地在给红包排着队，门铃突然响了，开门一看，是同一栋楼的同事老枪科长的儿子小枪。

小枪这个小家伙平时嘴巴就甜，今天挣红包来了，嘴上抹的蜜更多。他一进门，便恭恭敬敬地鞠了个躬，然后像唱歌似的说："阿姨过年好！给阿姨拜年了！"随后，便走到正在玩儿积木的儿子跟前，像个大人似的握了握手："祝小弟弟新年快乐！"

这可是今年头一个来给俺拜年的啊！哈哈，小荷的眼睛笑成了一条缝，忙顺手拿起一个红包塞到小枪手里说："小枪真懂事儿。你爸你妈呢？"

"还在家吃饭呢。我妈叫我先来给荷阿姨您拜年。"小枪红包到手，立即说："阿姨再见！"泥鳅似的溜了。

小荷心里美呀！老枪刚刚当上科长，人家就这么礼贤下士，饭没吃完，就差儿子出来拜年，而且先到我这儿，看来，老枪科长以后绝不会给俺穿"小鞋"的。

就这么美美地想着，小荷的眼睛瞟到了桌子上的红包，突然打了个激灵：天！给小枪的红包是个空的！自己刚才装红包时，记得清清楚楚装了八个，还剩两个，怎么这没装钱的红包少了一个？

小荷慌忙扒过来扒过去地数了好几遍，最终还是确认自己真的给了小枪一个空红包。瞧这事弄的……咋办呢？本来皆大欢喜的事儿，咋叫我一不小心弄成这个样子了呢？小荷搓着手，在客厅里转起圈儿来，转了半天，也没有想出个补救的办法，只得打电话向老公求救。老公在电话里听小荷说完事情的原委，想了半天才对她说："看你，还像个毛手毛脚的小丫头。事儿既然弄成这样了，没法儿了，去找人家好好解释解释吧——再给一回！"

小荷放了电话，从桌子上捡起一个装钱最多的红包，抱上儿子下到了三楼。

老枪家的门虚掩着，里边隐隐约约传出老枪的老婆枪嫂的声音：

"哼！这不是耍咱吗？大过年的，不给就算了，干嘛拿一空红包糊弄小孩子？"

看看！这祸闯大了不是？小荷来不及多想，就推门进去了。一阵尴尬的寒暄后，小荷便开始万分诚恳地解释空红包的事儿。最终，前嫌尽释，互相拜年；当然，老枪的儿子小枪又得到了一个装着钱的大红包。

使命完成了，小荷便要告辞，枪嫂上前扯着小荷的儿子的手说："哎哟，小乖乖，过了年，又长一岁哟。给！阿姨送你个大红包，买糖吃！"

小荷刚一推辞，枪嫂就板着脸说："你看看，又不是给你的。孩子嘛！大过年的图个吉利。"小荷便不好再说什么了。

抱着儿子出了老枪的家门，刚上了两级楼梯，耳朵很灵光的小荷，听到门缝里挤出来的老枪的几句让她呆若木鸡的话——

"到底是女人啊！连小孩子的红包也计较。先拿空的给咱儿子，又借着解释来送。送就送呗，干吗还抱着孩子来？不是明摆着要再捞回去吗？这女人，聪明呀……"

# 幻肢疼痛

等大黑再醒过来的时候，右腿膝盖以下因粉碎性骨折已被截肢。

在老家骑河镇，人人都知道大黑是出了名的硬汉子，但这次，从没掉过眼泪的大黑却捂着脸整整哭了三天——不知是因为那截掉的半条腿、也不知是因为缝合后的断腿疼痛钻心，连老板都劝不住。

两个多月后，老板来为大黑办理出院手续，并极力劝他从城里回骑河镇养伤，因为大黑已经能拄着拐杖下地了。

大黑却死活不愿出去，整天躺在惨白的病床上哭。老板派来伺候大黑的人说："大黑吵着他截掉的那半条腿疼，有时候哭着喊着从床这头栽到床那头，跟真的似的。"

"这个毬大黑，傻不叽叽的，倒有心眼儿敲我！"老板当即答应出院后给他在银行里存1万元，且不开除，让他仍留在建筑队看工地。

大黑脑袋摇得像拨浪鼓："俺光棍儿一条，要钱啥用？俺不要钱！治好腿疼就中。"说话时两只眼睛死盯着病房外走廊里那些来来往往的、健全的腿，盯完就呼天抢地地喊，仍说他截掉的那节腿疼得要命！

老板没法儿了。那砸得稀烂、连骨头都碎成渣渣的断腿早叫医院的人不知扔到哪儿去了，还疼个啥？老板挠挠头，走了。

第二天，老板领来一位气功大师。气功大师让大黑躺好，闭着眼睛运了一会儿气说："他感到那早已扔掉的腿疼，是因为那条断腿的残留信息仍遗留在空间里。人体——也就是大黑，一旦接收到被砸碎的腿的信息，就仍然会感到疼痛难忍。"

老板问："有法儿治吗？"

大师摇摇头："太晚了。没截之前，以我的功力，是可以让粉碎性骨折长好的，但现在不行了。这种疼痛的信息谁也阻挡不住，因为是他自身本来就浑然一体的信息。"

第三天，老板请来了医院最好的骨科医生。医生问明情况后说："医学理论上这叫'幻肢疼痛'，是人的大脑的一种功能。我们的大脑一出生就具备协调指挥全身各个部位的功能，以后一生中就不再改变。断腿虽然截掉了，但负责指挥那部分肢体的脑组织却仍然在发挥功能。现在病人的状况，就是断腿被砸碎时，大脑反射到感觉上的疼痛，这种'幻肢疼痛'有时甚至很剧烈。目前，医学界对此尚无能为力。"

气功大师说是"残留信息"，医生说是"幻肢疼痛"，并且都说"无能为力"，老板当然也无能为力，大黑却仍然喊疼，疼急了就逼着老板要那节断腿。老板搓了几天手也没法再找回来，灵机一动到假肢厂给他定做了一节假腿。

装上假腿后，大黑锻炼了一个多月，居然能自己走路了。奇怪的是，大黑再没有喊过疼。回到建筑队，甚至一直到年底回到老家骑河镇，也不再提断腿的事儿，别人再三问他，大黑只是傻笑，一句话也不说。

# 我得证明我没病

她说我有病？她居然说我有病?!

我要有病，我老婆会对我一日不见，如隔三秋？我俩会有那个已上小学的儿子？我当柳下惠还当出事儿来了，早知如此，当初……当初……当初是一个月朗星稀、很静很静的夜哦……

很静很静的夜……

车坏了！蜿蜒的山路"跃上葱茏四百旋"。白天看着怪美，到晚上那美丽的风景全变成了一堆一堆的黑妖怪。别说她是个女人，就连我，腿肚子也有点儿发紧。

车他妈的咋能坏到这个鬼地方呢？驶出县城二十多里地了，一路上除看见两个卖西瓜的、晒得发蔫儿的老头儿，这山旮旯里你甭想再找出个两条腿的人来！

车胎不晓得咋没气儿了。我蹶着腚卸废了的轮胎，她在一旁给我递家伙。都快半夜了，天热得还让人脱光了衣服还想再扒层皮。好不容易卸下了没气儿的轮胎，我的一肚子气却上来了——"普桑"根本没备胎！

我俩彻底绝望了，死心塌地地收了家伙，准备在车上囚一夜。

已是后半夜，月亮上来了，周围很静。太阳下的山峦咋和月亮下的山峦不一样呢？我晾干了身上的汗，才有心情去打量身边这个女人。平时天天在一起上班，也没觉着五十来岁的她怎么样，这月光下的老女人咋无缘无故地美起来了呢？

"桑塔纳"里的地方小，彼此出气儿都听得见，她的呼吸有点儿……快，对！是有点儿快了，还颤颤地抖着呢，越抖越厉害啦……

深山明月夜，孤男对寡女……我不敢往下想了，越想越觉得头比地球大——这娘们儿，比我整整大了十七岁，隔着差不多一代人呢！

接下来的事儿，你绝对想不到，我白担心了。她没有我想的那么邪乎，她居然是因为害怕！平日里她在单位挺着胖胸脯，背着短胳膊，摆着一副叱咤风云的架势讲大道理训人，这会儿却在害怕！哈哈……这回，我可成了护花——啊呸！他妈的护败絮使者啦！

"科长，别怕。有我呢！我除了怕老婆、怕（想说'怕你'，没敢出口）……我还怕过啥？"说这话时，那感觉——嘿嘿……贼舒服！

接下来的事儿就不用说了吧。反正我俩挤了一夜，那娘们儿拱在我怀里，把脑袋猛往我胸前贴……一直到天明。

我受了一夜洋罪。

就这点儿破事儿，她居然说我有病！

就在刚才，我一只脚刚踏进单位的大门，同科室外号叫"大嘴巴"的大毕就一脸关心地对我说："伙计，这事儿可不是小毛病啊！那关系到咱做男人的尊严。去医院吧，另外，'伟哥'真的挺管事儿啊……"他的话还没说完，外号叫"跑舌头"的老何，支好自行车也凑上来开始满嘴跑舌头了："早就说不让你吃炒丝瓜，你偏不听我的话。喜欢那玩意儿有啥好儿？回家叫弟妹多买些韭菜，学着吃它吧！李时珍那老头儿在《本草纲目》里说……"我正纳闷儿他们夜里是不是全都吃错了药，"大嘴巴"极亲热地擂了我一拳说："哥们儿，兔子还不吃窝边草哪！你咋犯了这大忌？味道咋样？嘿嘿……三十如狼，四十如虎，五十叫你受大苦哇！哈哈……叫人家'诊'出病了吧！"

啊?！我算听出点儿味道来了！这么造我的谣，这不是毁我吗？我的邪火"噌"地上来了。士可杀不可辱！说我有艾滋病算是抬举我了，她居然说我有"那"病！我得叫她瞧瞧，老子是不是个爷们儿！

见我动了三味真火，"大嘴巴"和"跑舌头"一边一个拽住我，死活不让我上办公楼，边拽边乱嚷嚷："老弟，老弟！你可不能去找她呀。你这……你这不是给俺俩找事儿吗？俺成啥毬人啦？"

我挣脱他俩，"噌噌"几步上了楼，那女人——科长的门开着一条缝。我一脚踹开屋门呼呼地喘着粗气却没词儿了——"那"病，我用啥法儿去证明?!

"哎？我正要去找你呢，坐坐坐……"那女人在我发愣的当儿，笑眯眯地说话了："老弟呀，要不是你，那一夜，大姐的魂儿恐怕都叫不回来啦……"说着，她推到我面前一个小纸盒，"大姐给你买了一盒药，据说很管用的。回去好好把你那毛病治治。腋臭虽不算病，可那晚差点儿把你大姐我给呛死……"

——我差点儿休克！

## 抽烟的芹姑娘

新分来的实习生，有一位姑娘叫芹。

芹的家教很好，她的父亲在老家骑河镇上，是一位人人尊敬的教书先生；芹在学校时学业也出类拔萃，但芹却抽烟，这与他们实习的环境无法协调——没有一家医院允许工作人员上班时抽烟。

学医的芹肯定知道抽烟的危害，但没有人知道她为什么对香烟一往情深。

抽烟的芹其实很美。那支夹在纤指间的香烟从红润如珠的唇上轻轻移下之后，一绺如绵的雾便漫过黛眉粉腮，在一顶长发上升腾。这时的芹会很惬意地透出一丝让人如春风拂面的笑，显得十分安逸、闲适、静雅。

尽管抽烟的芹很美，但依然与医院的规章制度发生了矛盾。

第一次，她被护士长告到了她的母校。母校来了一位头发很少的老教授。老教授眯着眼听护士长啰嗦了半天，说："贵院的吸烟室在哪儿？我……"边说边在全身的口袋里一阵乱摸。护士长便知道，这状八成是白告了。

第二次，芹在医院统一分配的宿舍里抽烟时，不小心烧着了窗帘，幸亏同宿舍的桂立即抄起脸盆泼了一盆水，才没酿成大祸。桂和芹在学校时就是挚交密友，虽然两人都守着这个秘密，但最终还是被护士长知道了。胖胖的护士长，挥着短短的胳膊，声色俱厉地猛批了芹一顿，便扭着上下乱颤的一身肉下了楼，很兴奋地汇报给了负责管理这帮实习生的医务处。最后，芹被罚了 200 元钱。

第三次芹因抽烟惹祸，是因为她居然给一位肺癌患者燃了一支烟，而且还和他一起吞云吐雾，恰巧又被护士长发现了。护士长这回要挟医务处立即把芹退回学校，或者请她立即回她的老家骑河镇；否则，她就撂挑子回家。看着护士长那副"有你无我，有我无你"的样子，一直站在一旁的桂突然哭了。桂一哭，芹也哭，癌症患者——那位六十多岁的老教师也流泪了。老教师说："你们要把芹赶走，我就拒绝治疗！"

医务处处长没法了，便问护士长："这……咋办？"

护士长黑了半天脸，突然蹲下来，也哭了。抹了几把泪之后，她给芹和在场的人讲了一个故事——

护士长的弟弟原来也是一个品学兼优的大学生，因为他痴爱的姑娘离他而去，便抽上了烟，而且抽得很凶；后来，在抽了一个坏小子递过来的几支烟后，就染上了毒瘾。吸尽所有的家产后，他从六楼上跳了下去……从此，护士长便对天底下所有的烟鬼有了一种不共戴天的刻骨仇恨！

护士长的故事讲完了，芹却一言不发，低头掩门而去。不一会儿，她拎着行李，来向大家告别——她要走了，回她长大的骑河镇。和芹很要好的桂拦住了她，对在场的人说："你们知道芹为什么吸烟吗？"大家都愣了，谁也没想过这个事儿。

桂抽泣着给大家说了芹抽烟的故事——

芹的父亲在芹的老家骑河镇，教了一辈子的书。芹很小的时候，父亲就抽烟。每天，芹和母亲总是倚门等待着一身烟味儿的父亲走进家门。芹从小在父亲的怀抱里、浸泡在那股浓浓的烟味中渐渐长大。不知道从啥时候起，芹的父亲开始一阵一阵地咳嗽，有时咳得喘不过气儿来，只要一缓过来劲儿，依然会掏出一支烟燃上。芹和母亲想尽办法，劝父亲戒烟，都不奏效，于是，芹的父亲就咳得越来越厉害；就在他要送的那个毕业班即将上考场的时候，一连几天几夜地为学生整理复习资料，他的烟抽得更厉害了。终于有一天，芹的父亲躺倒在肿瘤医院的病房里了，而那时，芹的父亲送的那个毕业班高考也结束了。就在芹的父亲昏迷中被送往医院的路上，一同前去的校长在他的口袋里发现了一张四个多月前的确诊检查单——肺癌！

入了院以后，芹的父亲在医生的敦促下戒了烟，但他之后没几天就离开了这个世界。临终，他对守在病榻前的芹说："真想再吸一口烟呐……"

芹于是就跑出去寻找卖烟的商店。等她拿着一包烟回到父亲身边时，一条惨白的床单已经把他父亲从头到脚蒙起来了。芹给父亲换衣服时发现，老人的手里攥着一个空烟盒，掰都掰不出来……

芹后悔自己没有满足老父诀别这个世界时、最后一个很容易办到的企求。她没有流泪，只是把手中的那包烟一支一支地燃上，供在了父亲周围……

芹的父亲去世后，芹再也闻不到平时弥散在身边的烟味了，那是她从小就熟悉的父亲的味道。每当她思念父亲的时候，她就会一支一支地燃上香烟，盯着袅袅上升的烟雾，沉浸在那种父亲的味道里……慢慢地，她就学会了抽烟……

桂把芹抽烟的故事讲完了，她才发现护士长的眼中含着泪，芹不知道什么时候折回来了，蹲在地上泣不成声……

芹最终并没有被赶走，但从那天起，谁也没见她再抽一支烟。

# 剧 情

"砰!"门被砸开……

"砰!"门被砸开……

往下呢?

烟灰缸里堆了个小山包,剧作家也没有虚构出来门被砸开之后,女一号该怎么办。

头昏昏的,肚子里被浓茶塞满,一动,还能听到响声。

一个月,拿出这部名叫《剧情》的二十集电视剧本,这对剧作家来说,实在是一个很艰巨的任务;但合约签了,就等于上了贼船。那个一脸横肉的制片人,时不时打个电话,剧作家就觉得有人在屁股后头催命。

卡了壳的剧情是这样的:男一号刚刚和他的情妇上了床,就被女一号砸开房门捉了奸。

但是,女一号砸开房门之后,该是什么反应?

她歇斯底里?

她哭天抢地?

她大喊大叫?

她痛不欲生?

她搧丈夫几耳光?

她扑到丈夫的情妇身上撕打?

她冷笑一声,说"请继续"?

她……

剧作家掐灭一个又一个烟蒂,觉得他设计的剧情都太俗、太大路货了。他觉得应该有别于其他此类剧情,应该出新,应该出人意料又在情理之中。但是究竟应该是什么呢？剧作家这时才发觉自己的想象力这么匮乏。

先吃了饭再说吧。剧作家往书房外边看——老婆不在家。

哦——刚才，她打了电话，说今晚替同事顶夜班。

剧作家翻了翻冰箱，里边除了几只鸡蛋，就躺着前些天自己买来的几包方便面。他懒得泡，就撕开一袋子，"格嘣格嘣……"自己咀嚼的声音从口腔涌上耳廓，听得很清晰。一百多平方米的三居室里，剧作家只能听到自己咀嚼的声音，很遥远，却很炸耳朵。

老婆……老婆……

自从自己签下这个《剧情》的撰稿合约，老婆就和这咀嚼声一样，清晰又混沌。天天猫在书房里疯狂地码字儿，老婆就被疏离在了书房之外。每天早上她上班走时，他在睡觉；每天晚上她回来了，他在和键盘亲近；老婆刚敲书房的门，他就不耐烦："别扰我，赶活呢……"

往往就听到老婆一声叹息，然后，就悄无声息。

老婆干吗去了？他不知道，也不想知道。当然，是顾不得知道。

昨晚，还是前晚？还是很久很久以前的一晚？记不大清楚了，反正是晚上，老婆洗了澡，硬挤到书房里，眼睛里分明有一种火焰，想在他们中间燃烧；但是，剧作家还是那句话："别扰我，赶活呢……"

又一声叹息，渐渐远去；接着，门"砰"地一声，很响，是卧室。

剧作家的耳朵里，只有"噼里啪啦"的键盘声，那时他正思如泉涌，飞快地在显示屏上构筑着、延续着自己的剧情……

终于到全剧最高潮了——女一号捉奸，却卡了壳。结束了这个高潮情节，剧本就 OK 了。每集 5000 元，拎上优盘，找那"横肉制片"兑现合约去。

操！这回，该我一个电话接一个电话找他催命了。

既然是最后的剧情，当然得有一个不同凡俗的结局，但是，"砰！"女一号砸开了房门，"砰"一声之后呢？

两袋子方便面"格嘣"完了，女一号仍然刚砸开房门。墙上的猫头鹰石英钟，告诉剧作家已是夜里十一点了。剧作家觉得脑壳像一盆糨糊。离最后交稿时间还有四天不是？先撂了，出去遛遛……

晚春的夜风顺着街筒，拥到剧作家身上。剧作家不知道自己要遛到哪里去，就这么在深夜的人行道上，幽灵一样地飘……

"砰！"门被砸开……

"砰！"门被砸开……

剧作家离开了书房那个构筑剧情的空间，却一刻也未能使自己的脑袋停止思考。

——这是到什么地方了？怎么这么眼熟？

哦……老婆上班的医院。结婚前，他总是在这个时候去接恋爱中的女朋友、现在的老婆下班。医院离家不远，自己竟又下意识地转了来。既来了，就再去接她一回吧，也给她一个惊喜。

多久没有像婚前那样，在子夜里去接下夜班的老婆回家了？今晚，她一定会喜出望外。

先让《剧情》见鬼去吧。近一个月了，都没让老婆当过老婆了。今晚接她回家，好好让她女人一回。剧作家刚从他的剧情里跳到老婆身上，下边竟在一瞬间有了反应。原来，自己也需要让老婆女人一回了……

就进了医院大门。

就上了医院急诊室。

就来到了老婆应诊的值班室。

就看到太平社会的夜班急诊室，冷冷清清。

就推门——门却关着，推不开，灯也暗着。

就听到了老婆那种他很熟悉的呻吟声。

就听到还有一个很陌生的男人的喘气声。

"砰！"门被砸开……

"砰！"门被砸开……

砸开之后呢？剧作家的女一号该怎么办？

几天后，《剧情》脱稿。那个悬而未决的"砰"一声之后，女一号一言不发，推开房门看见了一双陌生而时尚的女鞋，而这不是她的。她脸色顿时木然，这种表情只持续刹那，她弯下身提起那双时尚女鞋，"砰"地

长大了俺都嫁给你

41

一声带上门，走到楼下，把那双鞋放在了那个男人的车顶，随后无力地坐在楼梯口……

　　剧终。

　　——这个最后到达剧情高潮的结局，是剧作家在精神病院续上的。

# 摸风的女孩

## 1

天很凉了。有风吹来。

漂漂躺在老男人的怀抱里，挥着脏乎乎的小手，又在问："爸爸，风是什么样子的？"

老男人混浊的眼睛四下看了看，没有言语。他无法回答漂漂的问题。

## 2

一位珠光宝气的女人踢了老男人一脚，说："讨厌！一边儿挪挪，别挡了俺的道儿！"

老男人看了看那女人，用一只手扳着腿往路边挪了挪，动作很艰难。

"快点儿！你们这些死叫花子！"珠光宝气的女人很不耐烦。

"妈……啥是叫花子啊？"女人身后跟着手里举着七彩气球的小男孩。

"瞧见了吗？他们就是。不好好上学，长大了你就跟这老头儿一样，当叫花子！"

"叫花子多好啊，可以天天在这里晒太阳。我……"小男孩的话还没说完，脑袋上就挨了女人一巴掌，手里的气球掉在了地上。

小男孩其实是想说他天天上学都遇见这父女俩，但他后边的话被一巴掌打回了肚子里。

## 3

漂漂是老男人捡来的。老男人捡到漂漂的时候，正下着一场大雨，漂漂和包她的褴褛漂在垃圾箱里。他抱起漂漂的时候，连说了三遍"这妞命大"，于是就把漂漂叫"漂漂"了。

老男人有一条腿瘸了，他没有一个亲人，所以就把漂漂当亲人了。

## 4

那个小男孩又回来了，是他自己回来的。

"老爷爷，你和这个小妹妹是叫花子吗？"

"俺不是叫花子！你是谁?!"没等老男人接话，漂漂立即戗了小男孩一句。

"我是琪琪……我的气球好玩儿吗？"

琪琪刚才被他妈妈打掉的气球这会儿抱在漂漂怀里。

## 5

旁边那座大商厦的灯全部打开了，夜于是五彩斑斓。琪琪已经和漂漂成了好朋友。

"你快回家吧孩子，你妈妈该着急了。"老男人这句话已经重复很多遍了。

"我想当叫花子。当叫花子没有妈妈管、没有老师管、也没有教钢琴的阿姨管，也看不到爸爸妈妈打架了，还能天天晒太阳，多好啊……"琪琪说这话时一脸的憧憬。

"你爸爸和你妈妈经常打架吗？"漂漂问。

"嗯……不是天天打，但是……但是经常打。爸爸的官儿又当大了。爸爸说不要我妈妈了……"琪琪想哭。

"你哭了？我摸摸你有泪没有？"漂漂伸出了脏乎乎的手，"我连爸爸妈妈都没有，琪琪不哭啊。有爸爸妈妈的孩子都是乖孩子，琪琪也是乖孩子。"

有夜风吹来，吹着琪琪的脸和漂漂脏乎乎的小手。

## 6

路边一个店面里的电视正播放着一则寻人启事，事主悬赏 1 万元。寻人启事里有琪琪的一张呆唧唧的小脸儿。

老男人赶不走琪琪，就领着漂漂和琪琪回到了一个铁路桥的涵洞里——那是老男人和漂漂每天晚上住的地方。

已经是下半夜了。

## 7

"你什么都能摸出来吗？"琪琪又在问这句话。

"嗯……你不信？这是奥特曼，这是小汽车……这是米老鼠；可惜……可惜那个气球烂了……"漂漂脸上很失望。

"我妈给我的钱花完了，要不我就去再买一大堆来……"琪琪一脸失望的样子，接着又问，"你真的啥都能摸出来吗？你说说，我长的什么样儿？"

"咯咯……"漂漂很开心地笑，"你的眼睛很大，一定啥都能看清楚；可是你少了两颗牙，吃肉吃得动不？俺可想吃肉了，爸爸没钱买……"

"肉啊？呲——我妈经常往垃圾箱里倒，说那些给我爸送东西的人不长眼，现在谁还吃肉啦？你想吃，我明天就回家去拿……"

"你快回家吧孩子，都三天了，你爸爸妈妈该急死了。"老男人又在催琪琪了。

## 8

花着琪琪口袋里的钱，老男人和漂漂已经六天没去讨饭了。

琪琪第二天夜里真的跑回家，把冰箱里的肉拿来了。琪琪说他们家的冰箱里的肉还有鸡、还有鱼，都臭了；琪琪还说他爸他妈都没在家，要不然他就让妈妈弄些新鲜的。

## 9

"你真的啥都能摸出来吗？"琪琪又在问这句话。

"真的。"漂漂嚼着琪琪拿来的一只鸡腿，说。

"太阳你摸得出来吗？星星你摸得出来吗？"琪琪觉得他这个问题一准儿能难倒漂漂。

"摸得出来。太阳就跟个大屋子一样，是方的，是红色的。一有太阳，我就跟到了一个很大很暖和的屋子里一样，不冷了。星星是黑的，是长的，就跟个冰棍儿一样。一有星星，我就很冷啊……"

"哈哈哈……不对的不对的……太阳是圆的，星星是个小灯泡……"琪琪笑得捂着肚子在地上打滚。

"琪琪你能告诉我风是什么样子的吗？我摸过好多次风，都被它们从我的手里跑掉了……我好想知道风是啥样子……"漂漂的鸡腿吃完了，伸出手挥舞着……

有夜风吹来，吹着漂漂脏乎乎、油腻腻的小手。

## 10

琪琪被他妈妈找到时，是在医院里。

琪琪吃了另一只从冰箱里拿出来的鸡腿，还没到天亮就上吐下泄的，把老男人吓坏了。于是，琪琪便被给他打针的小护士发现了。那个小护士看到过关于琪琪的寻人启事。琪琪的妈妈当场给了那个护士 1 万元钱。

老男人被拘留了。因为琪琪的妈妈告他拐骗儿童。

琪琪的话没人相信。警察叔叔说他被老男人的谎话骗住了、骗傻了。

# 11

阳光很好，有风吹来，吹着漂漂脏乎乎小手，吹着她那张凹陷着两只眼睛的小脏脸儿。泪水把她的小脏脸儿洗得花花的。

漂漂要进福利院了，她临被抱上闪着红灯的那辆汽车时，突然对一直跟着她的琪琪说：

"琪琪，我摸出来了……风是圆的，风是黑的……"

# 如花般坠落

瑶琴从五楼的阳台上跌落下来时，就如同一朵飘摇而落的荷花，那随风舒展的裙裾，就是舒展的花瓣。

瑶琴跌落在地上的时候，"扑"地一声闷响，那白色的花瓣渐渐变成了殷红的颜色；那棵高大的梧桐树上被她挂落的树叶，散落在她身上和她的周围，在阳光下，红的、绿的，都很刺眼。

"110"闻警赶来，拨开围观的人群，开始保护现场，然后，确认死者身份。这很简单，这个家属院的人都认识瑶琴。

方翔接到警察打来的电话时，正驾着车去往另外一个城市。惊悉妻子暴死的恶讯，他连车都驾不成了，只好把车临时找了个停车场，打的赶回来。出租车未停稳，他就跌跌撞撞地扑过去，抱着瑶琴哭了个天昏地暗。方翔穿着天堂鸟西服的怀抱里，便沾满了妻子的血。

邻居们把他拽起来，扶到那棵高大的梧桐树下之后，瑶琴被送到了医院的太平间。警察要求方翔打开他们那个三居室的房门，方翔说，他没有钥匙，因为妻子是一天二十四小时在家留守的全职太太，他没有随身携带家门钥匙的习惯。

只好破门而入了，因为瑶琴的死因还是个谜，这也是方翔边抹泪边再三向警察要求查清的。他不相信自己早上出门时，妻子还好好的，怎么就突然坠楼而死了呢？

很快，勘察结果出来了：瑶琴属意外失足跌落死亡。

瑶琴坠楼时，家里的确只有她一个人，这排除了他杀的可能。把那个三居室几乎翻了个底朝天，警察也没有发现与瑶琴跌落楼下相关的任何线索；而且，据瑶琴的娘家人和邻居们反映，瑶琴与丈夫结婚这么多年来，一直相濡以沫，从白手起家到如今这个拥有三四百名员工的公司，你说"男人有钱就变坏"，连瑶琴的母亲都不答应。"翔翔是个好孩儿哩！对俺闺女好，对我和老头子好，亲儿子也比不上他哩。只怪小琴没福气啊……自个儿在家里呆得好好的，咋就掉下来了呢？"

公司的员工也都知道，方翔总经理办公室的所有人员，包括打字员都是清一色的男员工，根本没有那些形影不离的女秘书啥的；他们还说，我们老板忙完公司里的事，就会马上赶回家里；他还经常在办公室那几个男员工们面前夸媳妇："你们没找对象的，要选媳妇，就照我老婆的标准选，保准让你们一辈子舒舒坦坦。"

征得家属同意，瑶琴被推进了解剖室，结果出来了：除了坠楼造成的颅骨骨折、表皮组织及肌肉撕裂，没有查出任何不正常症状；唯有左手手臂上的那道撕裂伤找不到原因，后经再次现场勘查，确认是她坠楼时被那棵梧桐树树枝挂伤的。

只有"意外坠楼"，才能解释瑶琴的死因了。

要送瑶琴上路了。他们结婚七年多还没要孩子，只有方翔和双方的家人及近亲属，还有两人的好友和公司的员工代表参加葬礼。

悲痛欲绝的方翔为了对得起和他携手七年多的妻子，把葬礼举办得十分隆重。他租用了殡仪馆那台经常闲置的加长林肯殡仪车，把妻子送上了最后的红尘路。

殡仪大厅中央的水晶棺里，鲜花簇拥着的瑶琴经过整容师化妆，面容十分安详，嘴角似乎还挂着一丝微笑。哀乐声中，方翔早已没有了泪水，他只是盯着瑶琴的遗容，一遍一遍地重复着："琴，你走好……你先去吧，在天堂里等我……"

参加葬礼的很多人都想，有这样的丈夫陪她，瑶琴一定不想离去。也许上帝嫉妒他们，所以要把瑶琴收去……

葬礼结束了，一直站在方翔身后的两个小伙子忽然掏出了一副手铐，铐在了方强的手腕上！

所有人在目瞪口呆之后发现，参加瑶琴葬礼的人，只有这两个小伙子胸前没有佩带白花。

审讯室里，"嘶嘶"转动着的录音机播放着一段手机录音：

"……对，胸罩，挂在阳台外的树枝上。你取下来吧。让人看见，多……"

"哦……哦？还真是。我去拿下来……我够不到啊……"

"猪啊你？搬个凳子垫垫脚……"

"嗯……还够不到……"

"你踩窗台上，探出身，对对，伸手，对，再伸一点儿就够到了……"

"哎呀，你……你先别和我说话！我都站到墙上了，还够不到……"

"好！好……伸伸胳膊就好了……好……瑶琴！咱俩离婚吧！我讨厌你了!!"

"啊?！你……啊———"

最后是一声忽然中断的惨叫！

方翔的额头上有汗珠，但他说："这怎么能说是我杀害了瑶琴呢？

"方翔，你们的戏演得很逼真，不过，你绝对想不到你用手机录下的这段话会成为你作案的证据吧。你就待在你家对面的那个停车场，干吗还欲盖弥彰地打的？而且，那天随瑶琴一起坠下的手机和那个胸罩，你也忽略了吧。另一个人的手机里还有这样一段对话，你再欣赏欣赏？"

又一版录音带放进去，录音机又"嘶嘶"地转动起来：

"……回头，我让你听听我是咋把她'办'了的啊。"

"嗯，那……她死了吗？"

"现在还不太清楚。我都纳闷儿，警察咋知道得那么快？"110"已经去了。他们说已经初步断定她死了！"

"是吗？这太好了！"啵——亲一口，嘿嘿……你真聪明……可惜了……

"可惜什么？喂，喂！你怎么不说话了？"

录音机转了一会儿，接着是一句像是从牙缝里挤出来的声音：

"嘿嘿……可惜的是……那个罩子我用不成了……"

# 夏季谋杀

## 一

宾馆套房里间的床上，乱七八糟地扔着男人的西服、衬衣以及汪蓓蓓的服饰。

廖凡终于用眼睛证实了那些谣言。

三个小时前，弟弟廖非送来了几张照片，是妻子汪蓓蓓和一个男人抱在一起的照片，一丝不挂。廖凡只看了一张，就有了热血涌出百会穴的感觉，他随即冲下了楼。

照片证实了一个多月来的谣言，而廖凡的眼睛又证实了那些照片的肮脏。

廖凡走下楼梯时，觉得阶梯很长。

## 二

廖凡在宾馆的停车场，看到了妻子汪蓓蓓的那辆白色本田王。他打开了车门。他有车钥匙。

白色本田王在初夏的都市街头横冲直撞，根本没顾忌红绿灯的束缚，终于被警车拦下了。

廖凡从白色本田王里钻出来时，才知道自已已泪眼迷蒙。

廖凡和汪蓓蓓是自小在福利院长大的。两个孤儿结婚时曾发誓要相守一生。他们是在福利院里一起长大的弟弟廖非面前说的这句话。后来，汪蓓蓓成了拥有数千万资产的公司的董事长，而廖凡却依然教他的书。

廖凡驾着车，一脑袋乱糟糟的生活片断，直到，车被警察拦住。

警察在例行检查白色本田王时，在后车厢里发现了汪蓓蓓。她衣不遮体，脖子里勒着一根领带；后经法医鉴定，她已经死去一个多小时了！

## 三

尽管无法完全排除廖凡谋杀妻子、转移尸体的嫌疑，但他最终还是被取保候审了。警方既找不出廖凡杀妻的确切证据，也无法排除廖凡的杀人嫌疑。

来接廖凡的是廖非，还有郝燕。郝燕是公司外联部部长，也是廖非的女朋友。

阳光很好，没有风，仲夏的天气很热。廖凡用手挡了一下刺目的阳光，忽然觉得很冷。

## 四

廖凡对妻子留下来的公司一头雾水，便去说服弟弟廖非打理公司业务，但廖非坚决不干。他建议哥哥公开招聘一名总经理。

廖凡望了望弟弟："你不干，谁干?!"

廖非搓了搓下巴，没有说话。

## 五

廖凡被监视居住。他一个人孤独地躲在家里，一直在做两件事：不断地翻过去的影集，不断地撕扯他积存的两柜子教科书。

在一个雷雨交加的夏夜，廖凡把那些专业书籍的碎片，用一个床单包着，跑下楼去，全部扔进了垃圾箱。回到楼上时，他打了个喷嚏。

# 六

廖非和郝燕经常来看哥哥，一段时间后，就是郝燕自己来看廖凡了，并配了廖凡家的钥匙；因为廖非打电话对哥哥说他太忙，公司里的业务缠得他无法脱身。

这个夏天多雨，都到末伏了，还闷热得让人喘不过气儿来。终于，郝燕在一个大雨倾盆的夜晚，摸到了廖凡床上，但她扑了个空——床上只有一条茧丝薄被。

廖凡那时正在他和汪蓓蓓儿时成长的那家福利院门前徘徊。他没有打伞。

一阵急雨过去，他接连打了好几个喷嚏；之后，有一串炸雷在头顶滚过。

# 七

廖非死了，很突然。

办公室的电脑里留有他的遗言。遗言不长，但说得很明白：他是自杀，因为他受不了恋人被同胞哥哥夺去的痛苦。

在廖非伏着的老板台上，有半杯没喝完的法国白兰地，检验结果：里边含有足以致死人命的苯巴比妥。警方据此初步得出结论：廖非的死属于自杀。

# 八

刑警闻警赶到公司的时候，廖凡正在医院输水，郝燕伺候在侧。

廖凡听到弟弟自杀的消息时，长长地吐出一口气，眼睛望着窗外眩目的阳光；随后，他对一直伺候着他的郝燕说："兄弟一场，我去最后看看他……"郝燕便开着那辆白色本田王把廖凡拉到了汪蓓蓓的公司。

# 九

三天后的一个晚上，廖凡又在家里翻看他、廖非和汪蓓蓓的影集。郝燕猫一样蹲在他的跟前。窗外的夏夜依然闷热，中央空调"嘶嘶"地响着。廖凡的泪水一滴、一滴地落在影集上。

"老这么悲伤也不是办法，凡，出去走走嘛……"郝燕晃着廖凡的腿说。

廖凡看了看郝燕，又看了看郝燕，说："好吧，我去卧室换件衣服……"

不到十分钟，一幅手铐铐在了郝燕的手腕上——廖凡在卧室里拨了"110"。

# 十

廖凡和讯问刑警坐在一起。

廖凡说："你很聪明，但更无知，都是贪欲害了你啊！你望陇得蜀，想以和我结婚的手段，达到你独占公司资产的最终目的。但是你忘了，我是刑侦学教授。你先在廖非的电脑里替他写下遗书，借以公开和我的'恋爱关系'和转移视线，骗他喝下那杯白兰地之后又火速赶往医院，以造成你不在现场的假象，但是，你却把指纹留在了键盘上和那个盛着白兰地的高脚杯上……"

郝燕已经瘫倒在了审讯室里。

廖凡长长地叹了一口气接着说："廖非这样死，也算是最好的归宿了。在福利院时，他一直暗恋着和他同岁且对他十分体贴的汪蓓蓓。蓓蓓嫁给我后，他对我和蓓蓓积了怨。他受了你的蛊惑后，才鬼迷心窍地下决心去杀害蓓蓓并往她身上泼脏水，试图侵占蓓蓓公司的资产。你俩事先制造了蓓蓓有外遇的谣言，再在蓓蓓陪客人醉酒后把她骗到宾馆里，然后，廖非用领带勒死蓓蓓，并藏尸于她的车里……"

郝燕听到这里，惊恐地喊道："不！汪蓓蓓的死与我没有关系！"

廖凡冷笑着继续说："你们忘了宾馆有监控录像了吧，廖非怎么能亲自去总服务台为蓓蓓登记房间呢？而你，在廖非的电脑上伪造了那些很粗糙的照片，虽说文件删除了，却不知道还有数据恢复这项技术吧；你更不该亲自去买那些蓓蓓死时的房间里根本没上过身的西服和衬衫；更重要的，是你打电话告诉我的'捉奸'地址……"

郝燕脸色苍白，冷汗如雨，"扑嗵"一声跪在了廖凡面前。

廖凡没有看她，接着说："可惜，我以前一心扑在教学上，没有过多地关心蓓蓓……而廖非也被你蒙蔽了。他一直以为你接近我是为了取回那些照片。因为，他发现我在一遍又一遍地翻看那几张不堪入目的照片时，已经成了惊弓之鸟……"

在汪蓓蓓那座汉白玉砌成的陵墓前，廖凡怀里抱着那本存有他、廖非和汪蓓蓓从小到大的照片的相册，泪流满面。

一阵风刮过，火苗渐渐吞蚀了那本影集。

纸灰随着初秋已有几分凉意的风，飘向远处的城廓……

长大了俺都嫁给你

# 水萝卜棵

就这样出门吧。

君晓要走的时候，又站在双人床前的那面大玻璃镜前，把自己端详了几眼：一身蓝西装，一件暗格衬衣，一根绛紫色领带，还有妻子给他买的那双老人头皮鞋——他对自己的衣着很满意。刚刚刮了胡子、理了发，这让他一下子从颓废了快一年的日子里精神起来了。

就这样去见妻子，她不会再嗔怪自己不修边幅了；她也许还会吃一惊，说，君晓，你什么时候学会自己收拾自己了呢？

自从结过婚之后，每逢君晓的生日，都由妻子给他操办生日晚宴，而那晚宴上，必定少不了一道菜——蒸水萝卜棵。

那水萝卜棵其实也就是一种野菜。到君晓生日前后的时节里，那种野菜已挺过长长的冬天，再往后，等到春风暖起来的时候，它就迅速地开花结籽；开那种淡紫色的、很小很小的花，结那种深褐色的、很小很小的籽。等夏天热烈出一个蓬勃的世界时，水萝卜棵早已挺立在正在灌浆的麦田里，拖着满身的种子老去……

君晓就是因为有了这很不起眼的"水萝卜棵"，才捡得一条命的。他出生的前一年秋，黄河水冲去了一季的收成，老家骑河镇的人一起挨饿，到他出生的春上，家里早已没有了任何可以糊口的东西，以至于母亲的乳房里总也挤不出一滴奶来。幸亏地里有随处可见的水萝卜棵，父亲挖来，母亲便蒸或者煮，然后嚼碎，把那绿糊糊抿在他嘴里，他就这样靠着水萝卜棵活了下来。

从小，每到生日，母亲就会在煮好的红皮鸡蛋旁，再给他端上一碗蒸熟或者炒熟的水萝卜棵。母亲总是边淘洗水萝卜棵边唠叨：水萝卜棵是你晓晓的命哦。妻子过门后，便理所当然地把这些话记在了心里，而且，也下了很大工夫和母亲学习烹调水萝卜棵的厨艺；再后来，他们离开骑河镇到了省城，妻子就把过生日时准备水萝卜棵的传统，让婆婆很放心地继承下来了。

自然，这次去和妻子一起过自己的生日，君晓也没忘了带上水萝卜棵，不然，妻子会怪他丢了这么多年的传统的。早几天前，君晓在菜市场居然碰上了一个卖这种野菜的。那个乡下大嫂要 5 块钱一斤，他没还价，就过了秤，花 20 多元钱，全部买了下来。

终于来到妻子跟前了。君晓坐下来对妻子说："又到我的生日了。不过，我把生日提前了一天，改成今日了，你不会怪我吧？"

妻子看着他，没有说话，君晓只顾自己说下去："……你不说话是吧？一年都没见你了，你就不想我？我很想你啊，咱们琪儿也想你。你临走时，让我带好他，我哪能不听你的呢？现在琪儿就要初中毕业了。前些天，我专门带着他回了一趟骑河镇，去看看咱娘。顺便领他到麦田里，让琪儿认识认识水萝卜棵。以后，我再过生日，琪儿就会去给我挖了。不过以后也许用不着再去郊外挖了——忘了告诉你了，现在，近郊的老乡也知道水萝卜棵受人喜欢了，也知道城里人时不时爱吃口野菜了。他们把水萝卜棵挖来当菜卖，比种出来的蔬菜贵多了。昨天，那个大嫂就问我要 5 块钱一斤，我没还价，就全买来了。你是不是又该怪我乱花钱了？"

妻子仍然看着他，不跟他说话，君晓仍继续像个唠叨婆婆那样自顾问着："去年我过生日时，怎么没人卖水萝卜棵呢？唉……"

去年的今天，妻子像每年君晓过生日一样，照例在他生日前一天去近郊的麦田里挖水萝卜棵，很晚了还没回来。君晓在外边喝醉酒回到家里很久了——他根本不知道第二天就是他的生日。他渴极了去倒水喝，饮水机上的纯净水瓶是空的。他晕晕乎乎地去烧水，打火时不小心被天然气灶喷出来的火苗舔了一下手，酒后无德的他顿时火了，居然一抬手把放进茶叶的茶杯砸向了墙上他们的结婚照！砸得很准，正中妻子那漂亮的鼻子……

"唉……那时我真的错怪你了，到现在你也许还不原谅吧。你不知道，就因为这个，我总跟自己过不去。我知道现在说什么都晚了……我那时怎么就没想到第二天是我的生日呢？怎么就没想到你总是在我生日前一天去挖水萝卜棵呢？我真浑！今年不用你去挖了，我把水萝卜棵带来了，咱一起吃吧。你忘了？咱娘说水萝卜棵就是我的命啊。因为……因为我的'命'……你……呜呜呜……"

君晓唠叨到这里，竟鼻子一酸，伏在妻子面前哭了起来。

妻子仍那样定定地看着他……

"我把蛋糕摆好了，蜡烛也点上了，你还跟以前那样，祝我生日快乐吧，再吻我一下吧。哦……你不会吻我了，那，我吻你吧……"

君晓说完，伏在眼前那尊墓碑上的妻子的黑白照片上，深深地吻了一下。君晓没有注意到，妻子的墓茔旁乃至整个陵园里，都有水萝卜棵在开着淡紫色的小花……

# 萧潇雨的窗外

主任把这位名叫萧潇雨的采访对象的资料递到我手里说:"去吧,别着急。采访这样的人,注重和她心灵上的沟通,这样才能真正写好一篇人物报道……"

按响门铃的时候,我听到门里边一阵悉悉嗦嗦地响,接着,门就打开了。来开门的是一位二十岁左右的姑娘,她说她就是萧潇雨。我暗自吃了一惊:主任说的那位开通"爱心雨热线"的姑娘,原来是这个样子!

我进门。萧潇雨给我倒了一杯水,我赶忙扶了她一把,接过来道了谢。

采访开始了,萧潇雨却似乎配合得很不好。我闹不明白她在"爱心雨热线"中和那些人生受到挫折的人们是怎么沟通的,因为我们的沟通已经发生了困难。她总是答非所问,我还发现她的注意力并不在我的采访话题上。

她的脸总是朝向这个狭小的客厅里的那扇唯一的窗户,窗前,挂着一个很大的鸟笼,鸟笼里有鸟,还有一串风铃。

"刘记者,每天早上风铃一响,我就知道天亮了。风铃叮叮咚咚的声音,跟鸟叫的声音一样好听啊!"

"唔……"我敷衍着她的话,"你就这样整天在家听风铃、听鸟叫吗?"我试图从外围往我要采访的话题上包抄。

"不。有很多的朋友在热线上陪我聊天,和我交流,我怎么会是一个人呢?"终于,她把话题转移到了她的热线上。

"哦,是吗?你为什么要开通这个热线呢?"我紧紧抓住这个话头不放。

"因为我想把我的风铃声、鸟鸣声告诉给更多的朋友……"这些理由几乎是幼儿园小孩子们天真的想象，丝毫没有我路上设想好的那些豪言壮语，我很失望。她就靠这些鸟鸣声、风铃声为那么多的要走绝路的人指点了迷津？我开始怀疑主任给我的这个报料的价值。

"还有，我还告诉他们，我家里有一扇窗户……"

这有什么稀罕的，谁家的客厅没有窗？我不便流露我的不屑，只好耐心地听着下文，好瞅准时机，切入我的话题。她似乎谈兴很浓，只顾继续说着——

"你看到我家的这个窗户了吗？窗户外边，有一棵很大的梧桐，梧桐树上，有很多白鹭鸟。每天早上，它们就早早地唤我起床，然后，给我唱歌……它们的歌喉，是那么的美……"

我合上了采访本。我已经明白这次采访肯定要失败了。

"我在它们的歌声里起床，吃妈妈做好的早点；然后，我就跟它们说话……梧桐树的空隙里，透过来一缕缕金色的阳光；远处，是一朵朵飘在蓝天下的白云；白鹭，还有燕子，还有云雀，哈——还有布谷鸟……它们看我一个人在家里，都飞到我的窗前陪我，跟我说话，给我唱歌。我的嗓子不好，唱的歌很难听，我就摇摇那串风铃感谢它们；它们就在我的风铃声中，绕着我的窗户跳舞……"

我望望那扇窗户，望望那个一尘不染的鸟笼里边的风铃，竟渐渐地被她的话迷住了。我决定不打断她，不再提采访的事，让她继续说下去……

"我家窗户外边的风景，每天都很美哦。有时候，梧桐树上面的阳光是金色的；有时候，小鸟们的羽毛是金色的；有时候，远处的天空是金色的……"

萧潇雨在说这些话的时候，脸一直朝着那扇窗户，脸上有一种红晕，我想那是她心情很好的缘故。

"什么都是金色的？就没有其他颜色吗？比如，天阴的时候，下雨下雪的时候……"我似乎成心要煞煞她的兴致，好让她收住话头，回到我的采访中来——我总不能白跑一趟吧？

"当然，我总是在心情不好的时候，发现窗外的风景也变了颜色，变成了乌云滚滚的黑色，梧桐树上的小鸟也不知道飞到哪里去了……它们不来陪我，我的心情就很糟糕，甚至想过很多次自杀。有一次，我甚至把偷偷攒了很多天的安定片都拿在手里了，但我想最后再看看窗外的梧桐树。我走到窗前的时候，碰到了那个鸟笼，风铃响了，叮叮咚咚的声音，和以前一样。我突然明白了：窗外的风景依然美丽，只是我一时的感觉很糟糕罢了……"萧潇雨站起来走到窗前，用手拂了一下那个鸟笼，叮咚悦耳的声音立刻淌满了这个很小的空间……

"哦，对不起。我不该问你这个……"我向她道歉。

"这不怪你，你不问我也会给你说的。我知道我所说的不是你想要问的内容。但是，我在我的热线里，每天给朋友们讲的，的确就是我刚才所说的那些窗外边的风景啊……"

萧潇雨的话题终于回到了'热线'上，我下意识地打开了采访本，但这时，桌子上的那部金黄色的电话忽然响了……

"喂，这位朋友你好！我是爱心雨热线……哦，你好。哦……是吗？你想去旅游，但是你一辈子也实现不了你的梦想了……我能理解……哦……是吗？那我先带你到我们这儿旅游一趟吧……现在，我就在我家客厅里，我先给你说一下窗外我看到的风光好吧……"

我静静地听着萧潇雨和电话那端的对话，并飞快地在采访本上记录着她所讲述的内容。我听出来了，给她打电话的这个小伙子，遭遇了一场车祸，不幸失去了双腿，但他儿时的梦想，是做一个徐霞客那样的旅行家。我还听出来，萧潇雨并没有给那个小伙子讲什么人生真谛之类的大道理，她真的是在描述着她家窗外的风景，但这时，她讲的已经和刚才的内容完全不一样了。她把中岳嵩山的伟峻、龙门大佛的神韵、黄河涛声的雄浑……完全收进了她家这扇窗口，如诗如画般的语言，让电话那端的小伙子渐渐地入了迷，也让我迅速痛恨起自己来。为什么踏遍了全省各地的我，对家乡的这片厚土，还没有眼前这位盲姑娘了解的多、而且还爱得那么深情呢？

我再一次望了一眼那个油漆剥落的窗户——窗口外边紧紧挨着楼裙的那堵围墙，依然严严实实地遮挡着窗外的视线，连阳光也透不进来一点儿……

# 扁担七

扁担七的真名叫卞七。

扁担七从早到晚在骑河镇一带转悠，肩上总挑着个担子。担子两头挂两个麦秸篓，篓里总有半篓烧饼。

扁担七早上担出去两半篓烧饼，晚上会担回来两篓钞票来。

小米都涨到 10 万块一升了，扁担七的烧饼还是老价儿——三万一个。

那天，石夯买他的烧饼，数错了票子。扁担七后晌到家没顾上吃饭，攥着那多出来的 1000 块就来敲石夯家的门。

"这'光头票'都日鬼得当擦屁股纸了，一千两千的，算个毬？你还送过来……"石夯啃着一块生红薯出来了。

"生意嘛……嘿嘿……一是一、二是二。"扁担七盯着石夯手里的半截红薯直咽口水。

"光棍儿日子不好过呀！还没吃饭吧？对了，那个……凑得咋样？"前几天石夯在骑河镇的邻村，给扁担七说了个媳妇，人家提出彩礼不要票子，要 10 块现大洋。"我腿都跑细了，人家就是不松口。"

"嘿嘿……票子攒了一布袋，这黄河滩里，到哪儿去兑现洋？找不着地方兑现洋，这……咋办？"

石夯甩了红薯蒂："日他姐！如今这现大洋比老婆都难找啊，你不会想想别的招儿？"

等骑河镇上插了红旗的时候，扁担七的媳妇才娶回来，还是"进门喜"，头一个月就怀上了。

人要是走运了阿斗都能坐朝廷，这好事儿像瞄上了扁担七。上头来的工作组进村没几天，新任的村长石夯突然在群众会上宣布扁担七是"地下党",那可是革命功臣啊!连工作组的组长见了他都毕恭毕敬,叫他"卞七同志"。

群众会上,工作组的组长向大家介绍卞七同志怎样利用卖烧饼做掩护,如何巧妙地把情报藏在麦秸篓里,又怎么机智勇敢地穿过敌人的封锁线,不分昼夜地奔走于敌占区和解放区之间的……

邻居们的眼睛睁得像铜铃,觉得台上披红挂彩的扁担七简直……简直就是"卞七同志"。

"下面大家欢迎卞七同志介绍自己是如何从一个受剥削压迫的劳苦大众成为一名光荣的共产党员的!"工作组组长说完这话就和石夯村长带头鼓掌……

邻居们没有听明白扁担七介绍的"如何",只觉得台上的"卞七同志"一下子比戏文里的梁山好汉都厉害。

散会了,会场像落了一群麻雀的树林子。

"瞧人家扁担七……噢,卞七同志,多光荣!"

"平时不显山不露水的,咋就……"

"听听人家台上说的话:'三座大山'、'劳苦大众'、'阶级压迫',净新词儿"。

"咱从前天天头碰头的,咋就不知道身边出了个地下党呢?"

……

大伙儿咋捉摸也弄不明白扁担七是咋变成卞七同志的,就去问石夯。石夯搓了半天下巴,搁下一句话:"毬!我也不知他咋日鬼的。"

骑河镇这一带圈在黄河湾儿里,除了土匪多,是个鬼都不下蛋的地方,都解放了党员还没发展几个,别说"地下党"了,更稀罕。扁担七便不再卖烧饼了,天天戴着大红花去开会、去做报告。每次他讲完了"三座大山"等等之后就回到家里关上门,不再露面儿……

扁担七没福气,好日子刚过了两年,就一天不如一天了,像欠了乡邻啥东西,连走路都绕着大伙儿,收完大秋又染上了霍乱,连吐带泻两天后,已气如游丝,县里的医生都来了,也没法儿。

又挺了一天,扁担七就是闭不上眼,总往石夯村长家的方向盯。他那个用10块大洋换来的老婆抹着泪把石夯请来了，扁担七已经脱水凹陷的眼睛一亮，死盯上了石夯。石夯附过耳朵，扁担七的声音小得如蚊子哼，只有石夯听得到——

"村长，俺……俺骗了大伙儿。其实，俺入党，是……因为送一回情报，八路……八路给……一块现洋的路费。不像国军，不……不给钱还……还得挨打……再说了……我……我挣够彩礼就不干了，哪像……哪像会上说的，都是工作组组长教俺的……"

石夯村长听完，对着死盯住他的那双眼睛大声说："俺知道了！回头俺给大伙儿说个明白！"

扁担七眼神儿一亮，没了气息。

石夯村长并没有给大家说明白，还向县里汇报说扁担七是因多年的地下工作，积劳成疾而"光荣"的。

前些年，村子里搞责任制，当了几十年村领导的石夯也交了印。我和他喝酒喝到他撒尿都解不开裤带儿时，他竟把压在肚子里几十年的扁担七临终那几句话端了出来，末了他说：

"亏他死得早哇，捞了个'光荣烈士'的好名声。

# 最后的感觉

赵锡伍气喘吁吁地闯进骑河镇上唯一的屠夫石布袋家里时，石布袋和老婆正在吃午饭。

"快！想办法让俺躲躲，有人要杀我！"赵锡伍从口袋里摸出一大把现洋塞到石布袋手里后，一把夺下了他的饭碗。

石布袋慌忙跳起来，揩了一把鼻涕，两眼对着那家徒四壁的小屋扫了一圈儿。屋子里除了一大堆这两天剥下来的马皮、驴皮、羊皮外，再没有别的东西了。他对赵锡伍说："委屈司令在这儿躲躲吧。"便让赵锡伍蹲到一个柳条编的大筐里。那筐是平时盛放那些从畜牲肚子里扒出的、来不及拾掇的五脏六腑用的，又腥又臭，脏得让人看了就想呕。

石布袋和老婆七手八脚地把屋子里那些马皮、驴皮、羊皮堆到了赵锡伍身上，高高的一堆，压得赵锡伍几乎喘不过气儿来；堆完后，又顺手端了一盆血水泼到了那堆臭皮囊上；刚把瓦盆放下，外面就闯进一群荷枪实弹的土匪。

"看见赵锡伍那个兔崽子了吗？"一个歪挂盒子的头目进门就冲石布袋吼。

"没……没有，老总！"

那帮家伙把石布袋家里搜了个鸡飞狗跳之后，"歪挂盒子"瞄上了院子里的那堆兽皮。他绕着柳条筐转了三圈儿，歪着头挥了挥手。

石布袋的腿开始打颤。

几个家伙跑过去，抽出刺刀对着那堆臭皮囊一顿猛戳！

"我的皮！"石布袋喊了一声就往前扑。

"你的皮？哈哈……这是你的皮？""歪挂盒子"把嘴里叼着的烟屁股

一甩，朝石布袋肚子上踹了一脚，然后走到院子里的那口大水缸前，掂起一大块儿泡在里边的血淋淋的驴肉说："孝敬孝敬老子！"又挥了挥手，"撤！"

土匪们纷纷下手，几乎把水缸里的肉抢得一块儿不剩。

土匪们顺着凉水河，窜出骑河镇老远了，等石布袋的老婆望风回来，两口子这才忙把赵锡伍扒了出来。赵锡伍浑身上下血迹斑斑，脸上也沾满了猩红的兽血。他从筐里跳出来就往门口望："鳖孙们都走了？"等他确信已没危险时才惊魂方定："布袋老弟，赵某谢谢你的救命之恩。你他妈的是条汉子！刚才刺刀差那么一点儿就戳到老子的脑袋了。这些狗日的驴皮，臭烘烘的，压得我动都动不了。要是鳖孙们再用点劲儿，老子非完蛋不可！"

"赵司令，我可吓坏啦！他们一盯上那堆皮，我的腿就筛糠。拿刺刀戳您时，我差点儿没尿一裤子。不知赵司令在觉着自己命快绝时，心里头啥滋味儿。"

"啥滋味儿？我他妈的……"赵锡伍正要说下去，石布袋的老婆惊慌失措地从门外跌了进来："不……好了，他们又拐回来了……"赵锡伍"噌"地拽出腰里的盒子炮就要往外冲："妈的！老子拼了他们！"石布袋拼命拽着赵锡伍："别……别……"

"司令！司令——"门外跌跌撞撞地冲进四个人，也是荷弹实弹的。赵锡伍定眼一看，就把枪收了起来："妈的！刚才你们都躲到哪个娘们儿的裤裆里了？"臭骂一顿后就自顾去洗脸，洗完脸整了整衣领，立即恢复了司令的威严。他微笑着向石布袋两口子踱过去，两只眼睛透着平时极少见的温和。

石布袋也憨笑着迎了上去："赵司令……"

"捆起来！"赵锡伍突然变了脸。四个家伙瞪着眼睛扑上去，极熟练地用经常捆那些该死的畜牲们的绳子，把石布袋两口子绑了个结结实实。赵锡伍背着手走过来，伏在石布袋耳朵上说："我不想让任何人知道我刚才的熊样儿，所以我得宰了你。"然后就命令士兵们把石布袋和他老婆押到院子里的一面土墙下，又命令他俩面对着墙站好，不准回头。

背后传来了"哗哗啦啦"拉枪栓的声音。石布袋的两条腿像抽了骨头似的想瘫，脑袋里像刮着一阵狂风，呼呼地响，小肚子里憋得慌，心咚咚地跳，脖子像被人卡住那样透不过气儿来……

妈的赵锡伍，你恩将仇报，杀人灭口哇！石布袋心里骂着，却不敢出声。"预备——"身后又传来赵锡伍狼嚎似的声音，就像远处很小的声音钻进了耳朵却如霹雳，炸得他整个头都蒙了。

完了，完了！这辈子就他妈的窝窝囊囊地完蛋了！！杀了一辈子的生，也该遭报应了。石布袋想到这里，心里反倒镇定了。他瞥了一眼老婆，她脚下湿了一大片——娘们儿家，没种！

石布袋绝望地闭上眼，站在那里等死……

半晌，也没听见后边再有动静。石布袋一咬牙只管回头看——院子里竟空无一人！刚才赵锡伍站的地方堆着几摞现大洋，下面压着的一张纸上写了一行字："你问我刚才啥滋味？你小子知道了吧?!"

## 菩萨李

菩萨李在骑河镇落户的时候，只是一个游方郎中。

不知道啥时候，镇上的女人送了他一个"菩萨李"的美名。在女人们的心里，他简直就是庙堂里的送子观音——给菩萨上了供，送不送子还得看神仙乐意不乐意，但到菩萨李那儿讨几粒或黑或白的药丸一吃，不出俩月，就能喜珠暗结。

像所有的祖传秘方一样，菩萨李那小药丸的配方也从不示人。配药时，老婆、孩子、伙计、仆女统统不让帮忙，菩萨李一个人躲在屋子里关上门忙活，配好了就让老婆端到屋檐下晾干。

日本人占了县城后，菩萨李照样在骑河镇方圆百十里行医，偏巧就有一个叫池田尾的日军军官，终日带着他的日本娘们儿南杀北掠，四五年也不见女人的肚皮有啥动静。池田尾骂了无数回的"八格呀噜"后，听说了菩萨李的大名，便带着妻子来到骑河镇，找菩萨李诊病。

换了便装的池田尾彬彬有礼，连侍卫都留在了菩萨李的大门外。落座后，池田尾对着菩萨李连伸了几次大拇指，才婉转地说明了来意。

菩萨李放下锃亮的铜水烟袋，掸了掸长袍上的灰，然后盯了一阵来者，便眯上眼睛慢条斯理地开始诊脉。

分别给男女把过脉后，菩萨李拂了拂下巴上那绺灰白胡子说："池田尾先生，子嗣之事，非同小可。本国有句老话：不孝有三，无后为大，但延续香烟也非轻而易举之事，不仅需要阴阳交融，还需暗合天地、日月、星辰、床第等等流年、方位之运势，甚至宅门吉凶也能冲煞胎气。将军军旅中人，因居无定所，所以这些便已属于次要，只需练达心神，多行善举即可，否则终日兵戎相向，凶气相侵，至使心憔神悴、阴阳失调、五行离散、脏腑失和，别说老朽，就是送子观音真的下凡，恐怕也爱莫能助啊！"

池田尾求子心切，况且对中国话半懂不懂的，只是点头。等包了那黑白两色药丸离开骑河镇时，夫妻俩双双向菩萨李一躬到底。

"尊夫人不能孕产，问题在于将军您，所以，这药丸请将军黑白交替、日服两次，务必在四日内服完，可保早有获麟之喜！"菩萨李端坐着一动没动，又吩咐了几句，挥了挥手算是送客了。

"哈依！"池田尾又是一躬到底。

等池田尾一丝不苟地按照菩萨李的吩咐服完药后，裆里的那东西便不痛不痒地开始溃烂，十多天后就一命呜呼了。

日本人杀气腾腾地围了骑河镇，菩萨李一家早已不知去向，只好放了一把火烧了菩萨李空无一人的院落和镇上所有的房子，又抓了镇上几十个棒劳力去县城修碉堡……

日本投降后，菩萨李一家又出现在骑河镇，但这时他已病入膏肓，来日无多了。

菩萨李腋下长了一个恶疮，不疼不痒，只是溃烂，脓血长流，如今已是毒气攻心了——给池田尾配那要命的药丸时，他腋下一时痒得难受，就用带着手套的手挠了几下。他用尽了所有消毒生肌的药石，也不见任何起色。

这天晚上，菩萨李把他的独生儿子叫到床前，喘着气说："我可能管不了你了……凭我积攒的家底儿，你能富富足足地过一辈子，日后不要再干这一行了……"

老婆吃惊地问："为啥不干这一行？你把那秘方传给他不就中了？再说……"

"再说个屁！你的肚子你还不清楚？"菩萨李刚一发火，就接不上气儿了。他脱去衣服，指着腋下的恶疮说："这是报应！这就是我菩萨李的报应……"

菩萨李喘了一阵子气，忽然眼神暗了下来，上下牙"咯吱咯吱"咬了半天，突然对守在床前的儿子说："孩子……爹对不住你，瞒了你二十多年。你……你娘的肚皮……不……不争气。你的亲生父母，不是我和你娘……是……是……"

菩萨李话未说完，一口气没上来，就过去了。

# 程二奶奶

谁也弄不清楚程二奶奶高寿几何，反正她十六岁嫁到骑河镇时，程二爷脑后还垂着辫子。

程二奶奶嫁过来时，没带嫁妆，却带过来几根长短不一的银针——她娘家是名噪四乡的歧黄世家。

程二奶奶刚懂事时就缠着父亲要学医，但父亲推推鼻梁上的铜腿眼镜，对她说：不中！祖上有规矩，传男不传女。

程二奶奶不死心，趁着给父亲帮忙，偷学。等到快找婆家时，到底还是把父亲的医术偷走了十之七八；临上花轿，又把父亲那几根银针揣到怀里，偷到了婆家。

程二奶奶的那几根针很神，尤其是那根用簪子打成的半尺长的银针，看着就让人发怵，但犯了羊羔风的病人死不了也活不成时，她挽起袖子，众目睽睽之下操起那半尺长的银针，照着病人心窝"扑"地一下——胆小的人看都不敢看——还没等你回过神儿来，神昏智迷的病人突然就狂笑不止，大笑一阵后自会安然睡去。睡醒后起针，一切如常。如此三五次，便不再犯病。

最绝的是治小儿"脐风"。那时候，谁家刚生下的毛孩子染了这病，十之八九得见阎王，但程二奶奶那根绣花针一样的东西往浑身青紫、抽挺得全身硬梆梆的病娃脚板上扎那么几下，再挤出点儿黑紫血，黄泉路上走了半道儿的毛孩儿哇哇地哭一阵后，就又哭回了人世。

谁也不知道程二奶奶救了多少人的命，反正光逢年过节来瞧她的干儿干女就得让她没完没了地招待半个多月。

程二奶奶行善一世，却从不收人一文钱——这是她的规矩。她说一收了钱，她就会出错儿，那是要人命的事儿。

骑河镇上还有一位名医，叫菩萨李，专治男女不孕，但他收钱。他家的门楼盖得比县衙门还高。菩萨李不止一次地对程二奶奶说，您程太太一手绝学，济世救人那自然是杏林中人责无旁贷的事儿，但看病的人也要吃饭穿衣，治病收钱自古以来天经地义。程二奶奶听完这话总是说：一个人一个活法儿。你收钱能发家，我收钱就会丢了身家性命，这是规矩！娘家爹的医道本来就是传男不传女的，我都坏了一回规矩了。

菩萨李夜里提了重礼去程二奶奶家无数回，谁也不知道去干啥——但绝不是去治病——却都又原封不动地提了回来。

日子一天一天地稠得像树叶，转眼大清完了，日本人被打跑了，民国气数尽了。等程二奶奶头发的颜色全都变白时，已经到新社会了。菩萨李早腺生恶疮在小日本投降那年死了，再没有人劝程二奶奶治病收钱了。程二奶奶一如既往地治病救人，依然硬硬朗朗地活着。

县中医院来了位高个子大夫，说要来骑河镇挖掘整理中医瑰宝。程二奶奶问："你学了以后，回去治病收钱不？"

高个子——菩萨李的儿子李医生说："新社会是专为劳苦大众服务的，只收药费。针灸没成本，不收费。"

李医生拜了干娘，跟了程二奶奶半年多，咋也弄不清她治病的医学原理。书本上的经络、穴位、针灸等等的理论都跟她的治疗方法套不上，但她却能治好病。问程二奶奶，她说："我大字儿不识一个，也说不出个理儿。就知道啥病用啥针、啥病扎哪里，就准能治好。"李医生虽然弄不懂，但靠死记硬学，最终也把干娘的绝活学了个差不多。

程二奶奶福大，修了个五男二女。儿孙们都跟他学扎针治病。她不像父亲那样吝教，只要愿学，男女都教，但她严令儿孙们时刻谨记自己立下的规矩：只许义诊、不准收钱！

一转眼就改革开放了。菩萨李的儿子李医生从县医院辞了职，在县街开了个私人诊所。这天，一位大款儿坐着"大奔"找到李医生，从车上搀下了他的独生儿子——正口吐白沫、不省人事地犯着羊羔风呢！李医生照例挽起袖子，如法往大款儿儿子的心窝里扎下了那根半尺长的银针，看得大款儿在一旁心惊胆战的。最后一次治疗后，大款儿悄悄放到李医生桌上两沓钞票，等李医生发现时，"大奔"已不见了踪影。

　　盯着那 2 万块钞票，李医生喘了半天粗气，按了几回胸脯才止住心跳。最终，李医生咽了半天口水，把那两沓钞票锁进了抽屉里……

　　在骑河镇，已百岁高龄，仍耳不聋、眼不花的程二奶正在为一个刚出世没几天的毛孩子扎"脐风"，手突然颤了一下。

　　程二奶奶平生第一次失了手，那孩儿抱回家不久就断气了。

　　当天晚上，程二奶奶无疾而终。

# 仇

　　大炮轰开汴京城的城门时，正巧杠子爷正担着挑子在城里卖江米甜酒。飞来的弹片削去了他的左胳膊。幸亏开棺材铺的杨掌柜把他装到棺材里，拉到城北门外的树丛里藏着，他才勉强捡了条命。

　　"咣——轰！"占了城池的鬼子支起大炮轰铁塔。轰了半天，铁塔仍巍然屹立，鬼子们只好悻悻撤兵。

　　"他娘的小日本！"北门外的黄沙和城墙差不多高。趴在城墙垛口间，杠子爷居高目睹这一切，断胳膊疼得死过去几次嘴里却还在骂。整个汴京城，杠子爷感到最神圣的就是那高得钻到云彩眼儿里的铁塔了。

　　后来，杠子爷又得知爹娘一齐死在了鬼子的炮弹下，他就认为天底下坏透了的人就是日本鬼子。打那以后，他骂人最狠的话就是："他娘的小日本！"

　　杠子爷因为缺了条胳膊，一辈子也没讨上杠子奶奶，却和早就改了行的杨掌柜亲如弟兄。五一年闹土改，俩人一块儿回了骑河镇，扬眉吐气地分了地，又过起了庄稼人的日子。

　　杠子爷六十大寿那天，他和杨掌柜就着一盘韭菜炒鸡蛋美滋滋地喝着酒，忽地，墙上的话匣子里说中国和日本建交了。他呆在那里愣了半天，忽地站起来把酒杯摔了个粉碎，又把话匣子拽下来一脚踩了个稀烂，嘴里大骂："他娘的小日本！便宜他们了……"蒙上头睡了两天不吃不喝。

　　杨掌柜因是杠子爷的救命恩人，所以杠子爷就认为天底下最好的人就是杨掌柜，要是有人在他面前夸别人时，他随口就来一句："能比杨掌柜还好么？"

　　有一天，在县城上班的杨掌柜的孙子大顺给耳朵有些背了的杠子爷买了一个助听器，杠子爷笑眯眯地戴上了。杨掌柜问："咋样？能听清不？"

"能，能！"杠子爷乐不可支。

"日本进口的，要不能这么好？"大顺随口说道。

"啥？小日本造的？"杠子爷像脖子里套了条蛇，麻利地把助听器拽下来，宁肯打哈哈、打手势跟人说话，死活不肯再戴上，打那以后再见了大顺就不理不睬。

这天，杨掌柜进门就喊："杠子哥，杠子哥，咱大顺要出国留学啦！"

"啊?！去哪国？"杠子爷搬着耳朵问。

"日本——去日本留学！"杨掌柜手里掂着一瓶酒，扯着嗓子跟他说话，"咱哥俩喝两盅，庆祝庆祝！"

"去日本？庆祝个屁！他娘的小日本！"杠子爷疯了似的夺过酒瓶摔了个稀巴烂！

第二天一大早，杨掌柜就发现杠子爷住的屋子已人去室空，连铺盖卷儿也不见了，就剩下那台助听器烂成几瓣扔在地上。杨掌柜和儿女们找遍了骑河镇方圆百十里，甚至连汴京城的故交也写信去问了，仍没有杠子爷的一点儿音讯……

# 路　祭

　　四奶奶颤颤微微地从怀里拿出一个油漆斑剥的首饰盒，说了个地址让孙子大宝替她填邮单。邮电所里的人把盒子收进去了，四奶奶突然又要了回来，搂在怀里抚摸了半天，干瘪凹陷的眼眶里噙了泪问："啥时候能邮到？"

　　"最慢一礼拜！"邮电所里的人答。

　　四奶奶便把邮包递过去叹着气说："真慢呐！"

　　回家的路上，遇到了大宝最不想见的女人九婶。自从那次在树林里撞上爹和九婶缠在一块儿，大宝才明白娘刚死五六年就传出的闲话是真的。于是大宝就认为九婶坏了爹的名声，也坏了他一家人的名声。因此，遇上九婶就是遇上了煞星，他总要啐一口唾沫，私下里再骂一阵九婶。

　　谁知四奶奶却让大宝停下毛驴车，把九婶唤过来攥着她的手说："他九婶，你也有主心骨呀！我撑不了几天了，看我这辈子活的，真亏！"四奶奶的眼里噙了泪："名声！是个啥吧——"

　　九婶的眼圈也红了。

　　回到骑河镇的家里，大宝就见爹正蹲在门槛上抽烟。等把不会走路的四奶奶抬到床上，大宝就一脸苦霜，把爹喊到另一间屋里说了路上遇见九婶的事儿；大宝爹听完也一脸苦霜，掐着烟屁股发傻。

　　四九年，四爷随大军渡江，和南京的城墙一块儿粉身碎骨了。为了保全"英雄的妻子"的名节，四奶奶熬得再苦再难也不改嫁。后来骑河镇风传同村的光棍儿石磙和四奶奶有染，时任村支书的大宝爹就带着民兵打折了石磙的左胳膊，又把他下了大牢。四奶奶再没见石磙回来，就守着大宝爹寡到现在。

唉——屋檐滴水点点照啊！大宝爹"啪"地扔了烟头，猫到床上睡觉去了。

四奶奶眼看一天不如一天了。一个礼拜后的晚上，她从太阳不落就唠叨："真慢哟！等了七天，东西总算寄到了，总算寄到了……"唠叨到后半夜，已气如游丝，嘴里还喃喃："收……收到东西给回个话儿……"又停了一阵儿，厮守在床前的子孙们嚎啕起来——四奶奶辞世了！

停了七天的热丧，四奶奶要上路了。骑河镇的乡邻们用一个又一个的路祭表示对亡者的哀悼。从上午十点起灵一直到快下一点了，路祭才算摆完。送葬的队伍开始缓缓地向坟地蠕动。

突然，打头的执客又喊："客到——"

又有路祭了。

一位鬓发皆白的老者，跌跌撞撞地扑到灵车前的祭桌旁，"扑通"跪了下来——没有人认识他是谁。这老者颤着手从身旁的大旅行袋里拿出一个木盒子摆到了餐桌上的供品前——捧着四奶奶遗像的大宝认出了那是半月前奶奶交寄的首饰盒。老者又颤着手打开了那个油漆斑剥的首饰盒，拿出了两样东西：一方早些年才有的粗蓝棉布蜡染白花头巾，还有一双银镯子。

老者涕泪齐流，强撑着行起了祭奠亡者最重的礼节。大宝爹突然止住了哭声，他发现老者在行祭礼时有点儿异样：左胳膊总抬不起来——这不是三十八年前被他打折胳膊的石碳吗？

石碳这时已瘫到地上哭成了一堆："啊啊——你为啥不再等我几天哪！收住你的东西俺就知道你不中了呀——啊啊——几十年了啊，我送你的东西你为啥要还给我哪？你走了我咋办哪——啊啊啊——我可是念着你才活到今儿个的啊……"

大宝爹又嚎起来，哭得比石碳还响，一直扛着招魂幡也扔到了地上，头"啪啪"地撞着四奶奶的棺材板，哭声嘶哑又悲怆。

看送殡的人这时候大都认出了石碳，眼娇的也陪着抹泪。

石碳哭了半晌，一旁的执客又劝又拉也没用。忽然，他猛咳几声，头就歪在了一边，地上留着一滩咳出的殷红的血，身躯瘫在地上仍抖抖索索……

"石碌叔呀——"人群里突然蹿出一个女人来，边抽泣边上前拽石碌。

——竟是九婶！

# 母　亲

过年了。

骑河镇村东头的笭头，这个年初一过得很揪心。镇上唯一的接生婆蜜蜂奶奶刚才对他说，米花难产，估计是怀的时间长了，"拦月"！

从早上天不亮，直到日上三竿了，笭头都在屋里转，心里比外边过年的鞭炮都急。但这种事儿，他干着急，没法儿。

娘抱着一捆柴禾进来了，对笭头说："去借个火儿，米花不能穿衣服，冷！"

"你还知道她冷呀！"笭头一肚子气。昨天下午——年三十——娘说啥过年要"清水满缸"，非要米花去担那两担水。她放下扁担还不到一个时辰，就开始肚子痛，一夜跟翻烙馍似的翻来覆去没安生，到现在还生不下来。唉——别人家十月怀胎，一朝分娩，生个孩子不声不响的，俺米花咋这么遭罪？怀了快十一个月了，偏偏在大年初一动了胎气。都怪娘，非要她去担那两担水，啥"清水满缸"啊？而且，米花在娘眼里连那只老母鸡都不如。那回老母鸡偷啄刚出锅的馍，让米花拿烧火棍打了一下，娘听到鸡叫，出来把米花数落了一顿，说她要把家里一年的油盐钱给打没了。

唉——笭头叹着气，出去借了两根火柴，走进屋门就听到门帘后面挤出来米花的呻吟声。他站住脚，感到米花每叫一声就像在他的心窝里扎一根钉。

娘从门帘后探出头来："笭头，过来帮忙！"

"男人能进去？"笭头迟疑。

"都啥时候了？进来！"娘瞪了他一眼。

笭头掀开了门帘，一眼看见米花斜倚在床上，面无血色，五官痛苦得走了样儿，头发湿淋淋地贴在脸上，黄豆大的汗珠往下滚，一声接一声地喊"娘啊，娘啊"。蜜蜂奶奶搂着她的腰，也累得满头大汗："媳妇啊，再用把劲儿，用把劲儿！孩儿都露面儿了，关键时候呀！吸口气……憋气！对，用劲儿——"

笊头看见自己的孩子露出了鸡蛋大的一片茸发。他紧张得愣在那里不知所措。娘使劲推了他一把，又递给他一条毛巾："去，给米花擦擦汗，站到她身边，跟她说话。去呀！"

笊头走过去，拿毛巾擦去了米花脸上的汗水："米花……"

米花睁开眼，见是自己的丈夫，一把抓住了笊头的胳膊："笊头，我要死了，哎哟——"米花的指甲掐进了笊头的肉里，淌出血来。

笊头没觉得疼，只想掉泪，嘴里一个劲儿地唤："米花，米花……"

"是个爷们儿吗你？不会给你媳妇说几句热乎话？榆木疙瘩！"娘劈头骂了笊头一顿。

笊头觉得娘很讨厌，这个时候还骂他，被骂急了，他顶了一句："不用你管！"然后贴在米花的耳边说："米花，有我呢，别怕啊。听蜜蜂奶奶的，不会有事儿。咱的孩子都露面了，等着给你叫妈呢！挺住，别怕啊。"平时木木讷讷的笊头自己也不知道咋说了那么多话。

米花不喊了，闭着眼睛喘息。蜜蜂奶奶让开，让笊头抱住米花的身子。米花感到心里很踏实，有了依靠，她平静下来了，又停了一会儿，她突然尖叫了一声："笊头呀——"浑身一挺，一口咬住了笊头的胳膊。

"哇——"孩子终于落地了！米花生了个闺女。

床上的一滩血殷红殷红，那片红刻在了笊头的心坎儿上。

娘把她的孙女抱给了米花，笊头发现娘的眼里流着泪。娘拉着米花的手说："闺女，生个孩子死一死啊。当娘是拿命换的，做个女人不容易，可你有笊头啊……"

娘抹着泪出去了。蜜蜂奶奶边拾掇产后的摊子边对笊头说："这闺女命大，她'拦月'呢。怀了十一个月，再不生，说不定就得上医院开刀。亏得米花昨天担了两担水，要不，胎气还不动，那麻烦就大了……"

蜜蜂奶奶还对笊头说，他出生时，也"拦月"。他娘把自己的肚皮都抓烂了，舌头在嘴里咬出了血水，差点儿把命搭上，难受得很了就骂箩头爹没良心，扔下她不管就先死了。谁知娘这一骂，箩头竟被骂出来了。

箩头听得很仔细。

娘端着个瓦盆进来了，里边是一盆热腾腾的鸡汤——她不知啥时候把家里那唯一的老母鸡杀了。那是娘的宝贝啊。今年的工分挣得少，娘就靠这只母鸡下的蛋换盐、换火柴呢……

"闺女！今年过年咱不吃饺子了，来，喝鸡汤，鸡汤大补呢！"娘端着瓦盆喂米花。

窗外，骑河镇上家家户户过年的鞭炮声一阵接一阵。箩头蹲在一旁盯着娘，盯着米花，盯着米花怀里的女儿。他忽然觉得她们都很美，就像前几天"破四旧"时被推倒的观音菩萨……

# 俺只想过穷日子

金砖领着一帮亲戚邻居在省城盖大楼，居然混成了老板。

金砖哥和金砖嫂是一块儿吃过大苦、受过大罪的患难夫妻。金砖哥自小没了爹娘，又是老大，领着二弟金锭、三弟金堆，苦熬到一辆自行车把金砖嫂拖进骑河镇，也没熬来一块儿金子。娶了金砖嫂后，他们的日子才慢慢好起来。

先是金砖嫂把金砖哥赶出骑河镇，说爷们儿家光猫在窝里有啥出息？你出去闯！后来，她把孩子往娘家一送，也跟着金砖哥出去闯了。他们贩过青菜，倒过西瓜，收过废品，卖过冰棍儿，甚至刚一进省城时，做生意没本钱，还灰头土脸地捡过破烂儿。

闯了几年后攒了点儿小钱儿，金砖嫂又觉得贩夫走卒终究不是男人的立身之本，大老爷们儿要想光光彩彩地站到人眼前，得干点儿正经营生。于是，金砖哥就领着骑河镇上的一帮人，在人家的建筑公司里打起了小工。金砖嫂一心一意守在家里，伺候着地里的庄稼，伺候着自己的孩子，伺候着两个没有老婆的小叔子。

那年快到年三十了，金砖哥连夜回了家——他是来找金砖嫂拿主意的。

眼瞅着快过年了，他们正盖的那座大楼工期紧，跟他一块儿走出骑河镇的民工们却急着要回家团圆，金砖哥也领着那帮弟兄们跟公司的头儿闹。建筑公司的老板放出话：回去过年可以，工资扣一半儿；如果谁能坚持春节期间上工，就开双份工钱……说完了，金砖哥问老婆："你脑瓜比我好使，你说说，我咋能把俺们的工资要回来，又能回家跟你和孩子团圆呢?"

哪知道金砖嫂"啪啪"拍了几下大腿说:"你傻呀! 这是个机会! 你天明就回, 找人家说: 你不但过年不回去, 还保证你那帮弟兄不回家。咱也不要他的双份工资, 让他们把剩下的活儿都包给咱!"

金砖哥心里有点儿不踏实, 问:"那中么?"

"中不中你试试! 大老爷们儿要想活出个人样儿来, 就得找机会干大事儿!"金砖嫂一直给丈夫打气儿。

"那……好吧, 俺试试……"金砖哥还是底气不足。

"可记住一点儿, 先把账算仔细了。除了给你那帮人开工钱, 咱得有赚头。"

后来, 金砖哥每说到这档子事儿, 末了总忘不了说一句:"那晚, 嘿嘿, 你嫂子对俺特别亲……"

没想到金砖哥就从那时起, 真的当上了老板, 而且越当越大。

当了老板的金砖哥想让金砖嫂和孩子都搬出骑河镇、搬到省城来, 金砖嫂却舍不得那个家和那十来亩责任田。她对金砖哥说:"你在外头好好混吧, 我给你养着孩子守着家。"

混成老板的金砖哥有了钱, 有了钱金砖哥回老家与金砖嫂团聚的日子就越来越少了。终于有一天, 跟着大哥的、憨厚实诚的小叔子金锭对嫂子说:"你还是去城里跟着俺哥吧……"

金砖嫂觉得金锭这句没头没脑的话有来头, 拽住小叔子不依。逼得急了, 金锭喊来了一起跟着大哥干的金堆。弟兄俩都觉得嫂子伺候他们吃、穿, 伺候他们上学, 他们不能对不起嫂子, 便吞吞吐吐地把哥哥"犯的事儿"抖了出来。原来, 金砖在外边认识了一个歌厅里的小姐, 不但大把大把地在她身上花钱, 还走到哪儿带到哪儿。

金砖嫂话没听完, 就嚎起来了, 她哭着、骂着、数落着, 把她来到这个家之后大大小小的事儿翻来覆去地说了好几遍, 弄得金锭、金堆兄弟俩不知道该咋劝这个哭天抢地的嫂子……

从那以后, 金砖嫂变了, 家也不管了, 地也不管了, 孩子也不管了, 天天傻着脸发呆。过了一段时间后, 她撇下那个没有热乎气儿的家, 带上孩子去了省城……

一年多以后，金砖哥的老板就当不成了，他又回到了骑河镇，回到了原来的穷日子里。这一切，用金砖哥那句咬牙切齿的话说："都是俺老婆那败家娘们儿捣腾光的！俺孬不住她！"

金砖嫂也说："家都快没了，俺要钱干啥？俺咋光想过以前捡破烂、卖水果的穷日子呢？这辈子，俺啥也不想啦！就这么穷着、伺候着男人长头发啦！"

谁都知道金砖哥的钱被老婆折腾完了，连金砖哥也死心塌地地在家种起了庄稼，尽管老不甘心，但一瞅见老婆那双刀子一样的眼睛，腿就发软了，老老实实地该干啥干啥去。

两年后，儿子考上了大学，光学费就得好几千，金砖哥愁得直挠头，直到第二天该送儿子上路了，他还没凑够那笔学费。耷拉着脑袋吃完晚饭，金砖嫂把他喊到了卧房里，问："穷日子不好过吧？"

金砖哥光叹气，不说话。

"俺跟你过了快二十年了，你也给俺掏一回心窝子，往后你这心还花不花了？"

金砖哥不敢看老婆的脸，脑袋快耷拉到裤裆里了。

"……俺打从进了这个家门，哪一点儿对不住你？啊?! 一有俩钱儿你就不知道你姓啥了……"金砖嫂的泪出来了，她鼻涕一把泪一把地把金砖哥数落够了，不知从哪儿摸出个小本本往金砖哥脸上一摔："要不是想着给儿子留条后路，我早一把火把它烧了！"

正垂着头挨老婆骂的金砖哥从地上捡起那个小本本一看，差点儿蹦起来。

——那是一张存折，五十多万！正是被这"败家"娘们儿折腾完的那些钱哪！

后来，金砖嫂在和镇上的女人们扎堆闲磕牙时，一时高兴，说了那晚的事儿。她说那天晚上金砖哥对她特别亲、特别好，也特别……男人。

不过，她从来没说过自己是咋把那张存折"折腾"到手里的。后来，金砖哥从骑河镇来省城找我时，喝醉了酒，吐了个一塌糊涂后问我："那鬼精鬼精的娘们儿，俺孬不住她呀！她咋在俺眼皮底下把俺挣的钱给弄走的呢？俺咋就一点儿都不知道呢……"

　　人家两口子的事儿，咱咋会清楚？

## 金锭嫂

金锭哥家穷，直到三十多岁才娶了媳妇。那女人是金锭的大哥金砖在省城当包工头时捡来的。据说她当时晕倒在了一堆垃圾旁——是饿昏的。

三十多岁的老光棍儿洞房花烛，肯定有戏！当晚，骑河镇上的一群毛头小伙聚拢来，猫在洞房窗台下等着"好戏"开锣。结果"好戏"没听到，白陪着金锭嫂酸了一宿鼻子。原来，金锭嫂是从山西中条山她那个小村子偷跑出来的。她跟前夫结婚十年了，肚子一直没动静。刚开始，那男人还说得过去，后来就不中了，天天变着法儿打她骂她折腾她。这回逃跑就是因为那男人喝醉了酒，让她赤身露体跪到冰冷的寒风里，拿一根皮带抽她，还扬言要一刀捅了她这个"绝了俺的后"的"无用女人"。金锭嫂是吓破了胆儿才逃出来的。

憨憨实实的金锭哥听得发了傻，末了抹着泪一把把金锭嫂搂在怀里，只说了一句话："俺往后要是对你不好，让雷劈了俺！"

金锭嫂说完了她的故事，脱了衣服，对金锭哥说："俺要给你生个孩儿，俺想给你生个孩儿……"

听窗的小伙子们揉着酸酸的鼻子，再没兴趣听"好戏"了，悄悄把一辆架子车卸了轮子，用车盘挡上了那张大红窗纸上捅开的几个小洞，各自回家了……

从那以后，金锭哥和金锭嫂过上了甜甜蜜蜜的好日子。

山里长大的女人不怵活。金锭嫂家里地里天天忙活得像一团火，熬了三十多年光棍儿日子的金锭哥一下子熬进了天堂里。

也话该金锭嫂扬眉吐气，进了金锭哥的家门不到半年，肚子就隆起来了。金锭嫂就像挂了一块勋章，见了人就不由自主地往人家眼前挺肚子。

孩子怀了四个多月时，金锭嫂吐得很厉害。骑河镇医院的妇产科医生说是妊娠反应。又过了两个多月，她一吃饭就呕的"反应"不但没见好，还时不时胃疼，这回金锭哥没听妇产科医生的话，带着金锭嫂去了省城的大医院。

检查结果出来了——胃癌，还是晚期！金锭哥当场就瘫成了一堆泥。

医生让住院治疗，还说，得先把孩子"做"了，不然，一旦化疗、放疗，孩子八成也保不住；否则，他们也没办法。

大哥金砖接了电话从工上地赶过来，搁下 1 万块钱说："没咱爹妈了，虽说长兄如父，但这事儿该咋办，主意还是你们自己拿吧！"

金锭哥想都没想说："那还用说？保大人要紧！把孩子做了，挑最好的医院治。就是把这个家卖了也得治！"

金锭嫂当时没吱声，但任凭金锭哥咋催她也不搭理；而且，不管谁跟她提"做孩子"这事儿她就跟谁翻脸，只是让金锭哥给她买了很多好吃的，拼命吃东西。吃了就吐，吐完接着吃。看着她受的那份儿罪，金锭哥心疼了："喘喘气儿再吃吧……"金锭嫂扔过去一句话："我得养肚子里的孩儿。只要吃的比吐的多，我就得吃！"

终于，金锭嫂挺不住了，到肚子里的孩子八个多月的时候，她躺到了省城一家很有名的妇产科医院里。

刚一入院，金锭嫂就催金锭哥去找医生，给她做那骑河镇上的女人们称之为"开膛破肚"的剖宫产。金锭哥光答应就是站那儿不动，金锭嫂一把攥住金锭哥的手，哭了："那个死男人让俺饥一顿、饱一顿地跟他遭了十来年的罪，落了这个要命的病，你也要害俺啊？俺都是快死的人了，你就让俺随了这个愿吧……"

金锭哥跺了跺脚，抹了一把泪，转身出了病房。医生听金锭哥说完情况，随即汇报给了医院领导，金锭嫂当天就被推进了手术室。

划开金锭嫂的腹腔后，连医生也惊呆了！癌瘤几乎扩散到了金锭嫂的每一个脏器。她能活到现在，简直是个奇迹！

手术很顺利，孩子是个女儿，被金锭嫂暖在肚子里养得壮壮实实的。护士称了一下，八斤多重！

从麻醉中醒过来的金锭嫂迫不及待地让护士抱来了她的女儿，紧紧地搂在怀里，再也不肯松手……

那天晚上，金锭嫂催着金锭哥要出院，要回骑河镇。不管金锭哥讲啥理由，她都不依不饶。没法了，金锭哥只好包了一辆车，连夜往家赶。一路上，金锭嫂抱着女儿，躺在金锭哥的怀里絮絮叨叨说不完的话，说得最多的是让金锭哥要对女儿好，要再娶个女人把女儿养大。

金锭哥听得心里像捅刀子……

到家后的第三天，金锭嫂死了。她临死前要求金锭哥一定要给山西的那个男人发一封电报，内容是她临闭眼前很艰难地说出来的："我有孩子了。你不是个男人！"

# 蜜蜂奶奶

准确地说，应该给蜜蜂奶奶喊姑奶奶，因为她一辈子没嫁人。

一辈子没嫁人的蜜蜂奶奶乐意后辈们给她喊奶奶，所以，骑河镇的后辈们喊着喊着，就把她一辈子没嫁人的事儿给忘掉了。

一辈子没嫁人的蜜蜂奶奶却是个十里八乡很有名气的产婆，后辈们都叫她"接命奶奶"。除了外乡嫁来的媳妇，这骑河镇上五十岁以下的后辈人，哪条命不是她接来的？

接了一辈子命的蜜蜂奶奶极受镇上人爱戴，所以，一听说她快要辞世了，大伙儿都聚到了她住了大半辈子的那间小瓦屋里。女人站在床前叹气、抹泪，男人站在外围默然、吸烟……

蜜蜂奶奶迷迷糊糊两天了，就是不落气儿，闭着眼睛昏昏沉沉地躺在床上，谁也不知道她还有什么心事放不下。

"蜜蜂奶奶，您接来的这些后辈人都在这儿守着呢，有啥放心不下的，您老说吧！"骑河镇的村主任石夯代表大伙儿、也代表村委会上前攥着蜜蜂奶奶的手，俯在她耳朵上问了一句。石夯知道，不但他自己是蜜蜂奶奶"接"来的，他的两个儿子、一个闺女、儿子的儿女，以及嫁到外村的闺女的儿女，都是蜜蜂奶奶"接"来的。

那回，石夯的闺女怀了十一个月、横胎、难产，拉到镇上的医院里，人家不收，眼看羊水都破了，医生叫他们立即转院，因为镇医院没有做剖宫产手术的条件。石夯的闺女肚子疼得已经死过几回了，再转院，大人小孩怕是都难保命。

急晕了头的石夯站在妇产科门前正搓着手，蜜蜂奶奶竟颤微微地来了。她二话没说，把拐杖往石夯手里一丢，推开屋门急慌慌地进了产房……

不到一袋烟的工夫，产房里就传出了一阵"哇哇"的婴儿哭声……

蜜蜂奶奶这是一手托二命，"接"回了两个人哪！像这样的事儿，蜜蜂奶奶不知道撞上过多少回了，所以，镇上的人几乎把她当成了菩萨敬着。据说，镇上前些年被"红卫兵"推倒的庙堂里的送子娘娘的神像，就是照着蜜蜂奶奶年轻时的模样塑成的。那慈眉善目的泥像，不知道替蜜蜂奶奶享受了多少香火。

如今，蜜蜂奶奶就要走了，骑河镇的人、尤其是女人们，一个个都如同没了依靠似的，悲悲戚戚的。尽管镇医院有妇产科，可她们觉得还是蜜蜂奶奶"接"孩儿接得她们心里踏实。

蜜蜂奶奶挺了两天，就是不肯闭上眼。女人们纷纷趋前，拉着蜜蜂奶奶的手说，您老是有啥挂心的事儿吧，说吧！俺都在，村主任也在。

村主任石夯凑上前说："您老放心吧，您虽没儿没女，咱这全村人都是您的儿女，保证把您老安安然然地送走……"

石夯媳妇打开一个大包，送到蜜蜂奶奶面前说："您老看看，寿衣已经给您做好了，全是好绸缎。"

石夯又说："村委会决定了，给您连唱三天大戏，请来唢呐班、军乐队，再开一个全村人都参加的追悼会送您老上路。"

蜜蜂奶奶听了这话，凹陷的眼窝里淌出了两行浊泪。她干瘪的嘴巴动了一下，石夯忙把耳朵凑上去，终究也没听清她说的啥。

"是想娘家人了吧……"不知道哪个女人提醒了一句。

对呀！人到了这时候，最想见的就是血脉相连的亲人。可是，到哪儿去找她的娘家人呢？蜜蜂奶奶是"跑老日"时，石夯爹从日本人的刺刀下救回来的。这么多年了，谁也没听她说过她娘家是哪里人。一屋子的人都犯愁了。石夯爹早死了，想问问都没个知情人。

又挺了一夜，蜜蜂奶奶的脸色竟红润起来。见过世面的人说这是"回光返照"，她老人家怕是剩不了几口气了。她的嘴里开始咕哝一个人的名字，慢慢地，大伙儿都听清了，竟是"麻狗"——石夯那死去二十多年的爹爹！

一屋子的人的脸上现出了让石夯很难堪的神色。石夯红了脸，扭头走出了那间小瓦屋，直到蜜蜂奶奶咽气，也没再来看一眼。

终于咽了气的蜜蜂奶奶枕头下压着一个谁都没见过的、"跑老日"时候的"良民证"，那上面贴着一张发黄的照片——年轻时的"麻狗"！

骑河镇的老少爷们儿并没给蜜蜂奶奶唱三天大戏，也没给她召开全镇人参加的追悼会，甚至连石夯媳妇做好的寿衣也没给她穿……

# 二 愣

二愣晕，晕得一头牛有几条腿都得扳着指头数半天。

二愣倔，倔得两头牛都拉不回他那副驴脾气。

二愣穷，穷得除了屁股后头跟着的那条老黄狗，家里再也找不到会出气儿的活东西。

二愣还横，横得连和他是隔墙邻居的村主任石夯都不放在眼里。

有一回石夯觍着脸儿、拿着烟卷儿，请二愣帮他收就要焦在地里的麦子，二愣看都没看鼻子下的精装"散花"问："我给你收麦子，那你呢?"石夯说："俺得陪镇上来的领导啊。""镇上的领导来干啥?""指导工作呗。""那让他们到你的地里指导啊?"二愣说完，看都不看面红耳赤的石夯和愣在一旁的镇领导，吹着口哨，领着那条老黄狗掉头走了……

就因为这，村主任石夯不但在镇上的领导面前跌尽了面子，还让乡长骂他在群众中威信不高，工作没魄力。

石夯跌了面子之后，秋后搞农田水利建设时，二愣就分到了积水最多、淤泥最深的河段儿；土地延包时，骑河镇那块儿啥庄稼都长不成的"鸡叨地"就调整给了二愣，于是二愣就更穷、也更横。

二愣晕，直到骑河镇上和他最贴脾气的另一个光棍儿四狗趴在他的耳朵上嘀咕了一阵后，他才晕过劲儿来：原来石夯那鳖孙在跟俺过不去呀! 但二愣倔，他没按四狗说的那样拎着铁锨去找石夯算账，只是从那以后见了石夯把头仰得更高，口哨吹得更响。那条以前见了石夯就摇尾巴的老黄狗，再见了石夯却呲牙咧嘴地狂吠。

这天晚上，二愣和四狗把石夯骂痛快之后，四狗开始打哈欠，二愣便送四狗回家睡觉。回来快走到自个儿的院门口了，屁股后的老黄狗不知道寻到了啥好吃的，伸着脖子大嚼起来，边嚼还边叽叽呜呜地叫唤。二愣转过身拍了拍它的头说："吃吧、吃吧……俺穷啊！"咕哝了半天，便径自睡觉去了。他没注意到门外的老黄狗叽叽呜呜的叫唤声啥时候变了调儿。

躺下来还没睡死的二愣恍恍惚惚听到院子里有动静。平时，只要有人夜里在自己住的胡同里走过，老黄狗也会狂吠一阵，这回咋没动静啦？二愣起来一看，明晃晃的月光下有个家伙正躬着身子往外拖那条老黄狗。老黄狗横在地上，任那家伙摆布。

这他妈的不是撞上贼了吗？这狗日的贼，啥不能偷便要来偷俺的老黄狗，谁家不能偷偏来俺家偷——比如隔壁石夯家，不比俺家有东西可偷吗？那贼比二愣高出半头，壮得像小山，二愣不敢来硬的，就晕头晕脑地跟着贼走。没跟几步，贼发现了他："伙计，回家吧。哥们儿借你的狗解解馋。"

二愣不知道咋答贼的话，仍旧盯着地上瘫成一堆的老黄狗跟着贼走。贼不耐烦了，拔出一把明晃晃的刀，在老黄狗的脖子上比画着说："这一刀下去，你的狗就变成狗肉啦。别指望有谁来帮你，你没看都下半夜啦，全镇的人睡得比这狗都死。你要敢喊，嘿嘿……"二愣的腿肚子就有点儿发颤："老哥，不就是一条狗么？俺不要啦。俺想请你帮个忙，中不？"

贼一听，说："你别想蒙俺，有屁快放！"

二愣指了指隔壁石夯家的高门楼说："你也去他家偷一回吧……"

贼听了这话一愣。随后，二愣就把石夯跟他结的梁子一桩桩地跟贼学了一遍，末了，还建议贼去偷石夯家刚买的小四轮。他说："你也到这时辰来，从俺家翻墙过去。俺给你看风儿……"贼疑惑了半天，搓着下巴说："你小子别坑俺！""哪能啊？狗都让你吃啦！俺坑你图个啥呢？俺恨死石夯那赖孙啦！你信不过俺拉倒！"

贼到底还是把二愣的狗给拖走了。贼说他们有规矩：做活儿不能落空，但二愣割舍不下跟了他十来年的老黄狗，悄悄地跟在贼后头，刚出骑河镇，竟发现贼还有人接应。

"活做完啦？"居然是四狗的声音！

"做完啦！那个毬二愣，一点儿也不晕，鬼精着哪！要不是你事先扔的酒馍馍，这事儿咋给石夯主任交待？"贼把拖着的老黄狗往地上一掼，喘开了粗气。

二愣这会儿晕得找不到东西南北了。他知道，贼是不会再来给他"帮忙"啦！

第二天，无精打采的二愣一起床，屋门口竟放着一大块煮熟的狗肉！二愣没吃，他把那块肉捧到那块"鸡叨地"里，为老黄狗封起了一座坟，等土堆堆起来时，二愣流了泪……

没有了老黄狗的二愣觉得这日子清冷清冷的。过了几天，突然有人晚上来敲门——竟是那贼来"踩点儿"的。正在二愣院子里转圈儿，二愣冷不丁问："那狗肉，是四狗送来的？"贼一愣，说："嘿嘿……你都知道啦？石夯那狗日的，本来说好的，事儿成了200，他妈的……俺给你说，他的活儿，俺做定啦！"

第二天后半夜，贼如约而至，还带了两个帮手。二愣把早已准备好的一摞砖搬到墙根垛起来，三个贼挨个翻进了石夯的院子里……

等贼把石夯家的那辆新四轮推出村外，抢着摇把正准备发动时，二愣来了："别摇别摇！前面有人。推着，跟俺走！"三个贼就气喘吁吁地推。走了一阵，二愣才说："中啦，赶紧开车跑吧，记着，千万别开车灯！"仨贼就把拖拉机发动起来，刚"嗵嗵嗵嗵"跑了没多远，突然"轰隆"一声，没影啦！

——骑河镇村头二愣的那块儿"鸡叨地"里不知啥时候挖了个一丈多深的大坑，那仨贼和石夯家的小四轮，一块儿翻进去了！

"抓贼啊——抓贼啊——贼偷了村主任家的小四轮啦——"二愣从土堆里抽出一把铁锨，一边没命地拍试图跳出陷阱的贼，一边扯着嗓子喊……

等骑河镇的乡邻们嚷嚷着赶来把贼捉住，村主任石夯拉着二愣的手使劲儿晃着道谢时，二愣瞥了一眼陷阱前的那个狗坟说："你别谢俺，俺是给屈死的老黄狗出气呢。"

石夯的脸有点儿发热，肚子里骂：这个毬二愣，还是恁倔，恁横——真他妈的晕哪！

# 麻爷镶了一口牙

麻爷的小名叫麻狗，他不但长得丑，还从小落了一脸大麻子；按说，他是很难讨上媳妇的，可麻爷年轻时偏偏高翘踩得顶尖儿地棒。他腿上绑着七尺长的高翘马腿，能从六张叠着的桌子上，一个鹞子翻身翻下来，落到地上大劈叉，接着鲤鱼打挺站起来继续凌空翻跟头。他年年逢年过节跟着骑河镇的高翘队出风头，次数多了，邻村的俊俏闺女——那时的二妞，就偷偷跑到麻爷家里，死活不肯走了。结果，二妞就变成了麻奶。

1959年麻爷和全镇的棒劳力饿着肚子大炼钢铁，得了空儿还得敲锣打鼓、踩着高跷庆祝放"卫星"。那回麻爷只叠了三张桌子玩儿他那鹞子翻身的绝活，结果，一天只能吃二两红薯秧和花生皮磨的"淀粉面"的麻爷失了手，一头从桌子上栽了下来，那张麻脸正好栽到了那座"赶英超美炼钢炉"上。这一下，麻爷就更丑了——他不但栽掉了一口钢牙，满脸的大麻子上又落了一块大疤。

麻爷没了牙，吃东西两片嘴唇一包一包的，看着都难受，而且说话也跑风。他那张又黑又丑的麻脸，不但镇上的小孩子躲着走，连大人也很少跟他说话；麻奶却不嫌老伴儿丑，麻爷不管在镇上走到哪儿，不一会儿，麻奶准会扯巴着儿女尾巴似的跟过来。

因为麻奶长得俊，骑河镇上的二混子们时不时就冲着麻奶流口水，就连来骑河镇驻队的王干部也打过麻奶的歪主意。那回他把麻奶堵在麦场里说要帮她提高觉悟，说着说着，手却提高到了麻奶的脸蛋儿上，还说麻奶是牡丹花插到了狗粪上，结果被麻奶一耳光把王干部那张很秀气的脸抽成了狗粪；王干部的鼻血也把他那四个兜的干部服的前襟，染成了牡丹花。

据说麻奶抽完耳光，还对王干部说了一句流传很广的话："你说他是狗粪，俺就看着他那狗粪脸儿金贵。你那小白脸儿俊，俺咋看着还有狗粪值钱哩？"接着，麻奶又拉上麻爷找到管王干部的更大的干部参了他一本，弄得王干部灰头土脸地背了个"有作风问题"的处分丢了乌纱帽。连能管住支书的王干部都栽了，镇上对麻奶淌口水的二混子们都对麻奶死了心。

日子一天一天地过，转眼麻奶为麻爷生养的三男两女都有了出息，二儿子二丑还在县城当了局长；而且，就连麻爷那张狗粪脸的问题也摆到了儿女们的桌面上——他们要给麻爷镶一口假牙。

提出这个问题的是当了官儿的二丑局长。日子好了，麻奶却没福享了，吐了两个多月酸水的她被医生检查出了胃癌。那回麻爷带着麻奶到县城找儿子二丑给麻奶看病，进了二丑的办公室，正在开会的二丑局长居然说这个又黑又麻、说话跑风的爹是"老家邻居来找我办事儿的"。把爹错认成"老家邻居"的二丑局长当即就像王干部那样挨了麻奶一耳光！不过，这回没抽出鼻血。后来麻奶说儿是娘的连心肉，比起抽王干部的那一耳光，她只用了三分劲儿；再说了，麻奶那时胃癌已经俩月了，手上也没多少力气。

麻奶抽完二丑局长，就对满屋发傻的原本在听儿子讲话的人说："俺不是他的邻居，也不是来找他办事儿的；俺是来让他认下这个把他养成干部的麻脸儿爹的。"说完，就立逼二丑冲麻爷喊爹，如果喊得慢了，麻奶说，她就冲二丑喊爹。二丑慌了，当下就捂着脸给麻奶麻爷跪下了。

过了没多久，二丑局长回到骑河镇，把兄妹几个找到一块儿，商量给麻爷镶牙的事儿，理由是：爹娘这辈子养大我们不容易啊！娘都得胃癌了，想吃好东西也没几天的吃头了；爹的身子骨还硬朗，冇牙，有好东西也吃不成。最后二丑局长表态：只要大家没意见，钱由他一个人出，不像给麻奶治胃癌一样，由大家一点儿一点儿地往外挤钱。另几个儿女一致同意，只是没有像平时二丑局长讲完话那样，纷纷鼓掌。

于是，麻爷的满口牙很快就镶上了，还是烤瓷的。这下他连孙子小时候经常吃的怪味豆都能咯嘣咯嘣地嚼，麻奶麻爷自然很高兴。麻奶看着麻爷那张被烤瓷牙撑起来嘴窝子的、好看多了的麻脸一个劲儿地笑。麻奶笑，麻爷边嚼怪味豆也跟着笑。麻爷自从麻奶得了胃癌很少笑了，他这一笑，就很自然地露出了满嘴刚镶上的白牙。

麻奶突然不笑了，脸儿僵在那里死盯着麻爷看。麻爷很纳闷儿，惶惶地问："你咋了?"麻奶说："俺看了一辈子的麻狗，咋不像了呢?"

麻奶最后被抬出骑河镇，在县医院住了两个多月，终于要走了。她枯树枝一样的手一直攥着麻爷的手，护士掰了几回都没掰开。麻奶的眼睛一直盯着麻爷，不肯闭上。麻爷附下耳朵问她还有啥事儿放不下，早就没力气说话了的麻奶光"嗒嗒"响地磕牙，磕了几回，麻爷突然"哦"了一声，把自己嘴里的上下颌假牙全褪了出来，便立即恢复了老模样。

麻奶原本很黯淡的眼神儿一亮，喉咙里"咕噜咕噜"响，抓着麻爷的枯手一松，走了。

# 迷 路

迷路是个人，姓阚。

阚姓极少，骑河镇上也只他一家。

迷路生来就瞎。四岁时自己摸出去迷了路，一迷迷了一百多里，一个多月后才被人从外乡带回来，从此，四邻们都喊他"迷路"；渐渐地，都把他的大号"阚金泉"给忘掉了，连户口册上都写着："阚迷路，男……"

迷路祖上很富，到他出生时，还很富，但到四九年骑河镇上插了红旗时，迷路已讨了三年饭——他爹娘在一场瘟疫中双双送命，偏偏迷路没死。爹娘给他剩的粮食吃完了，迷路就央人拿一切能拿走的东西，谁家让他吃饭谁就可以随便拿，最后只剩一个拿不走的四合院了，他就只好去讨饭。

土改时，村长石夯住进了迷路家的四合院，迷路就随他家吃饭。吃了几个月，石夯媳妇喂猪时就拿棍儿敲食槽："光吃不动的废物，见天儿还得喂你，真是烦死人！"

夜里，石夯被媳妇踹出被窝，蹲在院子里敲烟锅。天亮了，一盒烟丝也敲完了，他就去敲钟——他要召开骑河镇全村的群众大会。

开完群众会，迷路就开始吃百家饭。全村九十六户人家，一家一天，排了号轮着吃，轮到谁家，谁就去迷路住的小草屋里接。

迷路对石夯村长很感恩，对管他吃饭的乡邻们很感恩："俺瞎叫化子成了五保户，还是新社会好啊！是毛主席共产党给了俺饭吃。"他逢人就说这几句话，是石夯村长教他的。

迷路瞎，但不懒，他能推磨、能看门、能烧火、能看孩子。小时候爹送他去学过拉弦、唱曲儿。每到晚上，他就在骑河镇穿镇而过的凉水河边，给乡邻们唱《白海棠》、《秦琼打擂》、《八不连》、《两头忙》之类的曲子。村上的汉子们除了搂着老婆睡觉再就是听迷路唱曲儿了。每到这时，迷路凹陷的眼窝便会淌出泪来，脸也格外泛彩，摇头晃脑的，很陶醉，很卖力。

日子就这么一天天地在迷路的曲子里淌走。

又轮到石夯村长家了。早上石夯的儿子磨墩去接他，小草屋里竟没人。石夯吃了饭去镇上开会，在一条土沟里看见了他——背了一捆猪草坐那儿发傻。石夯问他，他说："石夯婶老骂猪，烦喂猪，我想薅点儿猪草替她喂，回……不去了……"

"傻迷路哎，你啥时才会不迷路呢？"石夯边骂边把他扯回了家，扒出点儿剩馍剩饭让他填了肚子；那边，石夯媳妇又在敲着猪食槽骂猪。

石夯村长瞪了媳妇一眼出去忙了，石夯媳妇在灶膛里煨了火种去串门儿，迷路和磨墩在家。磨墩缠着迷路给他唱曲儿，迷路就唱，一个挨一个，直唱得磨墩躺在迷路怀里睡了过去。迷路摸索着把他抱回屋里放到床上，也开始犯困。

起大风了。灶膛里煨的火种不知咋的竟燃着了厨房里的柴禾。阳春天气，连空气都干得发躁，四合院片刻就成了火海。

乡邻们吵吵嚷嚷、七手八脚地扑灭了大火，在冒着青烟儿的瓦砾堆里找到了迷路和磨墩。

迷路被烧得体无完肤，蜷伏在地上惨不忍睹。胆大的上前把他掀起来——身下竟压着五岁的磨墩！磨墩在迷路身下只是手和脚烧了几个大燎泡，却也没了气息。

烧得焦黑的迷路把磨墩搂得铁死。石夯费了老劲儿才把磨墩掰出来，抱到院子里一冲风，不大一会儿，磨墩竟有了口气儿，胸口鼓了几鼓，呛出几大口黑痰，"嗷"地哭出声来。

石夯流了泪，望着地上的迷路骂："瞎迷路，死迷路哎……在你自个儿家里也迷？这回迷死了，看你还往哪儿迷！"

迷路出殡时，磨墩披麻戴孝，把他送到了阚家的祖坟上。

骑河镇再也没有姓阚的了。

# 花　姑

在骑河镇，谁也不知道花姑的辈分有多高，反正连镇上年龄最大的笼头爷，也得喊她姑奶奶。

自小没了爹娘的花姑有个恶嫂嫂。恶嫂嫂说花姑是她养大的，得报答她；直到1951年，哥哥和嫂嫂双双被镇压，花姑才算报答完。

花姑那时已是三十多岁的老姑娘了，因为家庭成分是地主，没人敢娶她，花姑就一辈子没嫁人。

哥哥没有留下子嗣，花姑就一个人度日月。一辈子没嫁人的花姑却有许多绝活，单是那"隔梁飞饼"的功夫，就令许多巧媳妇叹为观止。

花姑住在哥嫂留下的三间老堂屋里。老堂屋空荡荡的，凭空横着两架梁。花姑在堂屋西间的案板上擀好那薄薄的、流着油的千层油饼后，看都不看随手甩出，那油饼便"嗖——"地飞过屋梁，丝毫不差、平平展展地落进正室火炉上的鏊子里；余下的，照例看都不看，用手中那根一尺多长的小擀杖挑着，随手一甩，"嗖嗖嗖"，一个个飞过房梁，准确无误地落在炉火旁的桌子上，一个叠一个，整齐得像拿尺子逼出来的。

花姑说，年轻时嫂嫂吩咐的活儿多，见天儿忙不过来，她就想法子节省时间，无意中练就了这些功夫。

如今，八十多岁的花姑耳不聋、眼不花，"隔梁飞饼"的绝活，依然耍得十分娴熟，那功夫，丝毫不减当年。

笼头爷的孙子四发在城里开饭庄，骑河镇的乡邻们都说，四发口袋里的钱，就像秋天的落叶那样不值"钱"。

忽有一日，四发开着锃亮的"大奔"来看花姑。四发弟兄多，亏了与他是隔墙邻居的花姑从小把他们一个个带大，他才有今天。四发说他到死也忘不了小时候睡在花姑怀里的那种幸福感觉，如今有了俩钱儿，他要把花姑接到城里好好享几天福。

一辈子心如枯井的花姑被四发一席话说得眼里涌了泪。

临上车，四发专门把花姑那根一尺多长的擀面杖和铁鏊子捎上了。

花姑在四发那让她眼花缭乱的豪宅里住了一个多月后，要求回家。因为她被两个保姆伺候着，很不开心，老对四发唠叨："这不成了让人骂的地主婆了？"

实在闲不住的花姑就帮那两个小保姆下厨，把她在家时稔熟于心的各种各样的乡村小菜儿挨个儿做了一遍，直吃得四发两口子和那两个小保姆赞不绝口。

看到他们高兴，花姑也开心；开心之余，花姑说："可惜你这屋里没梁，要有屋梁我就给你演练演练那'隔梁飞饼'。"

四发乘着花姑高兴就说："姑老奶奶，明天我给你找地方演练吧？"

花姑眉开眼笑："中，中！"

第二天，两个小保姆早早起了床，精心地把花姑梳洗打扮了一番：月白色的大襟布衫，皂黑色的裤子，小脚上蹬了一双她自己做的千层底布鞋，梳理得一丝不苟的满头银发，在脑后盘了个小髻。慈眉善目的花姑越发显得干净利落、光彩照人了。走在街上，任谁见了，保准都会忍不住冲她喊老奶奶。

吃过早饭，花姑被四发那辆"大奔"接到了一个人山人海的地方。那地方早就准备好了花姑那一尺多长的擀面杖、铁鏊子等表演"隔梁飞饼"的东西，只不过那"梁"是凌空三米架起来的一根圆木头。

花姑一瞧这阵势，不敢下车了。四发怂恿说："姑老奶奶，那些人都是我的朋友，大老远跑来看您的绝活呢！您老不下车，我的脸儿往哪儿搁？"

花姑无奈，只好从车上迈下了那双小脚，刚一落地，围观的人群突然爆出了一阵掌声，吓得花姑直哆嗦。

站在案板前那堆儿早已和好的面团子前，花姑定了定心神，嘴里唠叨："不能给四发丢脸呐！"

接下去，那"隔梁飞饼"的绝活让围观的人目瞪口呆之余疯了似的鼓掌……

翌日，四发的"花奶奶乡村食屋"隆重开业！伺候花姑的两个小保姆，一个成了前台经理，一个成了后厨经理，把从花姑那儿学的烹调技术施展得淋漓尽致。菜单上一道道菜名大都冠以"花奶奶"之名："花奶奶隔梁飞饼"、"花奶奶乡村蒸菜"、"花奶奶大锅菜"、"花奶奶……"等等等等，让吃惯了大荤大油的城里人胃口大开，再加上花奶奶的表演一度轰动了这座城市，因此，"花奶奶乡村食屋"一时间门庭若市，不提前两天订座就只能望"屋"兴叹。

四发日进斗金，高兴得夜里笑醒了几回。

四发越发对花姑孝顺了，像供神一样供着她。然而，自打花姑知道了"花奶奶乡村食屋"的事儿后，却整天茶饭不思，翻来覆去地念叨："都是四发的朋友，都是四发的乡里乡亲，都是些不值钱的东西，咋能给人家要钱呢？"四发再邀她去表演绝活，任凭嘴皮子磨破，她死活不动身，并立逼四发送他回乡下。

回到乡下的花姑，不到一个月就郁郁而终。笼头爷在她的床前发现，那根一尺多长的擀面杖，被劈成了几瓣儿，铁錾子也找不到了。

# 路 灯

安孩是吃骑河镇的百家饭长大的。

安孩出息了，出去三年就出息了。

安孩这次回镇上，不但坐了锃亮的轿车，还带了一个穿裙子的漂亮姑娘——三九天穿裙子！

安孩请了三天的客。摸黑送村主任石夯回家的路上，石夯东倒西歪的，踩了一脚狗屎，摔了个仰巴叉。

安孩对龇牙咧嘴的村主任石夯说：从小蒙受了骑河镇各位父老德邻的养育之恩，无以为报，如今手里厚实了，想为乡亲们办点事。

石夯揉着腚说：中！中啊！你狗日的致富不忘乡亲，中！想干啥说吧。

安孩说：装路灯！像城里头大街上那种。

石夯说：中！

村主任石夯说中，安孩就拿钱。一个多月后，骑河镇上大街小胡同，旮旮旯旯就明锃锃的。小孩儿在大街上又蹦又唱，连狗都一溜响屁地在路灯下乱蹿。夜里出门不再有人打手电，也不再有人摔仰巴叉了。

镇上的人都说，安孩这小子中，没忘本！

月底，上头来人收电费，光路灯就耗了300多，石夯犯难了。村委会穷，一年3000多，拿不出。

开会讨论，决定按人头摊。村会计算了算，每人合2毛3。

下去收钱，却比做计划生育禁止生孩儿的工作还难。

"烂嘴叉"凤妮大骂：安孩这鳖孙！自己捞好名声，让俺交电费，不中！

"空半截"朱有嘟噜：俺家十几口，全村就数俺人多，按人摊，没门儿！

"瞎老迷"张圈说得更绝：我白天还轻易不出门儿，黑了更别说，装不装路灯，关我屁事？

……

村主任石夯挠头了，骂了三天大街还是没人交，还有人到镇上告他乱摊派。石夯冇法了，自己垫了头个月的300多块，被老婆骂了个狗血喷头后，拉了路灯的电闸。

骑河镇的夜晚还是老样子。

那夜，风急，天阴。石夯早上起来正揉眼屎，"空半截"朱有就哭丧着脸找他汇报：刚买的新"四轮"被哪个狗日的偷走了。石夯还没回过来神儿，"烂嘴叉"凤妮也哭天抢地地蹿来了，她给闺女办嫁妆，新买的自行车夜里没影了。石夯瞅了一眼自己家昨晚敞了一夜的院门，差点儿跳起来，赶紧叫老婆查看自己家的东西，还好，一样没少。

镇上像被狗日的贼瞄上了，接二连三地丢东西，连"瞎老迷"张圈用了大半辈子的铜拐棍儿也被鳖儿们顺手牵羊了。

村主任石夯憋在屋里吸了半天烟，摘下墙上挂的"治安模范村"锦旗奔了镇政府。

派出所来了一位警察，住在石夯家，夜里领着几位小伙子巡逻。

那个警察毛病大，一天得喝三回酒，吸烟必须是"希尔顿"。一个月下来，招待费加小伙子们的辛苦费上千块，石夯还是老办法：按人头摊下去。这次没人再放屁，交得很顺溜。

那个警察喝多了酒，夜里出去撒尿，刚离开人堆一会儿就被砸了黑砖，捂着脑袋躺到镇上的医院里歇工伤。

村主任石夯提了礼去瞧警察，路上遇上邮递员，交给他一封信，是安孩的。信上说他犯了法，被下了大牢，请石夯去城里的看守所，他有话要说。

安孩没家属，村主任石夯只好骂骂咧咧地进了城。

安孩被剃了光头，哭着对石夯说：镇上丢的东西他都交到政府了，让石夯去认领。

石夯骂：你个狗日的，干的啥名堂？

安孩说：我该死！对不住咱骑河镇三千多位父老乡亲的养育之恩，下了大牢，给您老脸上抹黑了。

安孩还说：给村里装路灯，用的是不义之财；日后出来了，一定好好干，用真本事挣点儿干净钱，再给村里办点事儿。

临走，安孩又说：村里的路灯还是亮着吧。夜里没灯，招贼！

村主任石夯没再骂他，点了点头。

# 没有彩虹

等爷孙俩从堤北爬到半腰时，冷不丁脑袋上被什么东西砸了一下，接着，四周劈哩啪啦，一阵乱响。

"他娘的六月天下冰蛋儿，秋苗刚起身哩！"老村长石夯咕哝一句，拽着孙子就一瘸一拐地往堤顶奔；又一阵黄风刮过去，树叶、飞沙立即就封住了双眼，雨头也随着大风跟过来了。

堤顶有间小房子，是过去护堤员住的，如今不知咋的没人管了，连门窗都没了踪影。石夯跌了一跤，那条伤腿疼得厉害，走不成路了，只好躲进那间没门没窗的防汛屋里避雨。

石夯在骑河镇当了十多年村长，也没弄明白村长是干啥的。他除了种好自家的地，就一天到晚在黄河大堤上转，转来转去转出个"防汛工作示范村"，这是他唯一的政绩。前年骑河镇实行"年轻化"时，他主动交了印。村长不当了，习惯没有改，照旧在堤上转；不过，再说话没人听了，要不，这小屋也不会变成这样。

雨越来越猛，天地间白茫茫一片，没边没沿的。石夯盯着门外的风雨发傻，盯了一阵，突然对孙子水尖说："尖儿，爷就是在这个屋子里当上村长的。"

"嗯？"

"那回，雨比这还大，连下了几天几夜。"

"哪回？"

"爷当村长那回。八三年。"

水尖来劲了。八三年是啥模样？那时还没有他，蒙顶的事儿简直就像老师新发的课本那样新鲜。他扳着爷爷的腿问："爷……"

"别动我这条腿，疼！"

"爷，你这条腿咋瘸的？"

"就为这堤。"

"就为……这堤？"

"嘿嘿……那回县长都来了，就在这个屋里，握着我的手说：石夯同志，向你学习！向你致敬！县长都向我学习哩，小子！"石夯摸出一支烟，美滋滋地叼在嘴上，火柴却湿得划不着，只好那么干叼着。

水尖也跟着爷爷自豪，凑过去问："爷，县长奖了你多少钱？"

"钱？"

"嗯。俺班长他舅，下乡检查撞了车，也瘸了腿，就奖了很多钱。听说是到外国接的骨头，还上了电视哩。"

"混小子，你懂个屁！爷那是为了抢险，这事儿牵连着千家万户呢！这屁股下的大堤一开口，连北京城都保不住哩——这是县长说的。"

"唔——怪不得县长让你当村长。村长能不能批条子？"

"批条子？"

"是呀！俺班长他舅批了个条子，校长的闺女就到县城上班了。"

"兔崽子！爷就知道你腚眼下的大堤！批条子能让大堤管住黄河？！"石夯不再理他，把那划不着的火柴梗掐成两截扔在地上，倚着墙、皱着眉，盯屋外的雨。

雨还在下，没有收敛的意思，四周一片响。水尖耐不住寂寞："爷，那回县长是咋向你学习的？"

"浑球！人家是县长！那么大的官儿，一肚子学问，能跟我学习跳到水里让堤上的树砸断腿啊？"

"那你到底是咋成了村长的？"

"俺也不知道，县长没走我就疼死过去了。等醒了，嘿嘿……就成村长了。听说是县长亲自给镇长说的。俺醒来的时候，天就晴了。你小子不知道，多好的彩虹啊！那回的彩虹是俺这辈子看见的最漂亮的。俺让你爹你娘抬着我一个劲儿看到彩虹收了才回家。那是天上的仙女织的彩绸呀！尖儿，你想看不？俺估摸着这急雨一过，八成就该有彩虹了。"

"不想看，啥仙女织的绸子，还不如电视上的雷霆王好看呢。"

"唔——那玩意儿小孩家才看呢，我就看天气预报。"石夯不想跟孙子扯了。他看一阵地上的蚂蚁，看一阵门外的雨。雨仍在一个劲儿地往地上倒，撞到地上的声音和堤上往下淌的声音挤满了耳朵。石夯听了一阵，坐不住了，费了半天劲儿才按着那条残腿站起来，揉着膝盖儿对孙子说："尖儿，呆在这儿别动！爷去看看闸口。"

那间小屋不远处有一个提灌站，平时没有人管守。闸门前的引水河一直通到黄河的主流里。水尖在小屋里等了半天，雨都快停了也没见爷爷回来。等他找到石夯时，石夯已经不能领着孙子去看彩虹了——不知道是咋死的，漂在那闸口的虹吸泵管旁。

水尖吓坏了，喊了几声，爷爷没动静，就哭着叫着，连滚带爬地往镇上跑，连鞋都让泥沾丢了。

等石夯的儿子和乡邻们把老村长石夯从水里抬上来的时候，雨早就住了，天仍阴沉沉的，没有老村长石夯说的那好看的彩虹……

# 八菜一汤

笼头有了一个孩子，他还想再生一个，他还得再生一个。

在骑河镇，笼头家上几辈人丁兴旺，但到了他这辈儿，祖坟上不知道哪点儿风水出了毛病，爹娘就养了他一根独苗，偏偏笼头心眼还不太透亮，天天癔癔症症的，人都上到初中了，你让他算一头大牛加一头小牛是几条腿，他还得扳着手指数半天。

爹娘没死时，不知费了多少劲儿，才给笼头娶了一个腿上有点儿毛病的媳妇。爹娘的说法是："是个女人就中，只要能给俺续上这条根，俺就啥也不图啦！"

还冇等到儿媳妇给他生个孙男孙女的，老两口竟双双出了车祸，埋到了村南的祖坟里。他们是去离骑河镇百十里地远的、一座据说很灵验的庙里替儿子上香求子时，乘了一辆拖拉机出的事儿。等笼头哭天抢地赶到医院里，娘已经被一条白床单从头到脚蒙上了，爹还有一口气。临咽气，爹死拉着笼头的手，满是血污的脸上透出一种让笼头心尖打颤的神情："孙子……你……一定得给我养个孙子……"看到笼头抹着泪连连点头，老爷子这才腿一伸，身一颤，不知道是放心还是不放心地走了。

从那以后，笼头没事了就盯着老婆的肚皮想爹那血肉模糊的脸。想一阵，盯一阵；盯一阵，再想一阵……

孩子终于生下来了，是个儿子。笼头高兴得一溜烟儿跑到村南祖坟上，跪到爹娘的坟前笑，"哈哈"傻笑了一阵后，啥话都没说，就又一溜烟儿回家了。

日子一天天地过，儿子一天天地长，上到四年级了，又一件要命的事儿压在了笼头的心坎上。

那天，笼头无意中发现儿子老摸他的"小鸡鸡"，问儿子咋回事儿，儿子啥也不说，就是走路怪怪的，叉着两条腿往前挪。笼头把儿子揪过来，不由分说扒了他的裤子。天哪！"小鸡鸡"肿得通红泛亮，像个水萝卜。问儿子咋回事儿，儿子挨了两巴掌也没挤出一句话。这玩意儿可不能出毛病啊，还指望它抱孙子哪。笼头急了，叫老婆翻出家里的几十块钱，拽上儿子奔了县医院。

结果，医生说的话差点儿没让笼头当场吐血——儿子的"小鸡鸡"红肿倒不可怕，祛祛火就好了，要命的是医生无意中检查出儿子患有啥——"隐睾症"，将来会直接影响到生孩子！笼头的面前立即浮现出爹爹临死前的那张血脸。傻了一阵后，他追着医生不放，问还有没有法子。

笼头急，医生不急。医生扒下口罩，慢条斯理地说：很简单嘛！要么住院做手术，要么再生个儿子。不过，你儿子都上四年级了，青春期发育已经开始，做了手术也不能保证有生育能力。

医生的话笼头听不大明白，不过，"做了手术也不能保证有生育能力"这句话他还知道咋回事儿。回到家里跟老婆一合计，觉得还是再生个儿子保险些，于是就去找村主任石夯。石夯接过笼头递上来的皱皱巴巴的一盒"散花"，很不屑地往桌上一扔，从口袋里掏出自己的"玉溪"，慢腾腾地燃上一支，眯着眼喷了一口烟儿之后才问："啥事儿？说吧。"

笼头不抽烟，他不明白石夯的烟和自己的烟有啥不同，因而也就不明白石夯的不屑。他迫不及待地说了自己的心事儿，然后，伸着脑袋静等石夯发落。

石夯把抽了半截儿的烟屁股一甩，站起来转了俩圈儿说："哎呀！这计划生育的事儿不太好说呀！不过，听你的情况，在咱骑河镇，好像是允许生二胎的。明儿个，你跟我到计生办问问吧！"

笼头临走，石夯又不放心地叮嘱："明儿个带点儿钱，好办事儿。"

"带多少？"笼头从来没跟计生办打过交道，他确实不知道带多少。

"你看着办！"石夯脸一黑说。

村主任石夯能耐大，拿着笼头儿子的诊断证明到了镇计生办，不一会儿就把事儿给办妥了。他把一个小本本往笼头手里一塞说："人家说啦，你的条件可以生二胎，回去可着劲儿整吧。整不出一个儿子，你对不住我跑的这一趟腿！"

笼头正捧着那个小本本乐，石夯又说话了："你管顿饭吧，也算给我这个主任拾个面子。"

笼头一愣，忙把小本本揣到了口袋里。

中午，骑河镇计生办的六个人加上石夯和笼头，在镇政府对面的一家饭店坐了，计生办一领导模样的人把手一挥说："听说过笼头兄弟，家里比较困难。今天就八个人，简单点儿，呵呵……八菜一汤吧。"

石夯听了，朝笼头呶了一下嘴："领导照顾你了，还不快安置去？"

笼头出去了。停了好大一会儿，一位服务小姐一脸鄙夷地开始上菜了——

端上了一碗白菜海带粉条炖猪肉，又端上一碗白菜海带粉条炖猪肉，又端上一碗白菜海带粉条炖猪肉……最后，八个人每人面前一碗白菜海带粉条炖猪肉，外加一大盆盛完八碗炖菜后剩下的菜汤，放在桌子中间。

计生办的六个人脸色越来越难看，拿眼剜了石夯和笼头几回，黑着脸，一摔筷子站起来了，石夯拽都拽不住。

"你……你……"石夯回过头来气得说不出话。

"这不是按领导吩咐的，八个菜一个汤吗？白菜海带粉条炖猪肉还不中？这是俺吃过的最好的菜啦！"

"你……这个毬笼头……"石夯终于憋出了一句话，也一摔筷子走掉了。

只剩笼头一个人，他憨唧唧的脸上奇迹般地浮上了一种从未有过的狡黠，"嘿嘿"冷笑了几声："妈的，事儿都办罢了，还想吃俺的？没门儿！"然后，找服务台要了几个塑料袋，把那八大碗菜往里一倒，抬腿走了。

长大了俺都嫁给你

## 洪水里有一条狗

挑着两箩筐猪娃刚刚跑进山洞，男人就很清晰地听到了一种声音——那是一种排山倒海、令人心惊胆颤的声音。

洪水来了……

几天几夜的大暴雨终于使山洪暴发了。冲出樊篱的洪流如挣脱牢笼的饿虎，抖落了一地的威风。树木、庄稼、房屋以及一切未来得及撤离的、鲜活在大地上的生命，都在洪水的肆虐下发抖、呻吟，最终无奈地陷入毁灭……

男人家的母猪刚刚下了一窝猪娃，他在暴雨中先把母猪赶到山洞里让女人看着，然后才去担那一窝猪娃——男人的双腿比洪水跑得快，等他挑着担子飞跑进山洞里与女人会合时，洪峰已从山脚下一泻而过，翻卷着泡沫、枯木、草叶以及很多生灵饱涨的尸体一泻而过。

男人和女人望着连天的暴雨和潺潺的洪水发呆。男人和女人的眼里都淌出了泪水，那是劫后余生的激动的泪水……

"狗！那是狗——咱的黑皮！"女人突然尖叫了一声，手指向山洞外山脚下的水面上。男人顺着方向，透过密密匝匝的雨帘张望——那个沉沉浮浮的黑点的确是他们家的黑皮！

男人懊悔地拍了一下脑袋："咋就忘了它呢？黑皮是救过咱的命呢！"

黑皮是女人上山采蘑菇时捡的一条丧家狗，那时它还很小，蜷曲在地上哀哀地望女人。女人的心软了，把它抱了起来——它有病，在女人怀里抖抖索索的……

男人和女人尽管很穷，但还是把黑皮养大了。长大了的黑皮皮光毛滑、威风矫健。男人和女人没有孩子，他们把黑皮当成了自己的孩子。

那晚，黑皮的狂吠警醒了男人。男人透过窗户在黑夜里发现了一双双跳跃的绿光——一群恶狼在与黑皮搏斗。直到天亮，男人与黑皮才把恶狼赶走。男人发现他们睡觉的床铺靠着的那面墙壁已经快让那群恶狼扒透了，真险！圈里的一窝小猪也被狼叼得只剩下了一头。遍体鳞伤的黑皮望望猪圈里的斑斑血迹再望望男人，伏在地上呜呜地哀鸣，检讨自己没把这个家看好。男人很感激地拍了拍它的脑袋，伏在地上的黑皮却没能站起来，它的一条后腿被狼咬断了……

水面上的那个黑点儿越来越近了。男人突然发现黑皮的嘴里叼着什么东西。

"是猪娃，是一头小猪娃。"女人眼尖。

黑皮很艰难地在洪水里凫着，尽管风浪很大，但它始终极力高昂着叼着猪娃的脑袋……

男人焦急地望了黑皮一会儿，转过身去数了数刚担过来的箩筐里的猪娃——少了一头！怎么会少了一头呢？

这是那回恶狼叼走后仅剩的一头小母猪下的仔呀！黑皮一直尽职尽责、昼夜不离地守护着它，它才很安全地长大了，又有了这一窝猪娃。男人和女人还指望它们长大后换几串铜钱呢，怎么就丢掉了一头呢……

洪水里的黑皮因为瘸了一条后腿十分困难地游着，它已经靠近了男人和女人，叼着的小猪娃哼哼叽叽的哀叫声已清晰可闻。

雨越下越大了。一股更大的浪潮赶过来，把快要靠岸的黑皮推远了。男人和女人急得头上冒火，却无计可施，他们都不会游水……

黑皮又艰难地靠近岸边了，男人一头冲进了暴雨，冲下了山坡。他站在一块突兀的石头上极力向黑皮探过身子，伸出双手，但尽管这样，他与黑皮之间依然有一段距离。

黑皮已经筋疲力竭了。它绝望地看着主人，挣扎着不让叼着猪娃的头颅沉没水面……

"近点儿，黑皮！好黑皮，你再近点儿！我们就团聚了——我……不会凫水啊——"男人呼唤着黑皮，无奈地抱怨着自己的无能……

黑皮叼着猪娃的头颅挣扎着在慢慢下沉……

长大了俺都嫁给你

"黑皮，黑皮！丢了猪娃吧！你丢了吧——"男人舍不得黑皮，他抹着脸上的雨水追着顺流而下的黑皮哭喊着……

暴雨越来越大，洪水越流越急。顺流而下的黑皮突然腾起了身子，跃出了水面，闪电般地把头一甩，叼着的猪娃脱口而出，在雨中划了个弧线，落在了男人脚下的一团草丛里，安然无恙。

"呜汪……"黑皮最后望了男人一眼，哀鸣了一声，慢慢地沉入了水底……

"黑皮啊——"男人一声嚎啕，抱着瑟瑟发抖的猪娃跪在了瓢泼般的大雨里……

# 俺　姐

俺从小就被俺姐管着，管得俺有时恨不得扒她一层皮！

俺在外头跟谁打架了，俺还没回到家里，爹娘就会知道。俺就要结结实实地挨顿揍。

俺在外头偷瓜摸枣了，俺还没回到家里，爹娘也会知道。俺也要结结实实地挨顿揍。

尤其是俺考试不及格了，俺姐肯定会详详细细、三番五次地告俺的状，非得看着爹的鞋底或者柳条啥的落到了俺的屁股上，她才肯罢休。俺边杀猪样地嚎，她还边在一旁不住地给俺爹煽风点火："打！使劲儿打！看他以后还敢不敢了。哼！"

俺姐简直就是电影里的女特务，她甚至就像长了千里眼、顺风耳，俺哪怕是上课时打个盹儿，她居然也能马上知道，给俺爹俺娘说俺上课睡觉，心不在学习上，长大了，肯定是个瞌睡虫，成不了大气候。俺根本逃不出她的手掌心。

俺姐不但爱打小报告，脾气也横。她不但动不动就揪着俺的耳朵厉害俺，打起架来，她连俺班上的橡皮都不怕。橡皮那小子黑塔一样高，歪点子多不说，打起架来还死狠。他经常嗷嗷的一句话是，谁要惹着他了，就要让谁跟橡皮擦字一样，擦不掉你，也得让你鼻子眼睛一片糊。

有一回他欺负俺班上的女生莲慧，领着俺还有其他几个坏小子，堵着她的路，让她学驴叫。其实就因为橡皮上课时在后头踢她的凳子，踢得莲慧课都听不成了，才找老师告了状。老师把橡皮猛批了一顿后，橡皮就把气儿撒到了莲慧身上。

那个时候，骑河镇上刚分了地，生产队的牲口也分了，唯一的一头小毛驴被莲慧爹抓阄抓走了。所以，橡皮就命令莲慧学驴叫，说她天天跟着那头驴学习驴叫，肯定叫唤得比真驴好听；他还吓唬莲慧说，如果不学，或者学得不像，夜里就往她家扔砖头。俺和那帮橡皮的小狗腿，也跟着起哄："对！扔砖头！砸你家的驴！"

"光捏软的，算什么出息？有本事冲俺来！"我们起哄起得正带劲儿，冷不防俺姐就横在了莲慧和橡皮中间，还卡着腰，瞪着眼睛。

一看俺姐来了，俺就想溜。俺姐和橡皮，俺都得罪不起呀。谁知道俺姐一把薅住俺说："中啊，你真出息了，跟橡皮学会霸道人了。别走，等会儿跟俺一块儿回家！"

橡皮正很过瘾地看莲慧哭哭啼啼的样子，不料想半路杀出个程咬金，看看是俺姐，就横了一下膀子，斜着眼儿说："小荷，平时俺可是跟你井水不犯河水呀，哼哼……今儿个，你这可是多管闲事儿！"

"这闲事儿姑奶奶今儿管定了！你说，是来文的，还是来武的？"俺姐仍卡着腰，看样子一点儿都不怕橡皮。

"文……的咋说？武的咋说？"橡皮儿说话有点儿不利索，俺却为俺姐捏了一把汗。

"咱今儿个别那么啰嗦，文的——"俺姐说着，"忽"地从书包里拽出她平时装水喝的玻璃酒瓶，"啪"地在一块砖头上摔了个粉身碎骨，"文的，咱把这玻璃渣再砸砸，摊在路上，咱俩把鞋脱了，从上边走仨来回，谁不敢谁算孬种！"

"呲——那……武的呢？"橡皮鼻子里"哼"了一声说。

"武的——你不是打架很恶吗？咱俩一对一。俺一个闺女家，想着你这个打遍全校都不怕的赖杆子不会尿了吧？你说咋打都中，摞架、打跑、还是对捶？俺比你高一年级，俺不欺负你，由你挑吧……"俺姐边说边卷袖子。

看来，俺姐今天肯定要吃苦头。那橡皮，连骑河镇人人见了绕着走、住过三年劳改队的二横子都不放到眼里，敢跟他抢着板儿砖一替一下拍脑瓜，最后拍得血乎流拉地一身红都不孬，直到晕过去还在骂二横子是"狗日的劳改犯"。今儿个，他会孬给俺姐？

俺于是死瞪着橡皮，暗地里捡了块儿砖头拎在手里。只要他俩一动手，俺就立即帮着俺姐揍橡皮。都到这时候了，管他橡皮回头咋收拾俺呢。

莲慧却还在下软蛋，死拽着俺姐哭："别，小荷姐，你别跟他打架啊。俺学，俺学不中吗……"

还没等俺姐说话，橡皮却把脑袋一低说："好好好，好！俺服了，俺服了中不中？小荷妞，算你厉害！走！"一挥手，带着那帮坏小子开腿了。

俺手里还握着那块儿半截砖发愣时，俺姐过来问俺："哎？俺刚才就瞧见你捡了块儿砖头。俺要真跟橡皮打起架来，你打算砸谁？"

"砸谁？砸谁还不都一样，反正今儿个还得挨爹的鞋底。哼！"俺扔了砖头，把书包往肩上一撂，头都不扭地回家了。

也怪了，那回俺姐头一次没告俺的状，还待俺特别好了几天，居然把家里留着的花生种子偷了一把给俺吃，她却没舍得吃一粒。看俺迷迷瞪瞪的样子，她劈头给了俺一巴掌，说："咱可说好了，你可不许在咱爹咱娘那儿告俺的状。这花生籽儿俺可没吃一个……"还说："俺就知道，关键时候还得指望俺弟！"

俺姐的学习比俺好，但她考上高中没毕业，就帮俺爹俺娘种地了，还想着法子捡知了皮、摘槐米，赚了钱寄给上了大学的俺。俺姐在信里说："关键时候，家里还得指望着俺弟。你长大了，不用姐再当'特务'了……"

俺看着这些话的时候，咋也想不起来俺当时恨俺姐的原因了，鼻子还一酸一酸的。

俺大学毕业那年，俺姐居然和她的死对头橡皮结婚了。橡皮那个孬杆子，那次狭路相逢后，整个骑河镇三千多号人，居然谁都不服，就服俺姐。俩人结婚后，还被俺姐管得不但种地是好手，做生意还赚了不少钱，把小日子过得让全镇人羡慕。

那回俺从城里回家，橡皮居然在俺面前告俺姐的状，说俺姐比当年盯俺盯得都紧。橡皮一脸委屈地说，当年，兄弟你是被一对爹娘数落，俺现在是俩爹俩娘不给好果子吃。俺委屈大啦！

# 定格的母亲

榆钱回到家里时，榆钱娘一迎就迎到了骑河镇村口的那棵老榆树下。

榆钱就是在那棵老榆树下生下来的。那时他娘正在老榆树下伸着一杆带钩的棍子钩榆钱。家里娃多，粮食不够吃。

榆钱娘刚一伸胳膊、一纵身子，榆钱就"扑嗒"一声掉在了她的裤裆里，于是榆钱娘就给他取名叫"榆钱"。

榆钱这次回家，带来了一个照相机，是数码的、也是"傻瓜"的，对准人，一摁就成。

榆钱花了差不多一个月的工钱买了这个"数码傻瓜"，其实就有一个念想——他娘快八十了，还没照过一张相。前些年上头要求办理身份证，镇上照相馆的那个带着眼镜的"四眼儿"来上门服务时，榆钱娘都打扮好了，却在那个炮筒一样的照相机前晕倒了。"四眼儿"说，这是"晕镜头"，再照，她还会晕，于是就作罢了。到现在榆钱娘也没有身份证。她自个儿为这事儿悔青了肠子，总说自个儿没出息，丢了儿孙们的人不说，到眼下还是个"黑人"。

这话说的次数多了，榆钱就觉得无论如何也要给娘照张相，给娘办张身份证。于是，榆钱这回出去打工返家时，就啥也没买，买了这个一摁就成的"数码傻瓜"。

听说榆钱买了一个照相机，榆钱的兄弟姐妹们都来了，还带着孩娃。说是要团团圆圆地照张全家福，然后放大，加洗几张，每家做个镂花的镜框子，挂到堂屋正当门的后墙上。

榆钱爹是在榆钱刚生下来那年就走了的。他在生产队里锄地，不小心锄头挂住了脚后跟，划了个小口子，血没流多少，却要了命。医生说，活该他倒霉，破伤风，没救。

从那以后，榆钱娘就绝对不准她的几个儿女再赤脚，即使是在三伏天，热得鞋窝里和了泥，也不准谁光脚丫子。

有一回，榆钱刚褪了鞋，要跳到从骑河镇中流过的凉水河里去逮鱼，结果被榆钱娘看见了，揪回家就让他在毒日头下跪了两顿饭的工夫，还不准吃饭。从那以后，榆钱再褪鞋时，就要四下看看，有没有他娘的影子。

娘一个人拉扯大他们兄弟姐妹五个不容易，所以榆钱就觉得如果娘这辈子连张相片都没有，做儿女的就没脸再在街上走了……

高高兴兴地吃了一顿团圆饭之后，榆钱要给家里人照相了。孩娃们兴致勃勃地在院子里摆凳子，榆钱的两个姐姐在帮娘梳头，男人们在讨论做相框时选什么木料；而榆钱，则一遍又一遍地检查、熟悉那个"数码傻瓜"，生怕有什么闪失。其实，买这"傻瓜"时，榆钱就在城里的百货大楼里一遍一遍地问了那个卖"傻瓜"的姑娘。无论怎么问，那姑娘总是很不耐烦地说，一摁就成，不是说了吗？一摁就成！

榆钱不放心，在镇上下车时，还专门找到镇上照相馆里的"四眼儿"问。"四眼儿"比那姑娘有耐性，不厌其烦地给他批讲了半天，末了，也说一摁就成。

看看他们都准备好了，榆钱说，照吧，得先给咱娘照。

于是，一家人就开始商量选个啥背景，让娘拿个啥架式照出来好看。

大姐说，就让咱娘站在咱这堂屋门口照吧，把堂屋也照上。这是咱娘一块坏一块坏地打出来烧成砖盖的呢。

二姐说，咋能叫咱娘站着呢？娘都站了一辈子了，你啥时候见娘坐着过？娘心里装着活儿，坐不住哩。如今头一回照相，也让娘站着？

榆钱说，让娘坐在屋前这棵石榴树下吧。听说这棵石榴树是娘从咱姥姥家带过来的，有纪念意义哩；再说了，有石榴树趁着，背景也好看。

一直没说话的大哥说，咱都别争了，问问娘吧。她想咋照就咋照吧。镇上的"四眼儿"不是说娘晕镜头吗？我还在担心着哩。

一听这话，一家人都不争了，就去屋里问榆钱娘。

榆钱娘听了半天，弄清楚了儿女们的意思，就说，俺一辈子闲不住，榆钱过了八月十五还要走，俺得赶紧给他多做几双鞋呢。镇上"四眼儿"说俺晕镜头，俺怕再晕。俺就纳着榆钱的鞋底，恍走神儿，你再照吧，省得再晕了，给你们丢人。

榆钱看了看自己脚上娘做的那双千层底的新布鞋，没有说话，就举起了手里的"傻瓜"。

那"傻瓜"还真的是"一摁就成"，于是，榆钱娘就有了平生第一张照片。很让榆钱和镇上的"四眼儿"纳闷儿的是，在照全家福时，榆钱娘手里纳着鞋底，笑得满脸开花，也没有再晕镜头……

但是"四眼儿"说，榆钱照的相片办身份证都不能用，因为那不是"标准"的；办身份证还得他亲自去给榆钱娘拍"标准照"。

榆钱过了八月十五临走时，榆钱娘又把他送到了骑河镇村口那棵老榆树下，对榆钱说，榆钱哎，要是还想给娘多照几张相，就别忘了穿你包袱里娘做的鞋，别伤了脚……

# 二牛奶听蛙

　　五一节的长假，我回了骑河镇老家，又见到了邻居二牛奶。

　　晚上，我和来我们家看电视的二牛奶聊天时，听到了村中的凉水河里此起彼伏的一阵阵蛙声，二牛奶就不说话了，她静静地坐着，眯着已经凹陷的双眼，聆听着那一阵阵蛙鸣。那神情，专注得似乎她已经游离于这个世界之外了⋯⋯

　　我知道，二牛奶经常这样倾听蛙鸣。

　　我还知道，二牛奶已经听了几十年的蛙鸣了。她从一个少妇，听着这骑河镇穿镇而过的凉水河里的蛙声，走到了暮年⋯⋯

　　很小的时候，我就听老人们讲，二牛奶和二牛爷刚结婚的时候，二牛奶还不知道蹦蹦跳跳的这个小生灵的鸣叫声这么好听。二牛爷很疼二牛奶。二牛奶怀上儿子后，二牛爷就更疼二牛奶了。那个时候家里穷，二牛爷找不来好东西给二牛奶增加营养，他就到凉水河里捉青蛙，然后再给二牛奶炒着吃或者炖着吃。只要二牛奶馋了，不管白天黑夜，二牛爷都会立即拎上一条破布袋，到凉水河里去捉青蛙。最后那天晚上，二牛爷刚抓青蛙回来，门就被一伙老总踢开了⋯⋯

　　二牛奶最终也没能再吃到二牛爷做的青蛙肉，因为那伙老总把二牛爷带走了。临离开家时，二牛爷说：等明年开春，青蛙再叫起来的时候，我就回来了。我还给你炖青蛙肉吃⋯⋯

　　说完这些话，二牛爷的脚步声消失在那个夏夜的阵阵蛙声中。二牛奶哭了好几天，把二牛爷最后捉来的那些青蛙都放生了，放到了二牛爷经常捉青蛙的凉水河里。从那以后，她再也没有吃过青蛙肉，而且看见别的孩子捉青蛙时，总要追着他们替那些被抓的青蛙求情，直到他们放掉为止。

二牛爷被那帮老总带走后不久，二牛奶就为二牛爷生下了一个大胖小子。来年春天，青蛙睡了长长的一个冬天，终于又鸣叫起来，然而，二牛爷却没有踏着蛙声回到二牛奶母子身边，而且，至今也没有回来。但从那以后，再有青蛙鸣叫时，二牛奶就会抱着儿子静静地去凉水河边，望着河水，安静地聆听那一阵阵蛙鸣……

"你二牛爷临走时说了，青蛙再叫时，他就回来了。"小时候，我每次问她为什么爱听蛙鸣时，二牛奶总是这么说。直到今天我才明白，支撑着二牛奶把儿子含辛茹苦地抚养成人、成家立业、并一天天地熬过这几十年漫长、孤独、却充满期盼的日子的，就是这一声声千年不变的蛙鸣啊！

——她年年倾听着这遥远或者清晰的蛙鸣，是一直怀着一种坚定的希望啊！总有一天，丈夫的脚步声会出现在这一片蛙声里。因为，丈夫被抓走时说的那句话，足以构成她一生的憧憬。就这样年复一年，她在骑河镇，听着蛙鸣，一直到今天……

二牛奶的儿子曾经想尽一切办法寻找过那他从未见过面的父亲，好让二牛爷的脚步声和在一片蛙声里，真的出现在二牛奶面前。但几十年了，凉水河里的蛙声依旧，二牛奶的希望仍然只是希望……

眼前的二牛奶八十多岁了，她的眼睛早就花了，但她的耳朵依然聪如当初；再遥远的蛙声响起，她也会立刻定在那里，静静地倾听。

灯光把电视机前的二牛奶映成了一幅剪影。我站在院子里，望着她的满头白发和专注的神情，觉得她就是一座聆听希望的雕像。

夜深了。凉水河里，依然蛙声一片……

# 找县长讨债

屋角搭屋角地做了几辈子邻居，谁也不知道县长竟欠了根爷一笔债，而且白纸黑字写得明明白白，还盖着县政府的大印、签着县长的大名。

这事儿，是镇政府派下来的工作组进驻骑河镇之后，根爷才透露出去的。工作组收的"办学集资费"、"修路集资费"，还有一些都有来头的什么"费"，根爷在电视上看了，上头说属于乱摊派，根爷于是很生气。

工作组对于那些拿不出现钱的乡邻"采取措施"，灌粮食、扣车子、牵猪羊，甚至抓人、锯树、扒房子地搞"兑现"，根爷于是更生气。

根爷拄着拐杖，捋着白胡子找工作组的人理论，一个小青年瞪着眼睛吼："老家伙，活腻歪啦？要不是看你有把糟胡子，早一块儿把你捆走啦。"根爷的脸便由黄变红、由红变紫、由紫变黑了。他捣了捣拐杖，骂了声："兔羔子！"那小青年居然一把把根爷搡到了地上，还了一句："老兔羔子，你真活腻歪啦！"便扬长而去。

回了家的根爷黑着脸，吐了几口老痰，痰里竟带着血！根爷傻坐了一阵，扭头去了骑河镇上的汽车站，去了县城找到了县政府——他要找县长。

把门的小青年穿着制服、戴着大盖帽。大盖帽小青年问他找县长干啥，根爷说："县长在俺家住过一个多月，俺见他一面儿都不中么？"大盖帽小青年歪着头打量了根爷半天，又打了个电话，终于放他进了县政府。

县长很年轻，还不到五十岁。县长给根爷让了座、倒了水。县长问根爷找他有啥事儿，根爷说："你是县长么？"县长说："是呀，我是县长。"根爷的脸色变了："那好！俺找的就是县长。县长欠俺十石黄豆、六石谷子、500块现大洋，还有两条人命！俺是来讨债的！"

县长冷不丁听了这话，张大了嘴巴半天合不上。县长忙放下手里正看的文件，从座位上跳起来："老人家，别着急，慢慢说……"

"县政府的大印、县长打的欠条，还算不算数？"根爷边问边往怀里摸，摸了半天，摸出一个蓝底白花的土布包，递给了县长。县长接过来，小心翼翼地打开，里边是一层红布包；打开红布包，里边是一层油纸；打开油纸，里边是一张巴掌大的毛边纸条。纸条上有许多虫子蛀的眼儿，黄蜡蜡的，还有一片褐红褐红的污渍——"那是俺娘的血呀！"根爷指着那片红对县长说。

"抗日县政府……孟繁生……"县长双手捧着那张纸条，念出了声音。县长知道：孟繁生是皮定均皮司令麾下的一员骁将，本县的第一任县长，"文革"时死在了"造反派"手里。

"老大爷……"县长捧纸条的手有点儿发抖。

"'兑现'吧！黄豆、谷子、现大洋俺都不要啦，俺就要俺爹俺娘那两条人命！"根爷那沟壑纵横的脸上，肌肉颤抖得很厉害。

"老人家，您是骑河镇的吧。政府找了您几十年了……"县长极小心地把那张纸条重新包好，递到根爷面前："您的家人为革命事业作出了极大贡献——那是你们的全部家当啊！您的亲人也因为帮助咱的政府被日本鬼子杀害了……这份情义，政府欠了您半个多世纪啦……"县长的眼圈发红了，泪水在眼眶里打转。

"别废那么多话，要还是咱自己的政府，'兑现'吧！俺是平头百姓，没本事'采取措施'，只好来找县长——谁欠俺的俺找谁！"根爷的脸色还是那么黑。

县长抹把泪，抄起了桌上的电话。县长明白了根爷找他是来干啥的……

三天后根爷才回到骑河镇，是坐县长的小车回来的。县长陪根爷回来时，上头的工作组已经撤走了，因为镇长被免职了。

然而，回到骑河镇的根爷却病了，而且一病不起，硬撑了几天，竟过世了。临闭眼时，他抓着前来探望他的县长的手，喘了一阵粗气，凹陷的两腮鼓了几鼓，才费尽最后的力气说："俺不该……去找您，俺……对不住俺爹俺娘……"

# 红　枕

## 一

大帚见到四叶时，她正坐在自家的豆田里做针线活。他只唤了声"嫂子"，就在衣襟上搓着手，无话可说了。他把宝柱的那个行李递了过去。

"宝柱他……咋没……他……那一个呢？俺那个红枕头呢?!"四叶翻着那个包袱，脸色渐渐由红润而苍白了，最后，晕倒在了田埂上。

宝柱死在了和大帚一同打工的石矿上。那块巨石滚下来时，宝柱把从穿开裆裤时就很要好的大帚推开了，巨石便与他一起滚下了山崖。

宝柱离家的时候，四叶亲手往他的行李里塞了一只红枕，那上头，绣着一对交颈戏水的鸳鸯鸟，但最终却被宝柱枕着，枕到了火葬场里。

四叶在大帚的怀里醒来的时候，大帚才发现，四叶坐在豆田埂上做着的针线活，仍是一只红枕头。上面的鸳鸯鸟有一只已经绣好了。两片荷叶下，这只鸳鸯鸟浮在水纹上，回着头，似乎在巴望着与另一只快快团聚。

## 二

回到骑河镇之后，大帚睡觉一直不敢关灯，一关灯就能看见宝柱，"俺……俺是回不到家了……兄弟，四叶和螺螺……还有……俺爹跟俺娘……就……就拜托兄弟……多照管了……"

这话是宝柱被他们从山崖下拖上来后，临咽气前说的。

宝柱是在大帚点了三下头之后，才闭上眼睛的。

每一次想到宝柱，大帚就觉得肩头上落下了一个很重的担子，就像那块索去宝柱生命的巨石一样重。

## 三

四叶只哭了三天就不再哭了，因为婆婆的哭声比她还悲恸，而且总是翻来覆去地哑着嗓子嚎那一句话："俺那苦命的儿啊——"

宝柱是独子，四叶的公公婆婆，还有刚上一年级的螺螺，还有肚子里花了2000元领来的二胎指标，宝柱都撒手不管了，因此，四叶便觉得她连哭的时间也没有了。左邻右舍的秋庄稼都开始往家收了。收了黄豆和花生，接着就得种麦子。种上了麦子，央大帚领着，去看看埋在那个山沟里的宝柱，到时候再痛痛快快地哭吧。

四叶并没有像麻二嫂以及骑河镇的碎嘴娘们儿们估计的那样，卷起宝柱的8000块抚恤金嫁人，而是到了三天头上，就红肿着眼泡，拉起架子车下地了。来到地头，她看见一个小伙儿把一亩多的黄豆快割完了，是大帚。

## 四

骑河镇开始有传言，说大帚有孬心眼儿，让宝柱替他顶了石头丢了命，好打四叶的主意。

麻二嫂跟四叶婆婆说这些话时，四叶婆婆直摆手，但麻二嫂没看见，只管溅着吐沫星子，并再三交待四叶婆婆，甭让人拐跑媳妇，再带走孙子。

四叶和大帚从麻二嫂背后一人多深的垄沟里爬了出来。四叶瞪了麻二嫂一眼说："我嫁人不嫁人，是我自个儿的事儿。我就是真的嫁给大帚，又咋了?!"

麻二嫂伸了伸脖子，撇着嘴盯了四叶一眼，又盯了大帚一眼，拍屁股走了。

四叶婆婆就又哭，又流泪，又在嚎："俺那苦命的儿啦——"

## 五

麦种上了，四叶家的活儿干得想找都找不到了，大帚就不再去四叶家了。大帚收拾了一下行李，还准备去那个石矿上打工，四叶来了，死活不再让大帚去。大帚不吱声，只管往包里乱七八糟地塞衣服、鞋袜，还有一个白棉布做的枕头。四叶急了，夺过他那只白枕头说："宝柱把俺和螺螺都托付给你了，你还想再让俺守次寡?!"

大帚愣在那里了。

## 六

四叶走后，大帚一直在床上翻腾。大帚还是不敢关灯，还是一闭眼睛就看见宝柱。翻腾到后半夜，突然敲开爹娘的房门，跪在了爹娘床前。

大帚说，他要入赘到宝柱家里，替宝柱尽孝。他这条命本来就是欠宝柱的，爹娘有哥哥嫂子照管，就权当没生这个儿子吧。

爹听清楚了宝柱的意思，滚下床把儿子扶起来说："帚儿啊，爹娘你就别管了。欠人家啥就还人家啥吧……"

大帚转过身来要走时，却看见四叶领着螺螺也跪在房门外。

四叶"咚"地叩了个响头，对螺螺说："螺螺，叫爷爷，叫奶奶!"

大帚送四叶回家时，四叶说："我把那对红枕头绣完，咱就结婚。"

## 七

四叶是失血过多而死的。难产。

医院的夜很凉，四叶的手更凉。

骑河镇离县城五十里，去县血站取血的医生还没回来，四叶撑不住了。"俺想看看俺闺女……"四叶的脸色惨白惨白。

大帚抱来了四叶和宝柱的女儿。她很小，不知道自己刚一降生就会失去爹娘。四叶看了一眼女儿，想抱抱她，却连抬胳膊的力气都没有了。

"俺很冷……宝柱……俺很冷……咱们的女儿也很冷吧……宝柱，抱住俺娘儿俩……抱住……"四叶说话的声音很小，但很清晰。她迷迷糊糊中把大帚当成了宝柱。

"医生，医生——咋还不来啊——"大帚疯了似的喊。

"喊啥喊？来回一百里地呢，你喊也有用。产后大出血，俺见得多了。输不上血，该作啥准备作啥准备吧。"护士在一旁冷冷地说。

大帚想揍她，但四叶的一声呼唤把他拽了回来。最终，四叶怀里抱着那只快要绣完了的红枕头，在取血的医生赶来之前，走了。

# 八

把四叶送到坟地后，大帚和四叶的婚礼照样举行了。

四叶的公公婆婆被麻二嫂和几个乡邻搀着，站立不稳。四叶的婆婆仍哭喊着那句话："俺那苦命的儿啊——"

"一鞠躬……二鞠躬……三鞠躬……"螺螺抱着四叶的黑白遗像，大帚抱着包得严严实实的四叶和宝柱的女儿，另一只胳膊抱着一对红枕头，朝四叶的公公婆婆随司仪的喊声鞠躬，一下、两下、三下……

有大帚的男儿泪水，遗落在红枕上那个缺了一只翅膀的鸳鸯鸟上。四叶曾对大帚说："等鸳鸯鸟的翅膀绣好了，就让螺螺改口给你叫爹。"

但现在，没有人再替四叶绣这只鸳鸯鸟的翅膀了。

# 报　复

　　"麻二家，怕是撑不久了……"村主任石夯，正扳着脚丫子抠脚趾缝，村会计老枪蹩进了石夯的堂屋。

　　"唔?!"石夯停下抠脚趾缝的手指，取下嘴上的烟屁股，朝一个缺了条腿的板凳斜了一下眼。老枪小心地沉下了半拉屁股，接过石夯递来的一支皱巴巴的烟，"麻二家，三天都没见她露头哩……"

　　"唔? 去看看，去看看……到这时候了，得代表村委会送温暖……"石夯撂了烟屁股，站了起来。

　　"主任，那……麻二家的宅子……"老枪把那支还带着脚丫子味儿的烟，敬给了石夯。

　　"有人味儿吗你? 麻二家都快死了，你还算计人家宅子? 回头再说，回头再说……"石夯推开老枪的手，就往外走。

　　麻二家的宅子，是老枪的一块儿心病。麻二家据说是五九年饿死的麻二，在开封当国军丘八时赎来的窑姐儿，一辈子不生养。麻二死后，她就和麻二的老娘守着那处宅子过活。老枪的宅院在麻二家隔壁。麻二家的宅子临着骑河镇唯一的一条大街，要是能把两家的宅子并在一处，那就成了骑河镇的风水宝地了。盖个临街房，开个小卖部，老枪老婆坐在家里不动窝就可以赚票子啊。可是，麻二家熬败了村里的一个个老头老婆，一口气儿硬硬朗朗地活了八十多岁，老枪老婆的那个愿望便一直悬着。

　　麻二家这辈子活得很窝囊。她那窄窄的、核桃皮一样的干寡脸，见了谁都是一副从来不变的媚笑，这媚笑总让人想起她做过窑姐儿的事儿。

　　陪麻二家活到骑河镇分了责任田才咽气儿的麻二他娘，自然记恨麻二家没给老麻家留条根的事儿，因此，她活着时，麻二家便吃尽了苦头。麻二家年轻时，骑河镇上的坏小子偷看麻二家洗澡，总能在她白皙白皙的脊梁上、肚皮上、屁股上、大腿上瞧见一道道的血痕。麻二死了，没男人揍她，那自然是麻二的娘干的；但麻二家却一直对婆婆低眉下眼，尤其是那副媚笑，在婆婆面前，一刻也没有消失过。

麻二的娘没死时，因为没了牙，爱吃口煎饼，但前两张煎饼总是摊烂的。这时候，麻二的娘就会骂一句："除了吃，你还会干啥？软蛋都不会下的货！"骂完，就抢过麻二家手里的锅铲。麻二的娘摊的第三张之后的煎饼总是囫囵的，而且锅有多大，她就能摊多大，油碌碌的、薄薄的。麻二家这时便像做错什么事儿的孩娃一样，束着手立在婆婆身边，听她一句接一句地骂；骂急了，麻二的娘有时便劈头给她一锅铲解解气。

这样的情景，住在他们家后面的老枪，自小就经常见到。因为他们婆媳俩是五保户，村里供吃供穿，所以生活就比一般人好些。老枪小时候拖着鼻涕，每次闻见油煎饼的香味儿时，就淌着口水做不了自己脚丫子的主，去讨煎饼吃。麻二家总是看看老枪，蹲在那里自顾低下头去吃破碗里自己摊烂的煎饼，老枪就觉得她连个煎饼都摊不囫囵，活该被人下眼看。

现在，老枪很想快点儿占了她的那片宅子，但麻二家就是不落那口气儿。尽管村主任石夯答应麻二家一落气儿，就把她的宅基地使用证换成老枪的名字，但老枪总怕石夯说话不作数；他甚至听了老婆的主意，跑到镇上的敬老院，要代表村委会把麻二家送到那里去享福，谁知道麻二家却死活不愿去。老枪老婆就不止一次地敲着鸡食槽，伸着脑壳，往前院骂了很多回"光吃不下蛋、死了没人看"之类的恶毒话。麻二家耳朵不背，肯定句句都能听见，但他见了老枪老婆，还是一脸的媚笑……

石夯和老枪脚跟脚走到麻二家的那座瓦房里时，老枪老婆和镇上的几个娘们儿已经把门弄开了。

石夯和老枪见到躺在床上、眼窝深陷、大口大口地喘着气的麻二家时，麻二家脸上依然是那种觍了一辈子的媚笑。石夯弯下腰大声问："麻二婶，你好福气哦，全村人都来守着你。"

老枪老婆挤进来抢话："麻二婶，村主任来了。你有什么话，就说吧。"哪知，麻二家看到老枪老婆，混沌的深眼窝里混黄的眼珠子出奇地亮。她喉咙里"呼呼噜噜"地响。石夯伏下耳朵听了半天，直起腰说："麻二婶要吃煎饼。老枪家，你受累了。她说要你给她摊张煎饼吃。"

等老枪老婆把面糊拌好时，麻二家突然挣扎着坐起来，由石夯和老枪扶着，坐在了锅灶前。老枪老婆摊了两张，都烂了。要摊第三张时，麻二家"呼"地从板凳上站起来，眼里的光更亮了，脸也由刚才的苍白苍白变得红扑扑的。她麻利地抢过锅铲，用沾了油的锅铲在锅沿上飞快一淋，油便很均匀地向下漫，最后汇到锅底，吱吱地响，香味儿也就一股一股地往上窜。麻二家顺手盛起一勺面糊，往锅壁上一淋，手中的锅铲飞快地左抹右摊，少倾，看看半熟了，一手揭着煎饼一边，锅铲往下边一伸，"啪"地一声，煎饼就团团囵囵地翻了过来；稍停，一张薄薄的、黄澄澄的、香喷喷的煎饼就被麻二家折了两折，铲出了锅。麻二家这套动作，一气呵成，把一旁的人看得一迷一迷的。这哪是将死的人哦？看那利脚利手的精神样儿，活得硬实着呢。

正等着麻二家继续摊时，麻二家忽然转过头，对还没生过孩子的老枪老婆说："除了吃，你还会干啥？软蛋都不会下的货！"——麻二家说这话时，脸上丝毫没有那种带了一辈子的、大家熟悉极了的媚笑，眼睛里射出来的，是两道让人脊背发凉的冷光……

麻二家终究也没吃上她摊的煎饼。说完那句话之后，就像一个被抽了竹竿的黄瓜秧架子一样，软绵绵地倒在了地上，脸上带着一副很喜庆的样子，找麻二去了。

后来，和麻二家的宅子合二为一后起了三间临街房的老枪，听老婆给他说："我捉摸了好几回，算是闹明白了——摊煎饼，头两张，锅涩，你本事再大，也摊不囵囵……"

# 谷　苗

在骑河镇，大人小孩儿都知道谷苗的记性好。俺的初中老师说，她的脑壳简直就是个录音机。比如，老师照着书本念一遍圆周率，刚把书本放来，谷苗就能把老师念过的数码一口气背出来。我数了数，小数点后头，有三十多位哩。

再比如，镇上来了说书的胡大嘴叉，胡大嘴叉打着简板，把个《小二姐思春》说得整个骑河镇的男劳力当夜全部搂着老婆睡到日上三竿，听不到队里的上工铃响，而谷苗第二天就能原版原调、一句不拉地唱出来。谷苗正拖腔拖调地唱"小二姐"时，脑袋上却挨了老师一课本，说她好记性怎么使到了茄子地了呢？

谷苗的脸于是便红得像熟透的桃子，从那以，后任凭同学们再起哄，也坚决不再唱"小二姐"，但后来大家一见了她，都冲她喊"小二姐"，喊完，便学着她，准确地说是学着胡大嘴叉，摇头晃脑地吼两句："小二姐打坐在绣楼之上，春夜里睡不着咋光想俺的郎……"

其实胡大嘴叉是个俊俏小伙，而且还有一个很好听的名字叫胡小影，也就比俺这些初中学生大那么六七岁，咋就干上了这一行呢？说书唱戏，在俺那儿是很不受人待见的，弄不好连媳妇都讨不来。

但胡大嘴叉不但讨来了媳妇，还把俺班长得最俊的谷苗给讨了去。说是讨了去，其实是给骗了去，因为等俺老师一看谷苗三四天没来上学，到她家里问她爹娘时，她爹说："不是老师让她到县里参加数学比赛么？谷苗说得好几天不回来呢，还跟俺要走了 5 块钱。"

后来才知道，谷苗跟胡大嘴叉私奔了，而且这一奔就是好多年。等胡大嘴叉带着谷苗、还有他们的三个孩娃再回骑河镇时，谷苗已经很阔了。

谷苗娘后来说，俺闺女跟了小影，没跟错。人家小影眼下在城里是个大老板哩。

我头一回离开骑河镇到城里去讨营生，口袋里的钱花光了，也没找到活计干，便打听着摸到了谷苗家里。亲不亲，家乡人，再说了，俺们还是老同学，咋着谷苗也得帮帮俺吧？胡大嘴又那么大的老板，给俺找个出力气卖汗的活儿干，估摸着没啥大问题。

我敲响一片高楼里的谷苗家那扇很严实的防盗门时，哪知道，她扒着门缝盯了俺半天，却说："你……找错门儿了吧？"

"俺是黑牛哩，嘿嘿……咱上学时，就坐你后头，还揪过你辫子……"我赶紧找她印象最深的事儿说，她记性那么好，肯定忘不了。

"哦……有印象，有印象……请进请进……"

看看，我说谷苗的记性好不是？人家都"请进请进"了。

我"请进"后，就一屁股坐在了大得能把俺陷进去半截的沙发上，东张西望地打量他们家的摆设。胡大嘴又不在家，谷苗给我倒了一杯水，我正准备也学着城里人的口气说"谢谢"时，谁知她又问我："你是……哪村的？叫个啥？"

我差点儿把水杯扔了，忙说："咱一个村哩，都是骑河镇的，先前还是一个生产队，你忘了？俺刚才说了，上学时，俺就坐你后头，还揪过你辫子哩。你找俺爹告状，把俺每次考试的分数，和俺偷偷加上的分数，一股脑儿给俺爹说个小葱拌豆腐，结果，俺就被俺爹结结实实揍了一顿。他揍俺的那个破鞋底，还是你递给他的哩……"我边提这档子事儿，边疑惑是不是俺记错了？那个能过耳不忘、过目成诵的谷苗是不是眼前的这个女人啊？俺于是仔细打量了她几眼，没错啊，就是她啊？她可以把小辫儿盘成鸟窝，可以把嘴片儿抹成紫茄子色，也可以把眼睛画上黑圈圈儿，但耳朵下边的那个瘊子可躲不过俺的眼。

"哦……哦……俺想起来了，你是三秃子对不对？"谷苗终于叫出了一个名字，却是上学时她最讨厌的三秃子，这让我很生气，"呼"地站起来，把茶杯往她手里一塞说："谷苗，你真是一阔就忘了祖宗八代呃！亏你还是'录音机'哩。俺黑牛就是饿死在大街上，也不再踩你的门！"边说，边拎起俺的铺盖卷儿，就要走。

"呃，呃——你瞧俺这臭记性。你是黑牛哦，俺想起来了。那回你爹揍你，俺递给他的那破鞋底，还是钉了掌的。揍一下，你嚎一声；揍一下，你嚎一声……最后，还是俺拽住你爹，他才跟你算拉倒的……"谷苗就是谷苗，她终于记起了俺这个老同学，俺的气便消了。

胡大嘴叉不在家，俺也不便久留，就简明扼要把俺的要求说了一下，哪知谷苗却塞给了俺 200 块钱，要俺"赶紧滚回骑河镇"。

"小影他现在很忙哩，十天半月不回趟家。公司里事儿多，俺见他一面，也得由秘书传达哩……城里不好，你回家吧。"我看到谷苗说这话时，黑圈圈套着的眼睛里，眼珠子就像不会转，跟死鱼的眼珠子差不多。

"回家里也没事儿，秋苗刚起身儿。俺想找个出力卖汗的活儿挣点儿钱哩。"俺把那 200 块钱塞到她手里。俺不死心，既豁出去这张脸皮求人了，就没打算轻易拉倒。

"不中！你给我滚回去！城里毁人哩。你没钱不是？没钱我有，给！钱算啥东西呃，钱毁人哩！"谷苗居然跟俺翻了脸，一把掏出了一大叠票子，摔到了俺面前。

呸！俺再穷，也不是来讨饭的。不帮俺就算了，别跟俺耍大的！我把那叠票子扒拉开，背起铺盖卷儿横着膀子就走，临出门，还恶狠狠地朝她家那扇防盗门踹了一脚！

俺终于在没有饿昏在城里的街上之前，找到了一家建筑队干了一季力气活儿；等俺揣着 600 多块的辛苦钱回到骑河镇时，竟又见到了谷苗。

"嘿嘿……你是黑牛。俺递给你爹的那只破鞋底，是钉了掌的。揍一下，你嚎一声；揍一下，你嚎一声……"

"咱老师说俺的脑壳是'录音机'。俺给你背背圆周率。俺记得死死的呃——三点一四一五九二六……"

"胡大嘴叉的书说得好呃，俺一听就迷上了……小二姐打坐在绣楼以上，春夜里睡不着咋光想俺的郎……"

谷苗疯了。咋疯的呢？俺不知道。可她咋在疯了之后，却又变成了"录音机"呢？

# 冒 官

冒官的祖上做过进士。冒官每次听骑河镇上的老人们说起祖上的时候，眼里总放光。冒官很羡慕做进士的那位祖宗。

但在骑河镇，冒官家上溯八代再也没出过一个当官儿的，哪怕是衙门里的小卒，也没出过一个。冒官很遗憾、很失望。冒官失望之余就想着有朝一日自己一定要当官儿，哪怕是比芝麻还小的官儿——比如天天在学校里说一不二的校长。

冒官就整天寻思这事儿。冒官做梦都想当官。冒官就把名字改成了"冒官"——他认定要从自己家里冒出个官儿来。

上小学时，老师不赏识他，同学们也不选举他——冒官的分数总超不过六十。

小学没上完，骑河镇就闹起了"红卫兵"，冒官也成了"红小兵"。成了"红小兵"的冒官也造老师的反，贴老师的大字报。冒官因为学习孬被"造反派"的头头看中，封为"红小兵"的头儿。冒官能管五六十号人——冒官终于当官儿了。

当了头儿的冒官在学校里很威风，而且管的都是成绩比他好的同学。成绩好的同学平时都看不起冒官，冒官就变着法子整治他们。冒官有一次命令学习最好的班长打他爹——那个当了"走资派"的校长。班长虽然眼里噙着泪，但还是打了。打到最后，校长和班长哭成了一团。

冒官很惬意。冒官从头到脚都舒服。冒官觉着当官的感觉美极了。

冒官的头儿只当了半个月。冒官被赶下台的原因是因为他的名字——当官儿的却是"当权派"、"走资派"，冒官把自己的名字改成冒官，那不是"小走资派"？

冒官很沮丧，但冒官坚决不改名字。

冒官后来就再没当过官儿了。冒官巴望当官儿巴望到四十多，也没再沾过"官"字的边。冒官仍然不失望。前两年，骑河镇各村搞民主，选举村主任，会上公布了候选人。冒官谁都不选，就在选票上写了自己的名字，结果，他就得了那一票。

冒官没老婆，当然就没儿女。瞎老娘不但不听冒官管，还捣着拐杖管冒官，因此冒官很讨厌他的瞎老娘。冒官经常回味他当年当头儿的滋味儿，吆五喝六、八面威风，多过瘾！可冒官如今除了他自己，谁也不听他管。

冒官整天想当官，但家里却没钱花。冒官跟了那年他逼着打爹爹的班长崴出了骑河镇，进了省城——去盖大楼。

省城里有省政府，有很多很多的办公楼，冒官知道那里边净是当官的。冒官每次走过那些有办公楼的大门就伸着脑袋往里望。冒官知道从这大门进出的那些锃亮的小轿车里坐的都是大官儿，所以冒官就觉得这些轿车很神气。

当工头的班长有天派冒官去买几根钉。冒官骑着个破车闯了红灯，警察给了他一个小红旗，训了几句罚他跟着红绿灯挥旗子。

红灯亮了，冒官把旗一摆，所有的人和车立即停下来，没有人越过那个小旗子；绿灯亮了，冒官把旗一收，所有的人和车就鱼贯而去。

冒官突然觉得有了当年当头儿的感觉。连锃亮的轿车都得听他的小红旗指挥，这比在骑河镇上混强多了，冒官于是很惬意。

冒官每次上街就专闯红灯，每次挥完小红旗就红光满面、心旷神怡。冒官再看那些办公楼、再看大街上的小轿车，便一只眼睛发亮、一只眼睛黯淡了。

冒官最后一次闯红灯时，被一辆小轿车从脑袋上轧了过去。

冒官死了，死得很惨。

事故科的警察翻遍了冒官的全身，也没有找出身份证之类的东西，仅在他脏兮兮的口袋里，翻出一面叠得规规矩矩的小红旗！

# 俺是支书了

　　"罗支书"并不是骑河镇的支书，但骑河镇三千多号大人小孩见了他，总喊他"罗支书"，其实，他的户口簿上的名字叫"罗伟杰"。

　　"罗支书"的叫法，是从罗伟杰在七叶和她的男人发旺好上之后，才渐渐叫开的。因为罗伟杰的嘴巴上长出毛茸茸的胡须时，不知啥时候竟瞧上了骑河镇最漂亮的七叶，整天把家里最好吃的东西偷出来给七叶，把家里最值钱的、娘的那对银镯子偷出来给七叶，七叶却无动于衷——东西收了之后，就撂给罗伟杰一句话："伟杰，你啥时候当了支书，俺才和你好。"

　　于是，从那个时候开始，罗伟杰就盯上了骑河镇的支书的宝座。

　　但是，当时的支书是石夯，石夯不但当着支书，还兼着村长。石夯知道了罗伟杰的"抱负"之后，"嘿嘿"一笑，拍着他的肩膀说："小子，想当支书？等我死了吧。"

　　罗伟杰就真的盼着石夯哪一天也和李三一样，正在家里吃饭时，突然头一歪，很干脆地过去了。

　　李三，也就是七叶爹死的那天，骑河镇唯一的医生陈四仙赶来，闭着眼睛把了半支烟工夫的脉，推了推鼻梁上的眼镜说："心肌梗死，你们喊我忒晚了，该准备啥准备啥吧。"于是，李三媳妇，也就是七叶的娘，便瘫在地上拍着大腿，一口一个"死鬼"地嚎，而七叶哭得比娘的声音还要响。偏偏七叶正哭的时候，李三居然睁开了眼，旋即又闭上了。陈四仙说，那是"回光返照"，却把七叶吓了个半死，一头拱进旁边站着的罗伟杰怀里，发了半天抖，再也不敢看爹一眼。

　　李三睁了一次眼又旋即闭了之后，终于还是没再睁开，但罗伟杰却从那天起有事儿没事儿总往七叶家里跑，然后，就总往陈四仙家里跑。他去七叶家里，目的就有一个，等着七叶什么时候往他怀里再拱一次；而往陈四仙家里跑，则是打听村支书石夯会不会得心肌梗死，什么时候才能得上。每问一次，陈四仙就推推鼻梁上的眼镜，说他"吃错了药，发神经"。这话传进石夯耳朵里，石夯却大大咧咧地笑，笑完之后总会扔下一句话："年轻人嘛，有追求是好事儿。伟杰盼俺早点儿死啊？俺就是死，也是喝酒喝得醉死，吸烟吸成肺痨！心肌梗死？让这小子等着吧。"

还没等罗伟杰盼到石夯得上心肌梗死，李三媳妇却逼着七叶嫁人了。她嫁给了石夯的儿子发旺。发旺在城里领着一个一百多号人的建筑队，一年能挣很多钱。

七叶和发旺典礼那天，罗伟杰一个人喝了一瓶二锅头，正晕得不知道东西南北时，七叶和发旺来了。发旺捧了一大把喜糖，"呼啦"一下撒在罗伟杰面前熏着酒气的饭桌上说："七叶成了俺的媳妇啦。伟杰兄弟，吃俺的喜糖吧。"

罗伟杰瞪着猩红的眼，死死地看着穿着大红喜袍的七叶，突然从嘴里喷出了一口鲜血，一下子溅到了桌子上那堆喜糖上，"咕咚"一声栽倒在地，砸得七叶心里疼。

等七叶和发旺急急忙忙地把陈四仙喊来抢救罗伟杰时，罗伟杰已经自己爬起来了。不过，他一把扯住陈四仙说："四爷，你别叫我伟杰，俺现在是支书了，是罗支书！"

从那以后，罗伟杰就成了"罗支书"，因为他整天除了喝酒，就是跑到七叶家门口蹲着，看见有人过来，就赶紧站起来，从口袋里掏出一个蔫不啦叽的萝卜头儿——那是他在萝卜头上仿着骑河镇村委会的公章，刻的一个"大印"。每过去一个人，罗伟杰就会问，你家里大小子不是批宅基地吗？你家里二狗子不是身份证丢了要办临时的吗？你家里……俺给你盖章，俺是支书了——石夯叔说的！

石夯其实是在罗伟杰三番五次找到他家里，非要他把支书的位儿让出来，被缠得烦了说着玩儿的。"你小子现在就是咱村的罗支书了中不？你想干嘛就干嘛吧。"伟杰听了这话，"哈哈"笑着走出石夯的家门后，石夯

"呸"地吐了一口吐沫说："这小子，迷了心窍了。想当支书？下辈子都够呛！"

但伟杰觉得石夯的话就是金口玉言。石夯都说"你现在就是咱村的罗支书了，想干嘛就干嘛吧"，那当然除了可以像石夯那样给乡邻们盖大印办事儿，包括当初七叶说的"你啥时候当了支书，俺才和你好"的话，也是要兑现的。于是，他就日日夜夜守在七叶家门口。但七叶已经和发旺去了城里，伟杰在她家门口蹲了四五个月，也没能见到七叶的影子，弄得七叶娘天天嚎："俺这是哪辈子造了孽哎——丢死个人啦！"

日子一天天地过，罗伟杰一天天地守坐在七叶家门左边的一个石碌上。有人的时候，他就追着要给人家盖他的萝卜头"戳子"；没人的时候，他就像戏台上的小丑那样，一人俩角儿地演戏——跳到左边，嘴里说："伟杰，你真当上官儿啦？那俺就给你当媳妇。"又跳到右边说："七叶，俺不是官儿，俺现在是罗支书，是你要求俺当的。"再跳到左边说："那中，俺这就去跟发旺打离婚。"往往这个时候，伟杰就会立即背上双手，像平时石夯和别人说话那样："哎呀，好好的日子不过，打的什么离婚啊？宁拆十座庙，不拆一桩婚啊。既然你们非要破罐子破摔，俺这当支书的也冇法，好好好，俺给你盖戳子吧！"然后，就从怀里掏出那个已经蔫儿成个黑疙瘩的萝卜头"戳子"，"啪啪啪"地在自己手心里戳几下……

伟杰变成这个样子，陈四仙说，他是被"妄想型精神分裂症"给害的，但骑河镇的很多人都不这么认为，都说"伟杰那小子是官儿迷，自个儿把自个儿的心窍给迷住了……"

等七叶和发旺年底回家过年的时候，罗伟杰已经死了半个多月了——他是冻死在七叶家门口的那个石碌上的。

# 长大了俺都嫁给你

冬来是我在骑河镇读高中时的同学，比我大一岁，今年三十六了。

如果不是小儿麻痹症带给他的那条残腿，他肯定比我混得好。因为上学时他就是班上出类拔萃的好学生。每次考试结束后，班主任郭老师总是推推眼镜对大家说：找冬来对答案吧，他的答卷就是标准答案……

然而，冬来却在他那个离骑河镇十五里地的、叫做鹅脖湾的小村子做了一名小学教师，且至今未娶，固守着三尺讲台一个人打发着东升西落的日头。

冬来也曾经有过女朋友，是俺班当年很崇拜他的一个女同学，叫香荷，人长得很漂亮，学习成绩和冬来不相上下。下晚自习回到大寝室，熄灯后我们谈论最多的女同学就是她。她爸爸在新乡是个什么厂的科长，香荷毕业后没几年就离开骑河镇，随父母进城了。

冬来和香荷相爱的保密工作做得很好。毕业五六年了，我才听说这档子事儿。当时光知道他俩总被老师喊去帮忙改作业、开团会等等，谁知道他们咋就悄悄好上了呢？

他们的爱情命运和大多数这类故事的遭遇差不多——香荷的父母坚决不同意，放出话来说："腿不得劲儿吧，只要女儿喜欢他，俺也不干涉她的选择。但一家人好不容易熬到城里了，绝不能让女儿再嫁到黄河滩！"香荷和父母挺了三年，他们终于妥协了，但要求冬来必须和女儿一起到新乡来。于是，香荷便心花怒放地赶到了鹅脖湾……

鹅脖湾因黄河在村南绕了一个很大的像鹅脖一样的弯儿而得名。这个被大堤圈在河滩里的村子只有八十多户人家、四百多口人。汛期一来，河水一漫滩，就成了一个四面环水的孤岛，但地势却很高，从未遭过水患，按他们一脸自豪的说法是：俺村要是被淹了，怕是连北京城也保不住哩！这也许就是鹅脖湾人世世代代固守家园的原因吧。老辈子不知道是咋过来的，反正现在的鹅脖湾人巴不得早一天离开那个孤岛，融入外面的世界。别的不说，光孩子们上学就是个大问题。村子太小，没有学校，水一上来，孩子们就得一天两趟让大人划着船接来送往，才能到大堤外的村里去读书。很多不负责任或无力应付的家长因为这就眼看着自己的孩子慢慢地变成大字不识一个的"瞪眼瞎"。村里的女孩子就别说了，十个有九个不知道学校的大门朝哪儿开。

冬来因为那条残腿，尽管学习很好也没能去上大学。死了这份心后回到村里，往村支书家里跑了几趟，居然办起了一个学校。从一年级到五年级，全村收了七十多名学生；支书又从村里选了一名高中生给他做帮手，借用了乡邻们的闲房子，全村人兴高采烈地放了几大挂鞭炮，"鹅脖湾小学"就算开课了。

尽管冬来被乡亲们封为"校长"，但在教管部门却没"名分"，他最多算个"编外"民办教师。冬来也不允许孩子们喊他"校长"，所以，一站到讲台上，下面几十张小嘴里喊出来的仍是："老师好——"

香荷是兴冲冲地赶到鹅脖湾的，但她在那儿住了一个多星期后却是哭着走的，而且那天她直哭得死过去好几次……

本来，村支书找到冬来帮着香荷做工作，乡邻们也都挨家挨户地请冬来和香荷，准备为他们送行了，但几十个孩子却不依不饶。香荷不管走到哪里，总觉得背后有孩子们的目光跟着她，像刀片一样在她身上划。

冬来每顿饭都在乡邻家喝酒喝得酩酊大醉，喝醉了就光说大实话："俺舍不得离开孩子们哪！可俺没法呀——除了香荷，谁看得上俺呀——"他数落一阵就朝那条残腿上又掐又拧的，香荷拉都拉不住，于是，香荷哭，冬来哭，乡亲们哭，围在院子里的孩子们也跟着哭……

终于要离开那个孤岛了，全村的乡亲们都来送。俩人上了木划子却走不掉——没有船桨！支书骂骂咧咧地差人找，找遍了全村也没见到一个。后来才知道，孩子们早趁着天黑，把所有的船桨都偷走，一把火烧了！

无奈，支书吩咐几个小伙子凫着水，把冬来和香荷坐的小船往对岸

长大了俺都嫁给你

拖。两人噙着泪和大家道别。

岸上的几十个孩子一直抽泣着，这会儿都号啕大哭起来。突然，不知哪个女孩子沙着嗓子哭喊："老师，您别跟那个女的走啊——等俺长大了，俺给你当媳妇！"

"俺也给你当媳妇！"

"俺嫁给你！"

"俺都嫁给你！！"

十几个女孩子撕心裂肺地哭着、喊着，刚刚离岸的冬来愣住了……

最终，冬来还是被孩子们留住了，他仍然固守着鹅脖湾小学的三尺讲台，孤身一人打发着东升西落的日头……

之后不久，我因事回了一趟骑河镇老家，多年不见的我们偶然遇到了一起。那天，冬来又醉了个一塌糊涂。他一个劲儿地摇晃着我的胳膊，反反复复地问："你说说，你说说，我是不是很傻？是不是呀……你说话呀——"

我无言以对。

# 水 苍

日军攻占了开封城，国军扒开了花园口，卞城雨也终于见到了那个水青色的玉麒麟。这之后，他就没再去大相国寺旁边的天声剧社捧角儿了。

卞城雨捧的角儿，叫童栖霞，是天声班唱青衣的台柱子。天声班自黄河北岸的骑河镇一路唱响开封城二百多年，从来还没因为兵患挪过窝儿，但这次，日本人一占了开封，就严令天声班等剧社的角儿，不许再唱祥符调、不许再吼河南讴，要跟着他们学"君之代"一类的"和歌"，自然，卞城雨就再也见不到童栖霞在戏台子上水袖频甩、顾盼流连了……

卞城雨是"卞和宝号"大掌柜卞今和的独子。卞今和守着祖上传下来的玉石珠宝行，一直在省城经略生意。尽管坐拥祖上传下来的水苍玉麒麟，但卞今和近些日子，却再也没有笑脸。独子卞城雨，读了几年洋学堂之后，居然整天往戏班子里跑，还喜欢上了童栖霞。而且，驻守开封的日军师团长的秘书武田秀三也亲临"卞和宝号"，要求"观瞻"玉麒麟，被卞今和以玉麒麟不在店内为由打发走后，还不知道下一步该咋应付呢。

拧了两天眉头后，卞今和终于把儿子卞城雨叫到密室，让他看了玉麒麟，说："这是你曾爷在'跑捻'的时候得到的，眼下又'跑老日'，咱一家人的身家性命，这回八成要毁在这件宝贝上了……"

卞城雨第一次看到那个拇指大的玉麒麟，眼神儿棍儿一样地直了。听了爹的话，他的喉结动了几下，扭身就出去找童栖霞了……

武田秀三第二次登门时，带来了二三十个日本兵，把"卞和宝号"围了起来。他撩开"卞和宝号"的珍珠门帘时，身后竟跟着一身和服的童栖霞，而接待他的，只有卞城雨一人。

"城雨君，我早就耳闻，秦王嬴政制'传国玉玺'的角料，曾经被秦相李斯秘制成了玉麒麟。'传国玉玺'早在明朝初年，就不知所终了，谁想麒麟还存世，而且就藏在贵号。我还知道，始皇帝的那个传国玉玺，是楚国卞和被削二足，终被楚文王所识的'和氏璧'所制，因此，这个玉麒麟自然也渊自同璞了，其价可倾城，因此令尊大人才视为禁脔，不肯轻易示人……"身穿戎装的武田秀三刚一落座，就直截了当地说穿了玉麒麟的渊源。

卞城雨端起紫檀方几上的青花瓷茶杯，吹了吹浮在面上的几片毛尖芽片，呷了一口香汤后，闭上眼睛，鼻孔微张，深吸了一口气，这才睁开眼睛说："您说的没错儿。但是，当年，赵惠文王明知秦国是在以十五座城池为诱饵而巧取豪夺，但畏于强秦，只得派蔺相如带着国宝出使秦国……这段典故，想必太君亦有耳闻吧？"

"哟西，完璧归赵嘛……"武田秀三说这话的时候，硬着脖子，目光像蛇信子一样自耷拉着的眼皮底下伸出来，从卞城雨的脸上扫过。

卞城雨轻轻地扣上青瓷茶碗的盖子，瞄了一眼站在武田秀三身后的童栖霞，说："太君不愧饱学之士，但您知道后来为什么秦昭王没能得到和氏璧吗？"没等回话，卞城雨紧接着说，"是秦昭王只有霸心而无诚意。人有人格，玉有玉品，尤其玉中珍品水苍，有仁义智勇洁此五德，历来为正人君子所配戴。之所以说黄金有价玉无价，那不是玉无价，而是品格无价！所以，蔺相如要求秦昭王斋戒五天、行九宾之礼，才配……"

卞城雨的话还未说完，武田秀三忽然挥了一下手，站了起来。他攥了攥腰间战刀的刀柄，又低头看了看自己的一身军装，冲卞城雨说："你的话，我的明白了。开路！"然后就带着那群日军士兵离开了。

五天之后，"卞和宝号"的大门前搭起了戏台。天声班唱着折子戏《将相和》，但《将相和》里却没有旦角儿。

一身和服的武田秀三车也没乘，一个士兵也没带，身后跟着同样一身和服的童栖霞。他手里攥了一把摹写着"天下第一行书"——王羲之的《兰亭序》的折扇，徒步走到戏台跟前时，转身对童栖霞说："将相和，嗯嗯，和为贵嘛……"

哪知道，他伸出折扇，刚要去撩"卞和宝号"那个珍珠帘子，忽然

"轰"地一声响，屋里腾出一团烟雾，接着，就是冲天火焰……

戏台上下，一阵大乱。武田秀三闪后几步，呆在了那里。

趁乱，童栖霞已没了踪影。

因花园口堤坝溃决黄河夺贾鲁河东去，早先的黄河故道，已近干涸。很多天后，在老河道北岸二十里的骑河镇，人们看到过身着粗布衣的卞今和父子，还有童栖霞。只是，水苍玉麒麟的事儿，再也没有人提起。

# 天　窗

　　这是一个让人喘不过气的黑夜。明亮的火烛下，开石机在"嘶嘶"地响着，开石匠蹬着转轮的腿在打颤，汗水从开石匠古铜色的脸上，一绺一绺地往下淌；而卞城雨脸上的汗水却不是在往下淌，而是泄。

　　石屑和水混成的青灰色的稀浆，从开石机的轮片"嘶嘶"旋开的缝隙里流出来，一滴、一滴，砸在所有人的心上。

　　因为日本人占了省城开封，他的父亲关掉祖上传下来的珠宝行。在他的老家骑河镇猫了小半年之后，卞城雨跟舅舅周庆轩一起来到了西南边陲小城腾冲，学做茶叶生意。然而，前些天，就是这块安卧在开石机旁的巨大毛石，将他引了过来，并赌上了所有的资产。

　　在骑河镇，卞城雨没上路之前，他的父母把所有的家产和儿子一起，托付给了周庆轩。卞城雨的母亲拉着弟弟周庆轩的手哭了半天，要弟弟一定照看好他们的独子。而周庆轩把外甥带到腾冲后，也不分昼夜、随时随地给外甥讲"好利恶害"、"欲不可尽"之类的为商之道。在卞城雨眼里，舅舅是一个沉稳老到、轻利重义，且徐图微入却财源广茂的真正的商人，尤其是他身上的那种"化经略于清风"的"无为而商"的儒雅之气，让卞城雨学一辈子也学不来。但现在，卞城雨却背着舅舅，跑来赌石了。

　　当然，这些经历，卞城雨没有让毛石的主人唐薪知道，如果让他知道了，唐薪会骂卞城雨是"疯子"。这块从缅甸密支那运到腾冲的、一人多高的毛石，被唐薪赌到手里还不到两天。卞城雨偶然见到后，围着它转了几圈儿，用手摸了几下，就立即断定，这是一块翡翠毛石中的极品——"龙石"！开了"天窗"之后，会让所有懂玉的人为它疯狂！

　　他已经把从骑河镇带来的六根金条全押上了，还包括舅舅周庆轩刚刚为他置办的瑞士欧米伽纯金雕花怀表及和阗羊脂白玉扳指。

但是，开石机已经转动了半天，按照行规，他已经没有退路了。如果这次赌石，他要是走了眼儿的话，只有回到骑河镇去跳黄河。

开石机仍在"嘶嘶"地响着，卞城雨捂着自己的胸膛，他觉得自己的心要跳出来了——那六根金条，是父亲变卖了珠宝行之后，所剩下的最后一笔"血本"。

"咣当"一声，开石机右侧，有巴掌大的一片边角石跌落下来，砸在所有人的心上！随之，在场的人都"唰"地把目光集中到了那个巴掌大的"天窗"上，而卞城雨却紧紧地闭上了眼睛。

所有的人都看得很清楚，"天窗"里透出的，是和这块巨大的毛石外表一样的灰白色。这是一块放到哪儿也不会有人多看一眼的石头，和腾冲城外的山上的任何一块山石没啥区别。

闭着眼睛的卞城雨，已经从在场的人夹杂着幸灾乐祸的"嘘"声中知道了结果，但他只是揩了揩满脸的汗水，依然没有睁开眼睛。

唐薪拍了拍卞城雨的肩膀："兄弟，行里的规矩，是神是鬼，是宝是屎，这毛石现在都是你的了。"卞城雨这才终于睁开了眼睛……

唐薪还算够意思，施给已不名一文的卞城雨几块大洋，让他雇人把这块废石运了回去。见到舅舅周庆轩时，天已经快亮了。周庆轩还没把外甥的话听完，就嚎了一声："小子哎！你可让我咋给你娘交待啊——"接着，"啪"地咔出了一口污血，上下牙咔咔响地叩，浑身打摆子样地颤抖着，端起床前的脚盆冲出卧房，把半盆尿泼向了那个让卞城雨丢了全部家当的"天窗"！

忽然，舅甥俩的眼睛直了——淋上尿液的废石，自"天窗"口冒出一绺难闻的白烟儿，还"滋滋"地响着，一层层石屑慢慢掉下来，原本灰白色的"天窗"，在黎明前的夜色里，闪动着幽幽的绿光！

卞城雨呆了一会儿，忽然抄起那个脚盆，解开裤子，自己洒了一泡之后，咬着牙泼向了那个"天窗"。又一阵骚臭刺鼻的白烟散去后，毛石的"天窗"随着剥落的石屑扩大了差不多一倍，一种让舅甥俩窒息的绿光，荧荧闪烁着翡翠之王——"龙石"的光泽！

"小子，你干得好！咱发啦！"周庆轩疯了似的晃着卞城雨的肩膀，声音却是嘶哑的。

一个多月之后，周庆轩带着自己积攒了半辈子的一百多根金条，由腾冲去了缅甸的密支那。他是去和当地的一个部落首领赌山的，赌那座开挖出了被他一盆尿泼出了"翡翠之王"的小山包。原本只懂茶叶生意的周庆轩，是瞒着外甥，悄悄去的。他那时觉得，那个巴掌大的"天窗"，不但是那块毛石的天窗，也是出产毛石的那座山的天窗，更是自己后半辈子大富大贵的天窗。

两年多之后的冬天，在骑河镇的街巷里，人们经常能够看到蓬头垢面的周庆轩，在疯疯癫癫地走路。他一边不时地反反复复掀开脏巴巴的旧衣衫，一边"啪啪"地拍打和衣服一样脏的胸脯，嘴里一直在反反复复地咕哝着两个字："天窗，天窗……"

# 掌　眼

好字画的陈四仙，是骑河镇上唯一的看病先生，因为诊病、进药、买字画一类的事儿，常到七十里外、黄河对岸的省城开封去，因而，很多外边的消息，都是陈四仙带到镇上来的。比如说京城里的宣统爷退位、从陈州府起家的洪宪大皇帝被气死、冯玉祥打下开封等等，但这次，陈四仙却从城里带来了一个旗人。

旗人是陈四仙多年的老朋友，汉名叫金辨芝，三十多岁，随手端着一个银制的大水烟袋，说起话来，一口的"里城音儿"，一听就知道是从北京城里出来的。金辨芝的高祖是穿四爪正蟒袍的贝勒爷，到他这一辈儿，才搬来开封府。金辨芝见多识广，过手的名人字画不计其数，自小练成了一双法眼。开封城里的官宦商贾，手里有了货又拿不准时，都要请金辨芝去搂一眼。前段日子，陈四仙用古方治愈了自己的肺痨，一高兴，去大相国寺后头的寺后街捡漏，花二百现洋买了一副徐渭的《古道青藤图》，正有心想请金辨芝给看看，碰巧冯玉祥在开封遣散旗营，于是，俩人就到了骑河镇。

好茶好酒为伴儿，与金辨芝神聊了几日后，陈四仙终于挂出了那副《古道青藤图》："辨芝兄，您给搭个眼儿。"

金辨芝端着大水烟袋，"咕噜咕噜"地抽了几口烟之后，在那幅画前踱来踱去，眯着眼睛，看款识、看笔韵、看墨色；再踱一阵，再看……

陈四仙屏着气，看金辨芝走来走去，只看不语，顿时呼吸粗了起来。

终于，金辨芝扭过身来，"呼噜呼噜"又抽了几口烟，问："四哥，您多少钱到手的?"

"二……200块钢洋!"陈四仙伸出俩手指，冲金辨芝晃了晃，另一只手抚着胸口，嗓子里"嘶嘶"地开始发喘。

"缘分！能在这小镇上见到徐渭神品，缘分啊！"金辫芝这些话出口后，陈四仙嗓子里的"嘶嘶"声渐渐落了。

在骑河镇小住了几个月后，金辫芝要走了。临走，他要了陈四仙灸病用的几根银针，说："四哥，行里规矩，替人掌眼，不能落空。这针，算是我的酬劳吧。"

金辫芝这一走，陈四仙就再也没见过他。听开封城行里人说，他去了天津卫。

十六年过去了，日本人攻打开封，从黄河北岸调兵，在骑河镇以南的贯台口架浮桥。骑河镇被日本人占了之后，镇上的人都逃了，但陈四仙被日本人扣了，要他给受伤的日本兵治刀枪伤。日本人在搜查他的诊所时，发现了那幅《古道青藤图》。陈四仙见了，胸口忽地一闷，嗓子"嘶嘶"地响，肺痨犯了。

一个日军大佐看到那画时，立即惊呼："徐渭，支那明朝大画家！金辫芝的，有请！"

一听"金辫芝"三个字，陈四仙心里"咯噔"一下，刺疼！

不一会儿，一个日军下士跑来，伏在大佐耳朵上说了一通陈四仙听不懂的日本话之后，大佐的脸色突然变了。

等陈四仙再见到金辫芝时，他已经瞎了，但他手里，依然端着那个银制的大水烟袋。

夜里，陈四仙和金辫芝被关在一起，这才知道，还在天津卫的时候，金辫芝就被日军抓住，为他们劫得的古玩珍宝掌眼，一路到了骑河镇，他听说日军掠了《古道青藤图》，就趁人不备，用当年从陈四仙这儿拿走的银针刺瞎了双眼。

"辫芝兄弟，你这是……"陈四仙不解。

"我如果说实话，他们就会杀了你！"十余年没见，金辫芝还是一口的"里城音儿"。

"啊?!"陈四仙猛咳了几声，吐出一口血来。

"那幅画，是新活儿！"金辫芝忽然说。

"你说啥?！那你当年……"陈四仙忽然觉得心里一阵轻松，呼吸也畅快了不少。

"我那时要说实话，你肺痨刚好，又花了200块现洋，会经受不起，有性命之虞。"金辨芝一只手捂着还在作疼的眼睛，另一只手托着水烟袋，慢吞吞地说。

"那这次，你何苦刺目？还那样说，不就得了？"陈四仙已经不喘了，他抚摸着老友的盲眼。

金辨芝苦笑了一声，说："这次？日军中也有不少行家。我说实话，你一个人活不成；我说假话，咱俩都得送命！唉……掌眼，掌眼，给畜生掌眼，不如瞎掉！"

陈四仙长叹一声，落下泪来。

# 游戏而已

到现在我也无法给同事小叶一个准确的答案，尽管她问了我无数遍。

小叶现在遭遇了一个空前的难题：她究竟是不是遇到了爱情？

这个问题似乎很可笑。很多人都觉得她不应该找人讨教，因为是不是遇到了爱情，那应该是她自己才能说得清的事儿，但小叶不这么认为。她说，不是说恋爱中的女人最弱智吗？我现在在这个城市举目无亲，早就把列位当成亲人啦！都到这时候了，你们不帮我，算什么亲人啊？

接着，小叶又指着我的鼻子说：尤其是你，整天自诩心理医生，连这点儿问题都说不清楚，还有脸儿活着？直接跳楼算了。

我生怕这个满嘴跑火车的丫头往下再说出什么大不敬的话来，于是赶紧大义凛然地也指着她的鼻子说：小叶，如今你遭遇了这么大的事儿，作为你的同事、大哥兼朋友，我要再不两肋插刀，就不配你喊了我这么多年的哥儿们！

其实我对小叶要请教的问题根本还没搞清楚，等她啰里啰嗦地说完她的故事，我有点儿傻脸了——她其实现在已经是"第三者"了。

千万别误会，小叶恋上的那个男人家里并不是大款儿、高官什么的，相反，那个名字叫做岸伟的家伙连个工作都没有，全靠他的现任老婆在集贸市场贩卖青菜养活他。

要知道小叶可是本单位唯一的一个女编辑啊，而且这之前大伙发动了各种社会关系，试图让她早日结束单身生涯，最终介绍的每一个小伙子都被小叶损得一塌糊涂，因此小叶现在尽管已经芳龄二十有六了，已经很成熟了，但是这爱情来得实在让我们很跌眼镜。于是我赶紧发动全办公室的同志们帮助小叶做思想工作，好使她在"插足之路"上悬崖勒马，但我们苦口婆心地大小道理讲干了嗓子，最终却被小叶的一句话给噎得全体卡了壳——

哥们儿，现在请都别再给我上大课了。四书五经、道德人伦啥的，我未必比各位懂得少。现在我只想向各位咨询一个问题：我是不是遇到了爱情?!

当然没谁正面回答她的问题，因为搞不好我们单位就要冒出来一个横刀夺爱的"皇姑"来，那这世上岂不就又多了一个苦兮兮的"秦香莲"？所以我们还得继续做思想工作，而且大家一致同意把这艰巨的任务交给我，我立即有了临危受命的神圣感。

我自然得先从根源上做工作，便开始很仔细地了解小叶是怎么认识那个名叫岸伟的有妇之夫的，然后再了解他们进入"爱情"的过程，如果从这个"链条"中找到一个"缺口"，那剩下的工作，我还是很自信能够轻而易举地维护我"心理医生"的荣誉的。

谁知道我旁敲侧击、迂回纵横地跟小叶聊了好半天，终于打探到的原因俗得让我有点儿很泄气——小叶要死要活地非岸伟那臭小子不嫁的原因，居然是因为她和岸伟在街上一不小心撞了自行车。把小叶的脚踝骨摔得软骨组织挫伤的时候，岸伟二话没说，直接抓着自己的自行车扔到了人行道上，而且还踹了两脚。岸伟边踹还声音很响亮地骂：你这破车，怎么会有资格碰到这么漂亮的小姐？你这破车，怎么能这么不长眼睛？骂完后就立即向小叶道歉。

小叶说，那天她觉得岸伟酷死了，简直绅士极了，于是就有兴趣和他互留了电话号码，后来就渐渐入了感情的瓮。

我于是郑重其事地帮他分析道：那家伙……哦不不……你的岸伟实际上那天是怕你缠着他不放，搞不好要赔上一笔医药费，所以才表现得对自行车大义灭亲的样子，试图让你同情并宽容他，谁知道你竟然迅速"全身心"地同情起来了？你仔细想过没有，第三者插足啥的咱先不说，就算是他是一优秀青年，如今连生活都得靠他老婆卖青菜来维持，你说说，你将来真的和他生活在一起……

这个你甭管，你就说我问你的问题得了，我是不是遇到了爱情?!

我的天，这丫头什么时候多了一根犟筋啊！我没辙了。我觉得我有必要会会那个名叫岸伟的家伙，于是用商量的口气说，小叶啊，我想请你那位岸伟先生吃顿饭，你给联络联络？

小叶瞪着眼睛看了我半天说，不会是鸿门宴吧。接着，眼睛骨碌碌转了一下，又说，这好办，明晚七点半，零点咖啡屋吧。

你……也去？我要从另一个缺口做工作，自然不希望小叶也去的。

那当然。我不去，你们说不到一块儿，动起手来咋办？你们男人不是有劝赌劝酒不劝色一说吗？

我哑然了。这丫头嘴里又开始跑火车，我觉得从她这里打开缺口已经毫无希望了，就不再理她，开始在我办公桌后头的书橱里，寻找一些探讨婚外恋什么的资料。小叶能不能悬崖勒马，就在明晚这一着棋了，我必须得做好充分的准备工作。

翌日晚，我按时到了零点咖啡屋，却没见到那位岸伟先生。

小叶很淑女地饮下了一杯深红色的红枣茶之后说，你们真的以为我那么秀逗啊?! 我在这个城市里活得很没劲儿，只是和你们做个游戏而已。

暖黄色的牛眼灯下，小叶说这话时，眼睛望着卡座旁边的落地玻璃窗外来来往往的人流……

# 我请她吃羊蝎子

徐放到新单位报到的第一天，就被后来才知道绰号叫"冷酸灵"的石玲玲刹了个下马威。那天，编辑部刘主任带着他来到那个容纳六人的大办公室里跟新同事们见面。

刘主任把徐放介绍完后，办公室里随后就响起了一阵稀稀落落的掌声，接着，刘主任就给徐放挨个儿介绍新同事。

"这位，咳咳……编辑部副主任周流同志……"

"欢迎，欢迎徐放同志……"周流伸出手时，一脸的言不由衷。

"谢谢，以后还望多关照。"徐放倒是点头颔首，一幅谦卑诚恳的样子。

刘主任不厌其烦地逐一介绍，徐放就逐一握手、逐一诚恳地说"请多关照"、"请多指教"，介绍到最后一位了，刘主任突然提高了嗓门儿："这位是咱们的美术编辑冷……啊……这个这个石玲玲同志……"

"冷什么冷，哼！"哪知，石玲玲连看都没看徐放伸过来的手，呛了刘主任一句，本来她还站着，呛完之后，干脆坐下来了，接着就启动电脑，眼睛也移到了显示屏上。

徐放伸出去的那只手，很知趣地在身上抹了抹，随后就收了回来。

刘主任走后，徐放就在自己的办公桌前坐下来了——居然是和石玲玲对面！周流他们似乎在窃笑。徐放屁股刚一沉下来，就瞄见了石玲玲那双视他如不见的冷眼睛，刚才伸出去的那只手，立即又觉得没处可放了，就抽烟。

"喂喂喂，老兄，绅士一点儿好不好？没看见你对面坐了一位美女?！"吸进肚子里的第一口烟还没吐出来，石玲玲就砸过来一句冷冰冰的话。

徐放条件反射般跳起来，立即窜出了办公室。那口吸进去的烟雾，一直憋在肚子里，出了门就咳了个捶胸顿足，涕泪齐流，等他揉着胸脯返回办公室，才发现新同事们笑翻了天。

后来，编辑部刘主任私下里对徐放说："老弟，那个石玲玲，你别跟她一般见识，知道我们都喊她什么吗？'冷酸灵'，呵呵……对人冷不说了吧，还酸，特酸！眼瞅着转三十的老姑娘了，整天还把自个儿当成宝贝。这世上除了她自个儿，谁都看不上眼儿……"

听完刘主任这番明显是背后嘀咕人的话，徐放像什么都没听见，扭头出去了。

日子就一天天地过。不知道从什么时候起，坐在对面的石玲玲看他的眼神儿也变了，早上一到办公室，就忙着打开水、擦桌子，当然，只擦徐放和她自己的。

编辑部副主任周流绰号"克格勃"，连刘主任穿什么颜色的内裤也逃不出他的眼睛。他听说徐放也和刘主任一样，仅仅请石玲玲吃了一顿饭，便造成了不同的结果——刘主任因为一顿饭，把石玲玲变成了"冷酸灵"；徐放因为一顿饭，却让她从"冷酸灵"变成了乖丫头——这里边有大学问！

周流在不知道是第几次请徐放吃饭时，终于把他灌得找不到北了。

"哥们儿……我不叫你周主任，我叫你哥们儿……"

"兄弟，叫什么主任？俗！哥们儿多亲切。来来来，咱吃羊蝎子……"

羊蝎子其实就是在火锅里放进去原本就煮熟了的、多少带些肉的羊脊椎骨，然后火锅燃着，边煮边吃，不知怎么搞的就流行到了这个城市。周流招呼完徐放，捞出来一块羊脊骨就要下嘴，却被徐放伸筷子拦住了："哥们儿，你不是……不是问我怎么摆平'冷酸灵'那丫头的吗？我啊，呵呵……我告诉你，就跟这个羊蝎子有关。我……我早就知道'冷酸灵'见了羊蝎子就……就眼绿，哈哈……我就请她吃了一顿羊蝎子……她不是冷吗？她……她不是傲吗？一顿羊蝎子，就让她立马放下那幅壳子了……"

正捧着羊脊骨左撕右拽的周流愣住了："老弟……这个这个……"

"你'这个'个鸟啊？我告诉你，刘主任之所以一顿饭就石玲玲便成了'冷酸灵'，那是因为他在包房里，孤男寡女……唱那……那个《让我一次爱个够》，喝那那那那个红酒……唱昏了头，手就不老实。那丫头抽他一耳光那是……那是轻的。瞧咱，嘿嘿……能让一个整天假模六样的臭丫头在大庭广众之下，和……和你拉开架式，又撕又啃又咬，彻底放开啃羊蝎子、喝扎啤，这……这要再混不成铁哥们儿那就出鬼了！我他妈的受过她的胯下之辱啊……现如今咋样？那丫头勤快吧……"徐放猩红着眼睛话还没说完，就"扑"的一声，把肚子里的羊蝎子与啤酒一块儿喷到了桌子上……

　　周流抹了一下溅到腮帮子上的垢物，愣了半天，瞅着伏在桌子上已经开始打呼噜的徐放说："高，你小子高！嘿嘿……"

　　一个多月后，周流出人意料地成了编辑部主任；刘主任还是主任，不过由编辑部主任变成了谁都不愿意干的发行部主任，而石玲玲也在徐放面前，重新变成了"冷酸灵"。徐放一直很纳闷儿，这女人，怎么说翻脸就翻脸？再请她去吃羊蝎子，连甩都不甩了……

# 复　聪

　　韩枫从北京回老家，是去找骑河镇上唯一的老中医陈四仙看病的。因为，他失聪了。

　　"马上要安检了。哥，待会儿，我一转身，咱们就可能相望一生!"从栖栖说出这句话开始，他就失聪了。

　　三年前，栖栖从昆明来到北京，被聘进这家广告公司时，韩枫的企划部正一团乱麻。凭借她在一家房地产杂志做过实习编辑的经历，栖栖很快帮着韩枫把工作理顺了。在职场上，能者上、庸者下，是最现实的竞争法则。然而，栖栖一直规规矩矩地在韩枫手下，温顺得和刚来时一样。直到一个周末，临下班时，栖栖敲开韩枫的办公室，伸着长脖子说："今晚有美女请客，赏个脸儿吧? 韩经理。"

　　"嘿，忽悠我? 哪儿来的美女啊?"韩枫正在审着一份策划案，头也没抬。

　　"我不算美女吗?!"栖栖把韩枫手中的红色签字笔夺过来，拍在了案上。

　　听到"啪"地一声巨响，韩枫呆呆地抬起头——几年来，这个激流里的"北漂"只知道用力划桨，早忘记了自己还是个男人。

　　但那次晚宴过后，一切都变了，韩枫一下子就从公司编程一样的日子里跳了出来，仿佛回到了故乡、嗅到了骑河镇家家烟囱里冒出来的柴火味儿。但只有两个人在一起的时候，栖栖才把韩枫由"韩经理"改唤成"枫子"。知道了韩枫的打算后，栖栖更是一脸坏笑地声明：我喊的是"疯子"。再后来，当栖栖私下里对韩枫的称呼又由"疯子"改唤成了"哥"时，他们已经地把属于他们自己的新公司地址选好了。

"丑媳妇总得见公婆，今年跟哥回骑河镇吧？"

"这就算是求婚了？"栖栖不依，要韩枫先回昆明"见岳父、岳母"。

于是他们计划"十一"回昆明、春节回骑河镇。

但"岳母"听到他们的决定后，却立即在电话里歇斯底里地大吼大叫，随后，"岳父"又在电话里先问栖栖是不是想要他们的老命，又说："你的工作单位已经落实了，赶紧回家办入职手续！就是你赵叔叔他们局，对，他儿子一直在等你，你们'十一'订婚，元旦就结婚！"

听到妈妈的尖叫，栖栖只是有些惊恐，但随后听到爸爸猛然扔掉话筒、妈妈在那边喊："你爸栽倒了！天哪——他的速效救心丸没了！栖栖，你要害死你爸啊！"栖栖终于忍不住了，抱着话筒，嚎啕大哭。

栖栖必须回昆明了。

韩枫被这场突如其来的变故击懵了，茫然地看着栖栖预定机票、收拾行李，然后帮她拖着那个红色的旅行箱，送她去机场。但栖栖走进安检口时说的那句话的，却像矛一样刺过来，从韩枫的两耳间穿过。韩枫浑身一震，脑袋"嗡"了一声——首都机场三号候机大厅霎时如同旷野般寂静。栖栖走了几步，又回头望了一下，伸着长脖子说了一句什么，韩枫看见她的嘴巴动，但耳朵里，却只响着一句话："一转身，就是一生……"

载着栖栖的那架"空中客车"从韩枫的视野里消失了，这个世界的声音也从那一刻从韩枫的世界里消失了。

韩枫看遍了北京城各大医院的耳科大夫，吃遍了所有大夫给他开的中药、西药，耳朵里却依然只有一个声音："一转身，就是一生。"

韩枫不能继续上班了。离开办公室那张豪华的老板桌，韩枫站在封闭的电梯里，发现自己唯一能去、唯一想去的地方，只有老家。

于是，他回到了骑河镇，去找了陈四仙。病不讳医，他一五一十地把自己发病的过程和原因告诉了陈四仙。陈四仙眯着眼睛，给韩枫把了一阵子脉，又让他伸出舌头，瞄了一下，说了些什么，韩枫一句也没听见。看韩枫茫然无助地望着自己，陈四仙送给他一个蒲团，然后扯过一张开方的笺，在上面写了一句话："老朽惭愧，此病无药可治。要想复聪，只有一个字——等！"

长大了俺都嫁给你

韩枫按照陈四仙的教导，坐在那个蒲团上早晚各打坐两个小时，但他的耳朵，仍让他与外界的一切声音隔绝开来，唯有栖栖那"一转身，就是一生；一转身，就是一生"的声音，一时一刻也没有停下来过……

韩枫快要崩溃了！

这一天吃过晚饭，韩枫抱着陈四仙给他的那个蒲团，徘徊在骑河镇穿镇而过的凉水河边，望着平静的河水，有了一跃而下的念头。这个念头刚一冒出来，他心里忽然有了一种解脱一切的、前所未有的轻松……

"哥……"

是栖栖的声音！失聪的韩枫不但听见了，而且很清晰！他惊愕地转过头，竟看到薄暮中，栖栖正拖着那个红色旅行箱、伸长着脖子，在跟他说话。

韩枫猛地跌坐在蒲团上，泪如泉涌……

# 面　具

　　小嫣大姐其实不小了，她的女儿都上高二了，她却占有了小嫣这个很嫣然的名字。

　　小嫣是我的同事。我们住在同一栋家属楼上，上班自然也就乘坐同一路公交车。

　　我们每天都要上上下下的 5 路公交车，跑的都是这个城市的主干道，即使挤上去了，人也跟竖着码起来的布袋一样，连个缝儿都留不下。

　　让我很纳闷儿的是，每次上车最多不过两三站路，小嫣就可以找到座位坐下来，而我和她同车来往四年多了，却从来没有这样的好运气，一次也没有！

　　有一天我坐在办公室里闲得实在无聊了，忽然想到了这个问题，便开始很认真地分析小嫣上了车能很快找到座位，而我却永远也没有享受过这种待遇的原因。

　　首先我从性别上分析，我是男人，而小嫣是女人。国家还颁布有妇女儿童保护法呢，属于妇女一员的小嫣自然要在受保护范围之内的。

　　其次我从年龄上分析，小嫣四十多岁了，而我还不到三十岁。尽管小嫣不能算老，但是把相比较的参照对象换成我，再加上她已经发福，给别人看起来，也算是"老人家"了。尊老是我们这个民族的传统美德，有年轻人发扬一下风格，给她让座位，也在情理之中。

　　再次就可能是小嫣的那双眼睛了。小嫣生就的一张娃娃脸，圆圆的脸廓、圆圆的眼睛，连鼻头也像一颗圆圆的小熟杏，而且小嫣整天保持着微笑，笑的时候，两只圆圆的眼睛，立马就会变成两道月牙般的弯弯的缝儿。只不过现在微笑的时候，月牙的尖尖上，多了三五条放射纹而已。同事们每次看到笑眯眯的小嫣大姐，都说能够感受到春天般的温暖。而这温暖，大多来自于她那双一微笑就上弦细月样的眼睛……

我于是最终得出结论：小嫣之所以能够很快得到座位，是因为她那温暖的笑容，给她让座位的乘客，也一定和我以及我的同事们一样，从她那笑眯眯的脸上，感受到了春天般的温暖。

把这些问题分析透彻了，我便趁着再一次和小嫣挤上5路车之后，尽可能地和她站得近一些，盯着她的脸去验证我的判断。

然而，我却发现我分析得一点儿道理都没有。

那天小嫣一上车，我忽然发现她从一踏进车门的一刹那，脸上立刻就结了一层冰霜，两只眼睛也不再是上弦细月，变成了透着两束冷光的圆月。她先是把瞪得圆圆的眼睛在她站立的附近轮了一匝后，就靠向一个带着眼镜的学生模样的男孩，接着，那圆圆的眼睛里，就忽地射出了两道冷箭！对，可以这么说，就是冷箭！因为那眼神儿，绝对是夹带着怨恨、仇视和恶毒的箭簇，在"嗖嗖"地射向那个男孩的眼镜片，而且目不转睛。一开始，那个男孩还熟视无睹，渐渐地，把头偏向一边，避开小嫣的锋芒，但小嫣依然死死地盯着他的眼睛，而且只要那男孩和她的目光一碰撞，那种怨恨、仇视和恶毒的箭簇，就会释放得更密集。不肖两站地，那男孩终于落荒而逃了。他站起身来，恐惧地望了望小嫣，吭吭哧哧地在竖着的"布袋"中挤着，躲得离小嫣很远。小嫣于是立即坐了下来——她有了座位。

我当时并没有立即否定我此前的分析，我想着要么是小嫣跟那个男孩或者是小男孩的家人有什么仇恨，要么是那个小男孩哪个地方冒犯了小嫣，再不然就是小嫣今天从家里出来之前遇到了什么不顺心的事儿。但是，小嫣一下了公交车，一迈进单位的大门，脸上立即浮上了我以往熟悉极了的春天般的温暖微笑……

如是，我观察了小嫣好几次，无一例外，都是这样。不过，她登上5路车后，选择的放"箭簇"的对象，都是些一眼就能看出来的初、高中学生之类的少男少女。我似乎悟出了小嫣每次都能得到座位的奥秘。

有一次单位聚餐，我趁着她和领导们很爷们儿地山吃海喝，正在兴头上时问她："嫣姐，你在上下班的公交车上，怎么和单位里判若两人啊？"

小嫣很明显地愣怔了一下，立即又笑眯眯地说："兄弟你说的什么意思啊？我不明白。"

我讨了个没趣，于是也打了个哈哈，继续喝酒了。

那以后，我再看到小嫣的那双"上弦细月"时，就觉得像是用刀子刻上去的那样机械，而且让我如芒在背，不敢正视。

奇怪的是，再乘坐公交车时，小嫣的眼睛就一直保持了跟在单位一样的亲和笑容，但她依然每次都能很快得到座位，而我再捉摸、再分析时，便如一团乱麻，理不出头绪了。但我从那时起，却越发害怕看到小嫣那张笑眯眯的娃娃脸了。

笑眯眯的小嫣依然整天笑眯眯的。不久，她升任了单位办公室主任，那笑容，就越发温暖了。我却更不敢正视她那双整天眯成一道缝儿的眼睛，总觉得我是车上那个被她释放"箭簇"的小男孩……

# 在远方

在心里藏得最深的话，未必能够说给离你最近的人，比如现在小琪就是这样。

小琪所在的文案室，是个很大的格子间。七八个姐妹，虽然各据一格，但却堪称铁杆儿，连当"粉丝"，都步调一致。前阵子《奋斗》热映，她们一个个被演男一号陆涛的那个酷酷的佟大为电翻，不几天就扔下刚刚在网上喜欢上的那个猪小强的"富强粉"，齐刷刷地成了佟大为的"铜芯"。

最近，公司新招来了一位策划部经理，用小琪对面坐着的丫丫的话说，这家伙长得不俊，穿得整天像个领不到工钱的农民工，但一头板寸齐刷刷的，偏偏在左额前留了长长弯弯的一绺黑发，正好遮着一只虽然不大，但瞅着你时，却总能让你慌忙躲避的眼睛。

私下里一打听，这位"领不到工钱的农民工"叫谭也夫，不用说，谭也夫在公司上下男的西装革履，女的职业套装的环境里，立即就又把小琪这帮见风就转的"陀螺粉丝"们雷倒了。很快，丫丫她们就一致决定，大家一起扔了佟大为的"铜芯"，做谭也夫的"夫人"。

然而这次，偏偏小琪不干了。丫丫问她为什么，小琪鼻子里"呲"了一声，很响，然后说："就谭也夫那副熊样儿，还配我当他的'夫人'？做梦都有点儿太忽悠人了吧！佟哥哪点儿不好？你们就因为这个'民工'变心啦？"

丫丫是办公室里的大姐大，平时七八个小妹妹，向来是她一摆旗子，就立即动作的。这次在共同当"夫人"的问题上，到小琪这儿忽然不灵了，于是就有点儿伤了自尊的感觉，三番五次找小琪做工作，小琪依然对她的佟哥"忠贞不二",坚决要耍着单儿当她的"铜芯"。

丫丫无奈,动员了办公室里的小妹妹们一个接一个地当说客,游说到最后,仍无法让小琪加入"夫人"行列,情急之下,居然豁出去设了一个很老套的局子——忍痛出血买了两张新上映的大片的电影票,当面拍到了谭也夫温软得比女孩还女孩的手心里。临放开谭也夫的手时,丫丫将了他一军:"姐们儿抬举你,你别不识相。小琪能不能归顺,就看今晚你的降服力度了。"

哪知道,那场电影看完不到一星期,谭也夫就从公司跑路了。据丫丫打探来的消息,他从北京流窜到了上海,照旧在一家广告公司当策划。

于是,丫丫她们几个就纷纷觉得自己成了杜十娘,把那个表面看着挺另类,没想到真的一副"熊样儿"的谭也夫骂了个狗血喷头之后,发誓从此不管"夫人"、"铜芯",还是"富强粉",谁TMD爱当谁当去,丫的,姑奶奶谁的臭脚都不捧了!

回过头来,姐儿几个纷纷冲小琪伸大拇指,夸她立场坚定、不忘旧好,火眼金睛、忠贞不二。一切能够想得起的词儿用乏之后,纷纷伸着脑袋问:"那晚看电影,究竟怎么回事?让我们这帮'夫人'变成了'望夫石'?!"

问了无数遍,小琪始终低着眉,呷一口红枣茶,看一眼显示屏,啥话都没有。渐渐地,丫丫她们姐儿几个一致认为,那天晚上,小琪和她们的"夫君"之间,一定发生了什么惊天动地的大事情。不然,小琪不会这么反常。因为在此之前,小琪是她们中间最"陀螺"的,看见街上一小屁孩流鼻涕流得有风度,也要立即引为偶像,崇拜半天,丝毫不顾及她每天下班前都要发封邮件"胶着"一次的那个在大学里就私定终身的男朋友。

但是让丫丫她们很纳闷儿的是,公司的管理很人性化,根本不在乎这些整天以煲电话粥为乐的丫头们可着劲儿打长途,但她们却从没见过小琪跟她的那位"胶着男孩"煲过一次电话,别说煲电话,连短信也没见她发过一个,当然丫丫她们都知道,每天临下班,发一封邮件,是小琪的必修功课。

现在顾不上研究这个了,丫丫她们连克格勃、中情局、东厂西厂的手段都用上了，发誓要把那晚小琪和谭也夫之间究竟发生了什么"绝对内幕"，搞搞清楚，不然，岂不白白当了一次"怨妇"?!

但小琪打死都不说的立场很坚定，无论丫丫她们用什么招数，照例低着眉，呷一口红枣茶，看一眼显示屏，啥话都没有。

那天临下班，丫丫接了一个电话，扭头出去了一趟。不一会儿，就一脸狂喜的样子跑来喊："妈呀，谭也夫不是跑路去上海了吗？咋又回来了?"

办公室的小姐儿几个一听这话，立即弹簧一样跳了起来，连小琪也一脸讶异，"腾"地推开椅子，随她们跑了出去。

"丫的我就不信你真是金刚不坏之身。"丫丫"嘿嘿"一笑，坐到了小琪的电脑前。刚看了一眼，就长出了一口气……

那是一封写了半截儿的伊妹儿——

你别怪我赶你走，怪就怪她们当什么不好，干吗非要当你的"夫人"?

你来了之后，我忽然发现我还是习惯每天临下班只发一封邮件的日子。心里藏得最深的话，未必能说给离你最近的人。就像梦想总在远方、未来总在远方一样，我爱的人，也只能在远方……

# 敲开你的窗口写诗

现在，同事们都在午休，虽说在格子间里隔着隔断墙只能看到同事的发梢，但宫雅民仍注意到对面的美编唐小甜脑袋上套着一副很卡通的耳麦，眯着眼睛不知道在陶醉什么，宫雅民就打开了QQ，看看"太阳雨"是否在线。

宫雅民原本在老家开封，背着一台数码机子，整天像打了鸡血一样，早起晚归地拍黄河日出、拍梁园夜月、拍铁塔行云……四年前在朋友的怂恿下，跑来北京这家旅游杂志社，做了一名摄影记者。

但很多事，当你真正进入它的内核的时候，才会发现它的乏味甚至丑陋。

最初的激情过去后，单位里的条条框框开始让宫雅民头疼。天天闷在社长室里算计蝇头小利的那个家伙，唯有每期杂志开编前编后会才露面，一露面就只会喋喋不休地强调"全员创收"；隔壁精瘦精瘦的编辑部主任每期都逼债一样地要他拍更能适合读者口味的光影构图；尤其是对面的美编唐小甜，总是一手端着青花瓷咖啡杯，一手握着"生杀大权"，把许多宫雅民颇为得意的照片毙掉……这一切都让宫雅民觉得手里拿的不是自己心爱的相机，而是别人赏赐的饭碗。从此，每一次摁下快门，宫雅民就明显地觉得自己和昨天之间，有了一道看不见的墙。

这道墙，把宫雅民的皮囊，孤零零地隔在了北京。于是，他就为自己"缝制"了一个"四裤全输"的马甲，漂到了"蜉蝣的江湖"——这是一帮"北漂"们的网上部落。

宫雅民第一次登陆这个论坛，发出来的是生吞活剥的一首初高中生经常写在笔记本扉页上的七言诗："三更灯火五更饥，正是网虫灌水时。黑发不知早睡好，白首方悔夜寝迟。"

却不料，一个小时不到，点击量就达到了好几百，网友的跟帖中，吐口水的，扔板儿砖的，水漫金山一样，一夜之间就把宫雅民砸成了"蜉蝣的江湖"的名人。

这之中，只有一位名叫"太阳雨"的女坛友，颇有些两肋插刀地替"四裤全输"鸣不平："人家惨得都输掉四条裤子、有上街裸奔的可能了，还在为大伙儿的健康着想。你们不领情，还可着劲儿扔砖头，什么世道啊！"

这让初到"江湖"的宫雅民立即有了找到亲人的感觉。当晚就躲开"蜉蝣的江湖"，互相加了 QQ 好友，由论坛转到了点对点的"地下活动"中。

在 QQ 上，"太阳雨"不止一次地告诉"四裤全输"，她就喜欢幽默而又有内涵的朋友，她喜欢宫雅民生吞活剥名人名言，"名人也是人，他们的名言又不是金科玉律。你动几个字，就足以看出你的智慧了嘛……"

宫雅民看了这话，鼻子居然有点儿酸酸的，随即把艾青老人的一句诗"调整"之后，发了过去："为什么我的眼里常含泪水，是因为我对太阳雨爱得深沉……"

哪知道，"太阳雨"随后扔过来几句话："打雷啦、下雨啦，大家快收衣服啦！嗡……怎么飞过来一只苍蝇？不，一群苍蝇，嗡……啊……嗡嗡嗡……"

尽管如此，从那之后，两个人在 QQ 上陶醉于这种"恶搞快感"中，常常你一句我一句地把古今中外、如雷贯耳的大家名言，改得乱七八糟，然后，彼此都能感受到对方的快乐……

忽然有一天，宫雅民刚一登录 QQ，就看到"太阳雨"给他的一条留言："把'四裤全输'的马甲换换吧，恶搞名人名言可以，也不能连自己的马甲也恶搞啊，真的准备在北京输得上街裸奔啊？"

宫雅民心里一热。

这一热，他的 QQ 签名就变成了"敲开你的窗口写诗"。而且，从那以后，他对于恶搞名人名言的行为，也金盆洗手了，开始真正地给"太阳雨"写诗。尽管他此前几乎一首诗都没写过，但那段时间，他如获神助，居然一口气在"太阳雨"的 QQ 上留下了九首大作，其中他最得意的几句是："你是一千年前/落在我的肩头的蛱蝶/你是一千年前/伴我剪烛西窗的银狐/跨越千年的风烟/在今天，我们再度邂逅/在这两心相依的红尘里/不再孤单……"

然而，由恶搞"转轨"到原创之后，"太阳雨"却对他似乎越来越冷漠了。

宫雅民费解、惶恐，然后沮丧，一段时间后，又像打了鸡血一样，疯狂地利用周末去拍宫墙垂柳、拍白塔流云、拍前门大街各色老字号的旗幌……

但宫雅民却越拍越失望，因为他怎么也找不回来当年在开封老家闲云野鹤般的感觉了；他再一次明显地觉得自己和昨天之间，有了一道看不见的墙。

宫雅民的内心越来越灰暗。于是就在刚才，他上线第一件事，就把马甲由"敲开你的窗口写诗"改成了"四裤全输"，重拾生吞活剥的老行当，把恶搞顾城后的"黑夜给我了黑色的眼睛，我却用它揣测你的心灵"，发给了"太阳雨"。

随即，宫雅民听见"啪"的一身脆响，对面美编唐小甜手中的青花瓷咖啡杯掉在地上，摔成了碎片儿……

# 我看着你

"你真想死啊?! 快走!"磨杠已经是第九遍催儿子小磨了,吼完,还伸手抽了小磨一耳巴子。

小磨仍没动,嘴里仍咕哝:"我看着你,我……看着你呢。"

这句话,磨杠听了六年了。但今天夜里有大地震的消息,已经让他急得顾不上那么多了,扛上儿子就往楼下冲……

在骑河镇,大人小孩都知道磨杠有个傻儿子小磨,天天站在他们家三层楼的窗前,傻呆呆地往外看。这一看,就是几年。

磨杠家最早还住着起脊的那三间蓝瓦房时,小磨每天吃饱了,就爬在屋脊上,往南看着;后来磨杠在把兄弟老枪的帮助下,在村子里开了个铝合金梯子加工厂,发了财之后,盖起了村子里最高的三层洋楼。小磨没有屋脊可爬了,就每天站在三层楼最高一层的大玻璃窗前,一站,就是一天;一站,就是一天。

磨杠家的三层小楼南边,是一片槐树林,槐树林那边,就是凉水河了。

那片槐树林,就是小磨天天盯着看的地方,无论谁从那片槐树林里的一条小路上经过,他都会立即咕哝:"我看着你,我看着你呢……"

镇上所有的人,大都集中到凉水河的两岸驻扎下来了,小磨天天看的那片槐树林里,也住满了人。

虽然已经是五月天了,但夜里仍有些寒气,住在树下,总可以遮挡些露水,因此,镇上的男女老少,就开始嚷嚷着抢这片宝地。几天前,远在千里之外的四川汶川的那场大地震,让他们如同受了惊的兔子,怎么也稳不住心神。所以,没有人注意到,磨杠骂骂咧咧地把小磨扛到树林里时,小磨的嘴里，是不是仍在咕哝那句他们早就听腻了的"我看着你，我看着你呢……"

小磨这是六年来第一次出他们那个院子，第一次来到这片他天天盯着的槐树林里。在这之前，磨杠用尽了千百种办法，都没能让他这个唯一的儿子走出过院门，即使是翻盖那座三层洋楼时，也没有。小磨就天天往南看，看着那片槐树林。看见一个人，小磨嘴里就立即开始咕哝那句六年不变的话："我看着你，我看着你……"

但今天，磨杠真的急得昏了头了，他使出了吃奶的力气，才把儿子扛起来，硬扛到了这里。

小磨的双脚刚一被磨杠放到地上，眼睛里立即冒出了一层煞气，只不过没有人注意到而已。磨杠虽然心疼他的宝贝儿子，但也没有看到儿子眼睛里的那道可怕的煞气。而让磨杠很奇怪的是，小磨自从进了那片他六年来都天天看着，却从没踏进过一步的槐树林后，竟然嘴里再也不咕哝那句"我看着你"了，而且，从小磨的眼睛里浮过那道煞气之后，他居然很快躺在磨杠从家里拖来的那张蒲草凉席上，睡着了。

"操！早知道把儿子硬扛出来，能让他安生，我早把他扛出来啊！我脑瓜被门挤了我?!"磨杠吐了一口老痰，看着儿子说。

磨杠的脑瓜没被门挤，六年前，他和把兄弟老枪，硬把儿子小磨和春景从槐树林里拖出来时，也没被门挤。

要是他的脑瓜真被门挤了，那天春景也不会光着上身，从槐树林里穿过去，跳到凉水河了——小磨和春景被磨杠抓住后，磨杠把乱七八糟扔在地上的春景的上衣，先藏起来了。

春景死了之后，春景的爹娘来找磨杠说事儿时，磨杠死活不承认儿子和春景的那场事儿，这也充分说明磨杠的脑瓜没被门挤过。儿子小磨，却从春景投河之后，就什么话也不说了，整天爬到屋脊上，望着槐树林那边的凉水河，咕哝"我看着你……"

然而，磨杠想让儿子小磨和老枪的闺女成亲的企图也没得逞，因为老枪说了，小磨都这样了，这亲还咋结？不过，毕竟是把兄弟，老枪终究还是帮磨杠把铝合金梯子厂搞起来了……

　　虚惊了一夜，第二天，电视里的新闻说，当天夜里，骑河镇一带发生了 3.3 级地震，但人们都没有什么感觉，有几个照着带蓄电池的手提电灯，下了一夜象棋的臭棋篓子也没有感觉到。

　　然而，等磨杠在槐树林里睡醒的时候，却发现儿子不见了。正迷惑时，忽然有人嚷："磨杠，你家的小洋楼咋塌了?!"

　　磨杠连滚带爬跑回家时，这才看清是小楼的第三层垮掉了。儿子小磨被水泥渣子和水泥板压着，已经没了一点气息。但，小磨的七窍，一点儿血都没流，脸上很干净。只是，小磨的手上，十个指甲都没有了，手指尖尖还淌着血……

　　磨杠两口子呼天抢地地哭了一通后，给小磨收尸时，从他贴胸的口袋里，翻出了春景的一张照片，照片的背后，有一行字："你看着我，就不会忘记我。"

　　直到把儿子埋了，磨杠也没搞清楚，那晚，他返回来，把屋门、院门锁得铁死，小磨这个死鬼儿子，是咋回到家里，又咋悄没声息地把楼给弄塌的呢?!

# 梦 游

省城来的大专家孟教授，在骑河镇四狗爷的家里，陪着四狗爷住了一个礼拜，也没弄清楚四狗爷每晚都要梦游的原因。

梦游，是孟教授来了之后，四狗爷家的人才知道的新名词。七十三岁的四狗爷，从年前跌了一跤、躺在床上昏睡了三天醒来后，就有了梦游这个毛病。但骑河镇的人不把梦游叫梦游，他们叫"发癔症"。

按孟教授的说法，"梦游呃，也叫睡行症。因为梦游呃、不是在做梦的睡眠阶段起来走路或者做事情的。人在做梦的时候呃，全身的肌肉是瘫痪的、是不能行动的呃。因此，梦游呃，只发生在人的深睡眠和浅睡眠交替的时候。在深浅交替的睡眠中呃，人的身体就可以运动，那时的人也有一定的意识呃。"

孟教授说话爱带"呃"，他呃着呃着说的这些话，四狗爷听不明白，四狗爷的两个儿子大铺、小铺，也听不明白。他们就知道四狗爷从年前跌了一跤后，就每晚准时在下半夜的三点钟左右悄悄起来，穿戴整齐，摸出家门，到从骑河镇穿镇而过的凉水河边，呆呆地坐上一根烟的工夫，就又顺原路回来，再脱了衣服，上床睡觉。第二天醒来问他，他居然什么都不知道，"放屁！俺夜黑睡得猪一样酣，编排我吧……"

这样的事情久了，大铺、小铺冇法了，生怕爹夜里自己再摸出去，有个啥闪失，就赶紧给大姐和姐夫打电话。在省城当着大官的姐夫，就请来了孟教授。

孟教授跟踪了四狗爷三次梦游后发现，他们家住在骑河镇的最北边，而四狗爷每夜梦游时，要从北往南，走过两条胡同，穿过一条大街，还要蹚过凉水河上村中间的那座水泥桥，然后再顺着河边走到村南河堤上的那片老榆林里，这才会坐下来。梦游的总路程有将近三里地，而且，中间还有无数的沟沟坎坎、粪堆、土岗、屋角、院墙等等障碍，但别说发癔症走这么远的路，就是大白天走一趟，也没那么顺当。而且孟教授还观察发现，四狗爷走过这些路途时，眼睛一直是闭着的，但他却能准确地绕开那些障碍物，准确地到他要坐下的那片老榆林里。

"这解释不通呃！平常的梦游症患者呃，大都是呃、半睁着眼睛甚至是大睁着双眼走路的呃，这老哥呃，眼睛闭着呃，怎么就能顺利绕开那些障碍物呃……"孟教授呃着呃着说这些话的时候，说明连省城来的大教授也没招了。

骑河镇的大人小孩都反对孟教授跟踪四狗爷，按照老辈人的说法，好好的人突然发癔症，那是他的魂儿丢了，他们之所以发癔症，是要把七魂六魄给找回来哩。这个时候，不能打搅他，不然，如果惊醒了发癔症的人，他的七魂六魄就再也找不回来了。但孟教授反对这种说法，"追魂呃，这说法呃，没有科学依据呃。"于是，骑河镇的老少爷们儿们就和孟教授经常争论，但争来争去，四狗爷仍不承认他夜里出来溜达了，还是说除他之外，所有的人都在"放屁"，连孟教授也没给面子。孟教授找他要"探讨探讨呃"的时候，刚一提四狗爷发癔症这个话题，四狗爷毫不客气地回敬："放……哦，啥梦游啊？俺冇！那发癔症都是小孩娃才有的事儿，俺这都七老八十的人啦，别埋汰俺！"

但大铺小铺弟兄俩不干，"俺爹万一跌进凉水河里，那可就没法给姐姐姐夫交代了。"于是，就赶紧每顿饭再给孟教授加两个菜，买更好的酒，继续听孟教授呃呃呃地说那些他们听不大明白的话。

孟教授和镇上的人争论到第二个礼拜的时候，终于有了新发现：四狗爷无论白天穿什么衣服，晚上梦游时，上身总要换上一件月白粗布对襟小夹袄。那夹袄，前厥襟、后连肩，一看样式，就是老古董了。

孟教授赶紧让大铺小铺的姐夫，把一直住在省城的四狗奶送来，拿着那件对襟小夹袄问她："这是你做的呃？瞧瞧呃，针脚多细密呃，现在的年轻人呃，怕是没这手艺呃……"

哪知道，四狗奶一看那件夹袄，立即捂着老脸嚎了起来："四狗哎，你这个死不要脸的四狗哎……都多少年了哎……"

　　一听老娘骂老爹"死不要脸",大铺小铺像赤脚踩到了大长虫,立即跳了起来,赶紧把老娘的嘴巴捂上。哪知道,孟教授说:"没外人呃,病不忌医呃……让她说,让她说下去呃……"

　　一被俩儿子捂嘴巴,四狗奶也立即意识到了什么,任凭孟教授怎么问,也不再说了。所以,一直到孟教授最后离开骑河镇,也没有能治好四狗爷的梦游症。但孟教授断言:"这老哥呃,梦游一定和这件衣服有关呃,但老哥老嫂子不说呃,涉及个人隐私呃,我也就无能为力呃……"

　　最终解决四狗爷发癔症问题的,还是四狗奶——她把那件月白对襟小夹袄当着四狗爷的面,一剪一剪地绞碎了,边绞还边数落:"你个死不要脸的四狗哎……俺伺候你吃伺候你穿伺候你长头发三十多年了哎,俺还是冇能住到你心尖尖上哎——"

　　四狗奶在咬牙切齿地绞那件夹袄的时候,绞一剪,四狗爷脸上的肉动一下;绞一剪,四狗爷脸上的肉动一下。

　　夜里四狗爷再起床发癔症,四狗奶就瞪着眼睛瞧着他东找西找,她不敢吱声,怕像老辈人说的那样,一嚷,把四狗爷的魂魄给嚷飞了。于是,四狗爷找一阵子,找不见那件月白对襟小夹袄,就不会出门,倒头继续睡,一觉到天明。问他,仍死不认账:"放屁!俺夜黑睡得猪一样酣,俺都七老八十的人啦……"

# 娘亲的影子

微波荡漾的河面和拂面而过的和风在温暖的秋阳里让党恩身心旷达，虽然一上午垂钓的收获不多，但这秋天里散发着的庄稼成熟的味道，仍让他十分惬意。

骑河镇没有党恩的亲人。这么多年来，尽管在省城混得不错，党恩却总觉得自己的根就在这里，因为是骑河镇的乡邻们在凉水河边的那棵老柳树下，把他的命捡回来的，所以，逢了假期，他就隔三差五地回来看看，到凉水河里钓钓鱼，一个人，静静地想些心事。

凉水河的河面上，阳光闪闪烁烁地跳跃着，浮子的一点点红色在阳光里浮动……

党恩的肚子咕噜噜地响了几下，他下意识地看了看腕上的手表：下午一点多了，嗯，是吃午饭的时候了。

鱼儿不吃钩，但党恩得吃饭。他放下鱼竿，攀上了河岸。他带来的食品还放在摩托车上的袋子里。

钓鱼，是需要安静的。因此，每次党恩总是在村子里借辆自行车或摩托车，溯凉水河的上游走出四五里地，到那棵他记事时就戳在那里的老柳树下，打窝、下钩。

党恩取午饭的时候，看见那个老妇还没走，仍在刈倒的玉米秆上一棵一棵地扒寻着那些秋收后遗留在上面的玉米穗儿。

党恩知道，凉水河以西、他常来钓鱼的这棵老柳下的责任田是这老妇家的。从春到秋，几乎每次来钓鱼，党恩大都能见到她在这块田里劳作。但这位老妇不是骑河镇的，因为党恩不认识她。碰面的次数多了，有时他们也互相点点头打招呼，却从未说过一句话。

党恩坐在摩托车的车座上，开始了他的午餐——吃那两袋儿早上装进包里的蛋糕。

这位老妇为什么总是一个人在忙碌呢，她的儿孙呢？她在太阳下忙了半天，篮子里的收获却只有不到半篮、小得可怜的玉米穗儿，这也值得她扒上半天？党恩一边吞咽着蛋糕，一边望着老妇悉悉索索地扒玉米秆……等他觉得有点儿干噎时，才发现忘了带水。

凉水河这段河道的四周，离得最近的村子就是骑河镇。没有人烟，上哪儿去弄水喝？

没有水喝的党恩一口蛋糕也吃不下了。他抚着胸脯、搓着下巴绕着摩托车转了两圈儿，目光落在了地上的玉米秆儿上。党恩想起了在骑河镇上小学时，老师领着他们到玉米地里讲玉米的雄蕊、雌蕊、授粉和出穗的事儿。伙伴们听着听着，嘴里不知道啥时候嚼开了玉米秆儿，咔叽咔叽……

党恩的嘴里淌下了口水：对啊，没有水，今天就指望玉米秆儿解决问题了。他寻了一根，叶没扯完，就啃了一口大嚼起来，嗯，还是二十多年前的滋味儿。

"俺老早就看出你是个城里人了。城里人也吃秫秸秆儿？"不知道啥时候，那老妇坐在了党恩面前。党恩望着老妇，脸有点发烫："忘了带水，嘿嘿……"

"噢——那这大长一天，可遭罪了。"老妇撩起衣襟擦了擦额头上的汗。

"凑合吧……"党恩嚼了半根玉米秆儿，止住了干渴，继续吃蛋糕。

"秫秸秆儿不甜，没有高粱秆儿好吃，你等着。"老妇没等党恩答话，就转身走了。

不大一会儿，老妇回来了。她走得很快，像有急事似的。

"你尝尝这，看甜不甜？"她把那几根剥得光光的、斩头去根的高粱秆儿递到了党恩手里。党恩感激地看了老妇一眼就开始啃，嚼了一口后，觉得高粱秆儿的确比玉米秆儿甜多了，有点儿近似甘蔗的味道。

"谢谢您！"党恩道谢时，发现老妇的手指在淌血，"您的手……"

"噢，没事儿。老了，没力气了。刚才撕根去梢划破的，没事儿……"

老妇抓了一把土摁在了伤口上。

"哎哎……别撒土，不卫生。"

"庄稼人命贱，没啥卫生不卫生的。你快吃吧，吃完了好钓鱼。"

党恩心里一阵温暖，突然想起了刚才的疑虑，问："大娘，您不是骑河镇的吧？咋光见您一个人在地里忙，家里人呢？"

"哦，俺是南坝头的。从这儿往南，顺着凉水河，一顿饭的路就到了。唉，老头子早没了。俺就一个儿子，去城里打工，都好几年了……"老妇答完话，脸色黯淡下来。

党恩后悔不该问她这个话题，低下头，猛嚼高粱杆儿……

忽然，党恩停了嘴，愣在了那里，他看到了一种目光，一种令他心颤的目光——那老妇坐在地上两手托腮，专注地看着党恩，眼睛里溢满了慈爱和慈祥。党恩在刹那间觉得自己的眼睛模糊了，因为这种目光他只在梦中无数次地梦到过。

老妇觉察到党恩也在注视她，站了起来："你忙吧，我该下晌了。"说完，挎上她那小半篮玉米穗儿就往地头走。已经偏西的阳光照耀着她那单薄的身板，地上的一抹身影随着老妇远去，党恩觉得那身板和身影就是他梦中见到过无次数的娘亲……

党恩在骑河镇小学没上完就被接到了县上的福利院，并在那里长大。他从未见过自己的娘亲。

# 小米的生日

那是秦凯似曾相识的一种蝴蝶，他觉得特别眼熟。

黑色的翅膀，比一般的蝴蝶要大出三分之二，而且带有白色的三角形斑点；长长的触须，比翅膀长出了差不多一倍。这只蝴蝶正伏在一朵盛开的小黄花上，翅膀扇着，很慢很慢，很有节奏；还有一只，一直在围着那朵小黄花飞翔着打转，迟迟不肯落下来……

秦凯屏着呼吸，端着他的数码相机，正等待一个时机。他下意识里觉得就这样拍下来，有些拾人牙慧。

那只盘旋着的蝴蝶终于要落下来了，秦凯正要摁下快门时，取景框里的黑蝴蝶翅膀突然变大了，白色的斑点也变成了圆的。

把眼睛从取景框前移开，秦凯呆住了——小米！骑河镇上人人都知道的小米。站在他面前，背着手，正朝他微笑。她穿的那条黑色的裙子，除了白色的斑点是圆的之外，像极了那只已经飞走了的蝴蝶的翅膀……

秦凯知道，那年骑河镇的村主任石夯领着全村的棒劳力，去黄河大堤上堵口时，从一个漂来的大箩筐里捞出了小米。那时候，她才只有一两岁。没有人知道她是从哪里漂来的，到现在都二十二年了，也没人知道。

石夯把小米安排在自家住，由老婆带大了她。因为小时候的小米特爱吃小米饭，石夯就让她随了自己的姓，叫石小米。后来，小米出落成一个水一样灵妙的大姑娘，石夯老婆就逼着石夯开村委会，于是村里就给小米盖了间房子，村里的户籍簿上，也就有了"石小米"这个户名。

这些情况，是秦凯一个多月前来到骑河镇后听说的。秦凯硕士毕业后，在省城的大医院上班。卫生系统搞"千名医师下乡村"，秦凯就被派到骑河镇的卫生院里驻点儿。

秦凯第一次见到小米，是在吃驻点后的第二顿饭时。石夯头天晚上请过他的客之后，拍拍脑袋说："明儿个早起，你干脆先到小米那儿里凑合一顿儿吧。那闺女爱干净，做的饭也有滋味儿……"于是，第二天早上，就有一个披着齐腰长发的姑娘来敲秦凯的窗，"秦大夫，早饭好了。"秦凯出了屋门，就看到了一个长发披腰的姑娘，在他面前摇曳着身板，鼙鼙婷婷地走路。一阵晨风吹来，那长发就水波一样扬了起来……

秦凯心里忽然动了一下，他听见了春风破冰样的、脆生生的响声。

小米的那间屋很小，一面布帘把小屋一分为二。布帘后边，就是小米的闺房了。秦凯刚进屋，就被墙上唯一的、用粗糙的木框装饰着的一幅画吸引住了——那是一幅印刷厂里印出来的一片碧绿的草原，一片绿色伸向远方，似乎没有尽头。近景是两只黑色的蝴蝶，一只落在一朵不知名的花朵上，黑色的翅膀很大，而且带有白色的三角形斑点，长长的触须，比翅膀长出了差不多一倍；另一只在两朵小花的右上方飞着，冲向那只落栖的蝴蝶，似乎要去与它团聚。

"你喜欢蝴蝶？"秦凯很冒失地问了一句，把正在往碗里盛大米绿豆粥的小米吓了一跳。

"哦，那幅画啊，同学送的。石夯叔做的框子装起来的……"

"同学送的？男同学？女同学？"秦凯不知道自己怎么忽然问了这么一句话，就把小米的脸给问红了。秦凯发现小米在害羞的时候更漂亮，尤其是那双眼睛，像是随时会淌出一汪水来。秦凯冒冒失失地问了那句话之后，小米的长睫毛就垂了下来，那双明亮的眸子移到了案板上的饭碗里……

直到小米贸然而来，惊飞了那对蝴蝶后，秦凯这才拍了一下脑壳，忽然想起了小米屋子里墙上挂的那幅画。

秦凯就在小米的屋里吃了那一顿饭，后来，就是小米天天到卫生院为他做饭了。秦凯在卫生院起了伙，小米受石夯指派，负责为他做饭。有时候闲了，也到秦凯的卧室里，跟秦凯一起看电视、聊天儿。

三个多月过后，秦凯已经吃惯了小米做的大米稀饭、韭菜炒鸡蛋、摊的薄得似乎要透明的煎饼……石夯有时请他喝顿小酒，他就觉得石夯老婆做的饭没滋没味儿。

吃过午饭，小米洗完碗筷，又到秦凯的卧室里看电视——还是《武林外传》，都播过好几轮的老剧了，小米仍一集不落地看。小米看得开心时，秦凯就陪着她哈哈大笑。

正播到吕秀才舌战姬无命那场戏。电视里，双腿颤抖着的吕秀才指着姬无命的鼻子，连珠炮似的逼问："在你身上一直以来就有一个问题缠绕着你……我，是谁?! 你知道吗，你是谁? 姬无命吗? 不，这只是个名字，一个代号。你可以叫姬无命，我也可以叫姬无命，他们都可以。把代号拿掉之后呢，你又是谁……"姬无命被吕秀才绕得越来越弱智……

秦凯正准备陪小米继续笑的时候，突然发现小米很沉郁地死盯着电视上的字幕：

"我生从何来，死往何处? 我为何要出现在这个世界上? 我的出现对这个世界意味着什么? 是世界选择了我，还是我选择了世界……"吕秀才依然在逼问着姬无命，表情夸张又搞笑，小米的眼睛里却有泪水滑落，忽然扭头跑了。

秦凯一开始很愕然，赶紧追了出去。看见小米那间低矮而又孤零零的小房子时，他忽然放慢了脚步。

这是秦凯第二次来到小米的闺房。在那张草原与蝴蝶的画框下，秦凯突然盯着小米的泪眼问："你的生日你知道吗?"

小米望着他，茫然地摇了摇头。

"我知道。是 9 月 10 日。明年，我给你过生日吧……"秦凯又一次盯着小米的眼睛说。

小米忽然浑身颤抖起来，泪水像泉水一样，再也流不尽了。

9 月 10 日，是秦凯第一次到小米家吃早饭那天。

# 城市符号

　　这个城市的交通状况太糟糕了。马长缨主任左冲右突地开着车赶到信访办时，他的同事李秋水、岳小念等都还没到。他掏出钥匙还没捅进锁孔，就被人拽住了衣襟，扭头一看，差点儿把早上吃的两个荷包蛋吐出来——

　　马主任发现自己身旁站着一个像是才从泥坑里爬出来的人。粘着碎梧桐叶屑的头发遮住了他的脸，也遮住了脖子，鸟窝一样架在肩膀上，仿佛要压垮瘦削的身子；沾满泥浆的衣服既没有扣子也没有拉链，栓着一根看不出颜色的领带；裹着两条长腿的裤子，裤腿已经一绺一绺的，差不多是个拖把了。不过，让马主任想呕的，还是这人身上的馊味儿。

　　"俺要告状，俺要告状……"那人一说话，便吐出来一股呛人的死鱼味儿。

　　进了门，马主任坐下来，推给他一张上访登记表："你叫什么名字？哪里的？上访事由……按照这张表格，填吧，然后再说事儿。"

　　那人抓过马主任递来的笔，认真地在表格上画了"○、¤、☉、×"几个符号，又写了一行"柳小月之位"，"俺要告状"什么的。马主任只瞥了一眼，就暗自一惊，这家伙的字竟然写得比在信访办专门整材料的岳小念强多了。

　　"柳小月？这是你的名字？为啥告状啊？"马主任边问边想：这家伙不但字写得好，居然还有这么一个娇滴滴的名字，但他咋这身打扮呢？

　　"俺要告状，俺要告状……"那人却答非所问，边嘟哝，边在怀里乱摸。

　　尽管马主任刚调到信访办，但已经遇到过几个精神失常的上访者了。

马主任边端着他那个麦饭石茶杯泡茶，边想着怎么打发柳小月：等李秋水、岳小念他们来了之后，还是和以前处理类似问题那样，跟民政部门联系一下，把他送到救助站吧……

"俺要告状，俺要告状……"柳小月边咕哝边把一张本市地图摊到了办公桌上，那地图有一股和他身上同样的味道。

马主任对他说："你先坐下等一会儿……"然后就躲得远远的，因为他总觉得早上吞到肚子里的那两个荷包蛋在嗓子眼儿里翻腾。

呷了一口茶，压了压那两个荷包蛋，马主任斜眼看了看那张脏兮兮的地图，发现上边也有"〇、¤、⊙、×"这四类符号，而且这些符号都在本市的十字街口和丁字街口之类的道路交汇点上；更让马主任纳闷儿的是，除了"〇"这种符号之外，其他三类每一个符号旁边，都写着"柳小月之位"几个字，看那字迹，都出自他一人之手……

"哈哈……抱歉啊主任，俺又迟到了。到处堵、到处挤啊！"马主任正纳闷儿着，岳小念一头撞了进来。接着，李秋水也跟脚而入。

"快来快来，你们看看，这地图……"马主任赶紧冲他俩摆手。

"哦，你说这张地图啊？主任，你刚调来，第一次见到吧？我们都见过无数回了。他是咱这儿的常客啦，一来就掏出这张地图要告状。"岳小念掏出坤包里的镜子眉笔什么的一大堆杂碎，对着镜子边补妆边说。

"哦？咋回事儿啊？给我说说……"马主任把那幅地图往岳小念面前一推，岳小念马上捏着鼻子跳开了。

"主任，我给你汇报吧。这人姓路，是个神经病，我们都叫他老路。"李秋水指着地图，开始讲那些奇怪的符号是怎么回事。

原来，这张地图上的四类符号其实是全市路口红绿灯的详细分布情况。他们曾经和交通管理部门联系过，这张地图上绘制的情况，居然没有丝毫差池——"〇"是代表街口有红绿灯，而且能保证一天二十四小时亮着；"¤"是代表红绿灯是好的，但只在白天开启；"⊙"是代表有红绿灯，但从来没亮过的；"×"是代表没有红绿灯的街口……

"哦……"马长缨主任的好奇心上来了，"这家伙咋有这怪癖？他干嘛要告状？告的是谁呢？还有，这'柳小月之位'，咋回事儿？"

　　"我给你说吧主任。"岳小念撂了化妆盒接着说，"我们以前跟老路老家信访办联系过，这才知道，三年前，他和他的女朋友——喏，就是这个叫柳小月的，到咱们这儿来逛街，俩人手扯着手走到一个没有红绿灯的十字路口时，被一辆开得溜快的汽车给撞了，结果，肇事车辆逃逸了，柳小月的命也丢了。老路被抢救过来后，一听说柳小月被撞死了，一口痰没上来，卡住了心窍，就疯了……"

# 认知障碍

## 一

你在哪里？你是谁？是谁?!

你的爱人呢？他在哪里?!

声音空悠悠的，似乎很远，又似乎很近。一潭水在屋里，上面有漩涡。漩涡随着声音，越旋越大。漩涡里冒出一个人，看不清面孔。

门开了，那些质问的声音一下子从门外涌了进来。

童彤醒了。

## 二

不到八点，童彤就到了值班室。交班大夫肖雨给她说，昨天新收了一个患者，叫晏秋云，腔隙性脑梗塞。童彤没有说话，翻开值班记录。记录簿上，出现的却是一波一波的水纹。童彤揉了揉眼，水纹消失了。

进了病房，童彤问晏秋云，你的鼻子呢？晏秋云指了指阳台上的月季花。

今早吃的什么呢？童彤又问。晏秋云说话了，你说俺老头啊？人家都叫他老韩。

唉——你穿的鞋子是你的吗？童彤最后问。林川、林川、林川……晏秋云忽然不停地重复这两个字。

林川、林川……什么意思啊？童彤走回医生值班室，看了晏秋云的头部 CT 片，一个豆粒大的梗塞灶正好在大脑皮层的认知区——典型的认知障碍。

## 三

俺家在群众路。俺家老韩在公交公司上班。你怎么这么漂亮啊？瞧瞧你俺就想起俺年轻的时候……

童彤一直盯着晏秋云的眼睛，没有打断她的话。这种病人自言自语时，与正常人无异，但你不能和她交谈。你一说话，她就会答非所问。

林川，什么意思啊？童彤还是忍不住突然问了她一句。晏秋云一怔。

## 四

童彤病了，心动过缓，心律不齐，血压很低，压差很小。

好点儿了吗？肖雨一边问，一边给童彤削他带来的梨子。

梨子，又是梨子！那个晚上，他也是这样削梨子的，削完梨子不大一会儿，就让童彤从姑娘变成了女人，粗暴得让童彤想杀了他。之后，童彤便停下了所有结婚前的准备。

吃梨子吧，吃了梨子会好些。肖雨凑到童彤跟前。那晚完事之后肖雨说的，也是这句话。

出去！童彤吼了一声。肖雨脸色一寒，低着头走了。童彤忽然想自杀。这时手机响了，是郑凡秋打来的。他是童彤和肖雨的朋友。他离婚了，有一个女儿，八岁。

## 五

你的鼻子呢？童彤又问晏秋云。她每天都这样问，以此来观察疗效。

你今天没涂口红，也很漂亮。晏秋云回答。

唉——怎么会有这样的病啊。老韩在一旁叹气。

你爱人呢？哪个是你爱人？童彤忽然问了一个以前从没问过的问题。晏秋云却原地转起了圈儿。转了几圈儿后，指了指窗外。

窗外，是一座假山。

## 六

你在哪里？你是谁？你的爱人呢？他在哪里?！那个声音又在炸着她的耳朵。

门口立着一个人，好像还有一个人，像肖雨，又像郑凡秋。

你的爱人呢？他在哪里?！那个声音更大了，几乎要把耳朵炸裂。童彤慌乱之下随便指了指，立着的人却都不见了。

门口，忽然冒出一座假山！假山上，挂着一颗心，血淋淋的……

凡秋——救我！童彤喊了一声，醒了。

我为什么没喊肖雨的名字呢？那次出去旅游，我跌进水里后喊的是，肖雨，救我！但从岸上跳下来的，却是郑凡秋。

## 七

你的耳朵呢？童彤问。晏秋云摸了摸鼻子，却指了指暖瓶。

童彤又问，你的爱人呢？晏秋云一怔，没再说话，也没乱指，眼里有泪。童彤叹了口气，走了。

林川、林川、林川……晏秋云在童彤身后说。

## 八

身体好些了吗？听说你又病了。喏，我女儿给你叠的。郑凡秋边问边从包里拿出一串千纸鹤，又说，等着吃你的喜糖呢，结婚的东西都准备好了吧？

童彤怔怔地望着那串千纸鹤。

你怎么了？郑凡秋站起来，想去摸她的额头。

我想回家。童彤说。

哦，那好吧。回去好好休息。郑凡秋收回手掌，去吧台结账。童彤抱着千纸鹤，坐着没动。

## 九

你的鼻子呢？童彤问。

别废话了。没用！我都奇怪你咋那么有耐心。肖雨和她一同查房。

你的鼻子呢？童彤似乎没听见肖雨的话，继续问。晏秋云没有回答，她的目光直直地越过了童彤的肩膀。

你的鼻子呢？童彤接着问。晏秋云仍死死地望着童彤身后。

你怎么进来的？现在还不到探视时间。出去吧。肖雨在童彤身后冷冰冰地训人。童彤扭过身来，对肖雨说，别赶他，他是我请来的客人。

林川、林川、林川……晏秋云泪流满面。

## 十

一个月后，晏秋云出院了，是那个叫林川的男人接走的。随后，她和老韩离了婚。而童彤，夜里也再没有做过那个梦，因为她结婚了。

晏秋云喝下童彤和郑凡秋双双敬上的喜酒后，童彤突然问，你的鼻子呢？

晏秋云一愣，和林川笑成了一团。

# 纸片儿

呈十字型交横在这个城市的铁路旁，住着一群蓬头垢面的人——几乎所有的城市人都叫他们"盲流"。

谁也没在意他的加盟。只有他在和他们抢垃圾箱、或者垃圾堆里的纸片儿时，他们才注意到他的存在。后来，他们就叫他"纸片儿"。

纸片儿也和他们一样，除了眼珠和牙齿是白的，整张脸都乌黑乌黑。所不同的是，他们大多在晚上回来后，还会找些水，洗去脸上的黑泥，而纸片儿却从来不洗，脸就那么黑乌着，没有人看到过黑乌下边的本来面目是丑还是俊，只知道他那黑乌黑乌的脸上，没一点儿褶子，他们就猜纸片儿顶多也就是三十来岁的样子。

没有人留意纸片儿从哪里来，会在这里与他们为伍多久。他们每天去垃圾桶里翻捡一通后，把所获卖给定点来这里做生意的老焦，然后捉摸是"斗地主"、还是很舒服地喝二两酒，要不，就给也在这里做生意的麻二叉5块钱，做一回男人……

但他们发现纸片儿从未和麻二叉做过一回生意，而且，也从未见他和老焦做过一回生意。他们不知道纸片儿是怎么填饱肚子的，似乎也没见他吃过什么东西。但盲流们都知道，纸片儿去拾荒，书和报纸都不要，就捡那种小学生作文本一样的写有钢笔字的废纸片儿，并且如果你和他抢这些废纸，他就跟你急眼儿，甚至拉开架式和你玩儿命。捡回来之后，他就把那些废纸一张一张地展开、放整齐，坐在那里一张一张地很仔细地看。看完后，这些纸片儿对他来说，就没用了，其他的盲流们尽可以不劳而获，谁抢到手里就是谁的。

有一天，老焦一边把那些废纸片儿、碎布头、易拉罐、酒瓶子、电线头等等分门别类地往那辆破自行车的拖篓里装，一边对仍在一张张翻看刚捡回来的那堆废纸片的纸片儿说："也给我吧，多少换几个钱，不比让那些兔孙们白捡了便宜强？他们抢走你的废纸，卖了钱就知道去找麻二叉。"

纸片儿翻翻点在一片乌黑上的两只白眼，不说话，仍低下头去翻看那些废纸片儿。

"唉……这孩儿，哪根筋出了毛病呢？"老焦看看自己的话没一点儿用，便叹一口气，刹他的车去了。

这一天突然就下了一场暴雨。天明时，他们看见纸片儿那个用几块破石棉瓦搭的小窝倒了。纸片儿直挺挺地躺在他的窝铺上，脸上的黑污被雨水冲了去——居然是一张有角有楞的汉子脸，乌蓬乌蓬的长头发和长胡子衬得那张脸就像武侠片里的江湖侠客。盲流们这是头一次看到纸片儿的真面目，一时间惊呆了。麻二叉上前去抱着他的脑袋嚷嚷："哎哟，纸片儿哎，老娘怎么没看出来，你的牌子咋这么靓？我倒给你 5 块钱，今晚咱娘儿俩合铺算啦……"

没嚷嚷完，麻二叉突然"嗷——"一声，跳到了一旁。"你们看看，你们看看，纸纸纸纸片儿是不是没气儿了？"

正好来收生意的老焦听到麻二叉嚷嚷，便弯下腰把纸片儿扶了起来——他的身下，竟然堆着一叠整整齐齐的纸片儿，估计都是他没来得及看的。老焦试了试纸片儿的鼻孔、摸了摸纸片儿的额头，也跳了起来，"这孩儿，被雨淋出大病了，扒着鬼门关的门槛儿了……"生意也不做了，求麻二叉帮他扶着，把纸片儿装到拖篓里，拖到了医院。

医生捏着鼻子给纸片儿检查时，他贴身的衣服口袋里滑出了一张黑白照片——一个长发飘飘的女孩儿。

"这孩儿，闷不叽叽的，倒有这贼心思。"老焦斜眼儿看了看一旁的麻二叉，又说，"怪不得他连正眼瞧你都不瞧……你瞧瞧，啧啧……简直是仙女儿！"

麻二叉抢过那照片要撕，一直闭着眼的纸片儿居然醒了，扑过去把那照片儿抢走，推了麻二叉一个趔趄。

"好人没好报啊——"麻二叉嚎了一声，扭头逃了。

出了医院的纸片儿又一如既往地捡他的纸片儿，看他的纸片儿，不过，看完后他就卖给了老焦，也知道赚钱了。

后来据老焦说，医生给他打了几针后，他心眼儿曾经透亮过一天多，而且还记起了以前的事儿：十五年前他高中毕业时，那个照片上的女孩儿给他写了一封信，他却弄丢了。那信上写的是啥，老焦就不知道了，反正那个女孩以为他收了那封信没动静，就喝了农药。那姑娘死了以后，纸片儿疯了似的找那封信，却到现在也没找到。

老焦说，他俩真傻啊！

## 洁 癖

梁大阳抬着既粗又短的两条腿，刚转过身子，猛听到身后"啪"地一声响，就又折了回来。

冉思强愣怔着，那只把茶杯扔出二楼窗口的右手，还没缩回来。

梁大阳的脸色立刻像被抽了一耳光，由红而紫。从露着鼻毛的大鼻孔里"哼"出了他的不满之后，很快就阴着脸走了，肉墩一样的身子把办公室那扇米黄色的门，撞得"哐当"一声，估计整个二楼都听得见。

我觉得冉思强有点儿太过分了。他不就进了屋、一屁股坐在了你的办公桌上，然后端起你的那个真空玻璃茶杯喝了一口水吗？整个稽查科，谁不知道梁大阳只要渴了，不管看见谁的茶杯，端起来就往肚子里灌；只要饿了，就到处嚷着拉别人的抽屉找吃的。他是我们的顶头上司——稽查科科长，别说坐在你冉思强的桌子上了，就是坐在你的脑袋上，有啥奇怪的？这下，你小子肯定惨了。

其实，我和冉思强对脸办公才没几天。这之前，我出京南下，去外地协查一起偷税案子，等回到局里时，才知道我又多了个新同事。出差回来第一天，我就发现整个房间被打扫得连窗框边角，都找不到一点儿灰尘，连我的座椅的四个转轮，都看不到一点儿土星子。

一开始，我还以为冉思强刚进国税局，是想给老同志留下个好印象，但第二天，我就发现很多问题了：他上班后第一件事，是去卫生间反复冲洗钥匙包里那串钥匙；然后，就反复擦洗桌子、椅子和我们办公室那扇米黄色的门，尤其是门上那个不锈钢拉手，他擦洗时就跟外科医生手术前消毒一样认真；接着，就忙不迭地拖地、擦窗玻璃；再然后，就去反复地洗手。他在一天之内，居然跑洗手间洗了二十多次手。打扫完卫生就不说了，他翻完一次账册，要去洗一次手；来了客人他去开一次门，要去洗一次手；有人来办业务跟他握了手，也要去洗一次手……

这间办公室就我和冉思强两个人，办公桌挨办公桌对脸坐着。他扔了梁大阳科长喝过的茶杯后，我就想开导开导冉思强，因为他才来局里报到还不到十天，估计是不知道稽查科水深水浅，更不知道梁大阳的厉害。哪知道，还没等我开口，就看见冉思强拿着那条洗得快没了颜色的淡蓝色毛巾，正飞快地在梁大阳刚刚坐过的那片桌面上，晃着头、咬着牙、足足擦了一刻多钟，中间，还反反复复去洗了五次毛巾。不错，是五次，我瞪着眼睛数着的。

冉思强把梁大阳喝了一口水的茶杯扔出窗外的恶劣事件，是我出差回来第四天的事儿。当天下午上班不久，我去我们二楼的洗手间，刚走到门口，忽然看见冉思强躲在洗手间里抽自己的耳光，"啪"、"啪"，左一下、右一下地抽。我吃了一惊，赶紧捂着小肚子走开了。

等我从二楼跑上三楼解决完内急问题再跑下来，走到办公室门口时，很清楚地听见一个女人尖着嗓子在教训人："……我爸五年前费了多大的代价，动了多少关系，才搞到进京指标，把你从那个鸟都不落的穷山窝里弄到北京来。你倒好，一开始邋邋遢遢不像个人样儿，处处给我丢脸；现在又长本事了，连爸的老战友的脸你都敢搧啊你?！你脑袋被驴踢了还是被门挤了？别看在大学里你是老师同学都抬举的好学生，我呸！我看啊，你早晚得滚回你家山上放羊去……"

隔着门缝，我看见冉思强低着脑袋，一声不吭。除他之外，办公室里多了一男一女。听了一会儿，我知道一位是冉思强的老岳父，一位是冉思强的老婆。我知道这个时候我不能进去，便叹了一口气，躲到别的办公室了。随后，我就听同事说，梁大阳和冉思强的老岳父是老战友，冉思强能进国税局，就是梁大阳在国税系统招工考试时"做了工作"的，至于怎么"做工作"的，那就不得而知了。

从那以后，我居然一下子就适应了冉思强的各种习惯。他照样天天一上班就洗这擦那，忙得像个陀螺。但我总有种预感，他扔茶杯这事儿，估计还不算完……

冉思强到局里小半年后，夏天到了。局领导号召全局职工趁着双休日去长城脚下深山区局里对口支援的一个山村，帮助老乡搞夏田管理。

果然，那天梁大阳两眼望天，从露着鼻毛的大鼻孔里"哼"出了他的分工指示：别的人，分到各家各户，跟着老乡除草、剔苗，或者干脆就坐在树荫下聊大天，唯独安排冉思强担着粪桶爬山坡，帮一户老乡为梯田的秋苗追施农家肥。我心里捉摸，这可要了这小子的命了。

哪知道，那天冉思强担着粪桶一趟一趟地一溜小跑着，还不停地说笑，就像早晨刚飞上枝头的雀子，担着粪桶跟吃了摇头丸一样兴奋地哼着"我在遥望，月亮之上，有一个梦想在自由地飞翔……"

晚上收工返回时，我明显地闻到冉思强身上有一股臭烘烘的大粪味儿，但他在返回的大巴车上，依然眯着眼，很陶醉地哼着"我在遥望，月亮之上……"

周一上了班，冉思强身上的臭味儿一点儿也闻不见了，但他照样一上班就去洗钥匙，然后反复地擦洗桌子、椅子、门和不锈钢拉手，拖地、擦玻璃，然后再去一遍又一遍地洗手。我问他："你擦桌子、椅子、擦门拉手，拖地、擦玻璃，甚至一天洗好多次手，我都能理解。你那串钥匙，干嘛也要每天洗啊？"

"锁脏，钥匙就得天天洗。"冉思强正用那条洗得发白的蓝毛巾飞快地擦着桌子，看都没看我，说。

# 蒸窝儿

樱桃是四狗娘在凉水河边那棵老樱桃树下捡到的。

那天，下过一场雪之后，终于出太阳了，雪被照得白亮亮的，很刺眼。串门回家的四狗娘刚走到凉水河边那棵老樱桃树下，"扑通"被什么东西绊了个猪拱地，揉着腚刚爬起来，就"嗷"地嚎了一声："死人！死人啦——"

——夜里被风旋来的一堆雪下，半掩着靠樱桃树斜躺着的樱桃。

三碗红糖老姜汤灌下去，樱桃喉咙里"呃、呃"几声还了阳，没过两天，脸上就红扑扑的了，把四狗看得喉结上上下下地动。四狗小时候跟人打架，被戳瞎了一只眼，腮帮子上还落了一长条蜈蚣样吓人的疤，都快四十了，也没讨上媳妇。

四狗娘看儿子瞧樱桃的眼神儿，就特地割了二斤肉，包了平时过年才吃得上的饺子。

樱桃不知道自己叫什么名字，更不知道自己从哪儿来、到哪儿去，四狗娘于是就给她起名叫"樱桃"。而且，樱桃说话，只会一个字、两个字地往外蹦。你问她吃的啥饭，不管碗里装的是面条、还是菜汤，她就会说"打糊、蒸窝儿"。骑河镇所在的黄河湾里，都把玉米粥叫"糊涂"。樱桃说的"打糊、蒸窝儿"，就是熬"糊涂"、蒸窝头的意思。

吃那顿饺子时，四狗娘拿筷子指着饺子问："樱桃，今儿咱吃的啥饭？"

"打糊、蒸窝儿。"樱桃把一个饺子咽下去，仰起脸，冲四狗娘说。

"贱种哎，就知道贱饭食！俺白割二斤肉了?!"四狗娘吼着，抄起筷子就朝樱桃的脑门上戳。四狗赶紧把樱桃拉起来，甩出衣袖捂住了樱桃额头淌出的血。猫在四狗怀里，樱桃惶恐地盯着四狗娘手里的筷子，浑身抖着，抖得四狗心尖尖疼。

"樱桃，别怕别怕，啊？你不是说要'打糊、蒸窝儿'吗？俺等着喝你打的'糊涂'，吃你蒸的窝头哩……"四狗擦着樱桃额头上的血，暖暖地说。樱桃猫在四狗怀里，竟然笑了。

然而，樱桃不但不会说句囫囵话，而且啥活儿都不会干，别说"打糊、蒸窝儿"，连扫地都拿不住笤帚。四狗娘要把樱桃送到大队部，让大队支书发落她，四狗却死活不肯。四狗娘没法了，就摆了一桌席面，对街坊邻居说：樱桃是她的儿媳妇了。

和儿子圆了房，四狗娘就更听不得"打糊、蒸窝儿"了，听到樱桃说一次，她就骂一阵，骂得不解气了还要拧她的嘴。有一回看看娘骂完自己媳妇之后、又要伸手去拧她，四狗叹了一口气，一把把樱桃拽到自己屋里，抱住她说："樱桃啊，俺这辈子，能吃上你蒸的窝头么？"

随后，樱桃仰着的脸上，就落下了四狗的几滴泪水。

哪知道，从那天开始，樱桃就中了邪似的糟蹋粮食——她把家里的面偷出来，躲到凉水河的河滩上，兑上河水偷偷地揉面"蒸窝儿"，但她怎么团，手里的窝头也团不圆圆。那年月，生产队分的口粮大多是玉米。玉米面太散，没黏性。

那天四狗不在家，樱桃照样往外偷玉米面。四狗娘气急了，就抓起一根藤条，把樱桃往死里抽，抽得樱桃满地爬，边爬，边嚎："俺，蒸窝儿；俺，蒸窝儿啊——"

四狗回到家找到娘阴着脸说："她想学做饭，你教她呗。你咋能下这么狠的手打她啊？"

四狗娘眼一瞪说："教她做饭？我糟蹋不起粮食！"

四狗"哼"了一声，回到自己屋里，用盐水把樱桃身上的血痕很仔细地擦。擦着擦着，四狗看见樱桃眼里流出了泪，嘴里一直咕哝着："打糊，蒸窝儿；打糊，蒸窝儿……"但挨了那顿打之后，樱桃却再也不敢偷玉米面"蒸窝儿"了。

四狗娘开怀晚，三十七岁那年，才生下了四狗，但四狗还没学会走路，四狗爹就得了"气鼓病"走了。本来，四狗娘觉得四狗是家里的独苗，樱桃傻就傻点儿吧，只要能生娃，她窝在自己心里几十年的一块儿心病，就风吹云彩一样，散掉了。但四狗娘私下留了神，居然没见樱桃月月落过红，于是就领她到城里的大医院瞧病。一个矮胖矮胖的女医生检查了半天，扒下口罩冲四狗娘说："说简单点儿吧，'石女'是啥意思，懂吧？她啊，生下来就是'石女'！"

四狗娘一听这话，脸色立马跟煮熟了的紫茄子一样，丢了魂儿似的回到骑河镇，没进家直接去了大队部，吵吵嚷嚷地要支书赶紧把樱桃打发走。正嚷着，四狗来了，说："别吵吵了，我不跟樱桃打离婚。"拉上樱桃就回了家。四狗娘一屁股坐在地上嚎："四狗哎，你个鳖孙，娶了媳妇不要娘哎——"

樱桃虽说被四狗硬留下来了，但四狗娘没有一天不骂她、拧她，甚至拿藤条抽她的，而且还天天不让她吃饱饭。因为有不能生娃这个短处，四狗再疼媳妇，也攥不住老娘的手、堵不住老娘的嘴。

樱桃慢慢也知道了婆婆为啥天天骂她的原因，很快就一天一天地瘦下来了，最后，脸黄得跟旧草纸一样，眼窝又乌又深的，看着吓人，那双眼睛，也一天天地没神儿了。她走在骑河镇的街巷里时，遇见人就说"打糊、蒸窝儿；打糊、蒸窝儿……"

那年生产队收完秋，麦子也种上了，四狗随生产队的男劳力住在离骑河镇以南十几里地远的黄河滩上加筑大堤。身边没了四狗，樱桃就天天在深秋的冷风里，跑到骑河镇南地，坐在穿镇而过的凉水河河岸上，顺着河道往南看，一看就是一天。

冬天要来了，四狗仍没回家。北风一场接一场地刮，镇上的人都缩在家里，很少有人出门。这一天，忽然有几个孩娃大喊大叫着跑回镇里，说樱桃死在了凉水河的河滩里。四狗娘和镇上的邻居，赶紧慌慌张张地往骑河镇南地的河滩里跑。

——樱桃身旁，河滩里一块很平整的泥地上，摆着一大片用河泥团成的泥窝头，横成排、竖成列，每一个泥窝头都小塔一样，圆圆的、尖尖的。北风在凉水河的河道里一阵阵地窜过去，初冬的阳光没有一点儿暖意，却把那一排排泥窝头，耀出了一排排金色的光芒……

## 木锤爷

骑河镇的大人小孩都知道，木锤爷打小记性就不好。打小记性不好的木锤爷就因为记性不好才娶了和他厮跟了一辈子的木锤奶。

据说本来那天下雪时，木锤爷应该去他的东家上房里送江米甜酒的，但木锤爷没记性，把东家的话忘到了脑勺后头，于是木锤奶就成了木锤奶，木锤爷就没娶上东家的女儿兰花。

兰花从小就害一种叫"胃寒"的病，兰花离不开木锤爷的江米甜酒。因为那个时候还叫椿叶儿的木锤奶的爹爹陈四仙说，兰花的胃寒病，只有木锤爷的江米甜酒能降住。陈四仙是骑河镇唯一的看病先生。

于是，木锤爷就天天往兰花的房子里送江米甜酒。后来，木锤爷干脆住到了兰花家，专门为兰花酿那种酸酸的、甜甜的江米甜酒。

木锤爷住到了兰花家，就风刮不着，雨淋不着了，当然，他那个江米甜酒担子也就撂下了。

没有了江米甜酒担子和那个一摞三个的拨浪鼓响，四邻八乡的街道上就像少了些什么一样静寂了很多。

木锤爷的江米甜酒担子之所以在四邻八乡名气大，是因为他踩着高跷走村串巷的，而且，大闺女小媳妇只要一听见木锤爷的拨浪鼓响，总七手八脚地把树根疙瘩、桌子凳子什么的推到路口上，等着看木锤爷的笑话。但木锤爷总是踩着离地三尺高的高跷，旋风般刮来，看见有路障，就稍一刹腰，一个大鹏展翅或者旱地拔葱，担着那个两头各有一个搂都搂不住的江米甜酒坛子从路障上跃过去，稳稳地落地，脸不改色气不喘，但一般这时木锤爷的两个高跷腿子已经插进地下尺把深了。拔出来，嘿嘿一笑，便开始迎着那些大姑娘、小媳妇热辣辣的眼睛给她们一勺一勺地从坛子里打酒。

还叫椿叶儿的木锤奶那时候是个大姑娘，听那个拨浪鼓听惯了，看那个大鹏展翅、旱地拔葱看惯了，就把火辣辣的眼睛直直地往木锤爷的眼睛上迎。但木锤爷似乎没看见，一点儿也不多看她几眼。椿叶儿就故意赊她的账，但木锤爷的记性不好，总想不起来给她要，甚至等椿叶儿提了醒儿，木锤爷还在高跷上拍脑瓜，"你瞧瞧，你瞧瞧……俺都忘哩……"接了钱，还是不肯多看她一眼。

木锤爷撂了江米甜酒担子住进了兰花家，椿叶儿自然就再也听不到那个拨浪鼓响了，于是就倚着门框傻傻地看天上的云彩，把每一块云彩都看成了江米甜酒担子。

其实木锤爷心里只放着兰花哩。这还是后来东家给椿叶儿爹亲口说的。东家只有这一个独养女儿，他知道女儿兰花离了木锤爷的江米甜酒就吃一口吐一口，早晚也是没活命，所以就有招光棍儿一人的木锤爷入赘的意思，并私下里寻了椿叶儿爹，准备让他保大媒。

住进了兰花家的木锤爷一下子长衫马褂地阔了起来，但心里却像丢了什么似的不痛快。木锤爷没事儿了就去找兰花聊天。东家看到头抵头挤在一起的木锤爷和兰花，眼睛就笑成了月牙。

那个时候兰花的闺房整个骑河镇只有他一个男人能进去，而且畅通无阻，谁都不拦，都知道木锤爷是去送江米甜酒的，是去治兰花的胃寒病的，而且兰花还给木锤爷绣了一个花肚兜。木锤爷穿着那个花肚兜时就总是在夜里梦见兰花。

有一回兰花衣服还没穿整齐，木锤爷就端着一个小坛子闯了进去。木锤爷就看见了兰花胸前卧着的两个小馒头，坛子立即掉在地上打烂了。

那天下着雪，木锤爷在铺了一层雪的院子里摆上了几张桌子和凳子，专门踩着高跷给兰花表演在桌子、凳子上飞来飞去的大鹏展翅和旱地拔葱，把头一回看见他还有这本事的兰花乐得咯咯咯咯地笑个不停。木锤爷就担着江米甜酒担子一遍又一遍地表演，终于在兰花的笑声里累倒了，晚上吃了俩锅饼就躺到专门给他准备的小屋里呼呼大睡。

吃晚饭时陈四仙也在。东家笑眯眯地看了看狼吞虎咽的木锤爷，说：

"木锤呀，天交二更时，你往上房送一小坛子江米甜酒来……"看看木锤爷点了几点头，又"嗯"了一声，这才对着陈四仙捋着胡子笑。

其实那天晚上东家是选了黄道吉日，把椿叶儿爹这个大媒人请来，要给木锤爷和兰花定亲的。但二更过了，三更过了，直到快五更了，还不见木锤爷送酒来。东家稳不住神儿了，和椿叶儿爹踩着雪到木锤爷的小屋里寻他，却看见木锤爷和椿叶儿赤条条裹在一个被窝里。

那天椿叶儿是和她爹一起来兰花家的。她想见木锤爷，摸黑儿去他的小屋里找他，就浑身燥热、稀里糊涂地滚进了木锤爷的被窝，当然也由椿叶儿变成了木锤奶。

椿叶儿的爹陈四仙用柳条把椿叶儿抽了个半死，灰着脸逼着木锤爷娶了椿叶儿。兰花却不久就香消玉殒了，因为她再犯了胃寒病，东家无论如何都绝不再要木锤爷的江米甜酒。买了别人的，喝下去却不济事儿。等木锤爷抱着一坛子酒跪在东家门前时，兰花也抱着木锤爷留下来的酒坛子闭上眼睛了……

木锤爷听见院子里有东家的哭声时，从地上站起来，"咚咚咚"地擂门，狮子吼一样地嚎："兰花啊——他们的酒里，没有加大枣啊——啊啊啊——俺知道得太晚了呀！"

木锤爷砸了他的江米甜酒坛子担子、一把火烧了那副高翘架子后，几十年了，再不提兰花。后来有人问他那晚为什么没去东家的上房送甜酒，木锤爷总是脸一寒，撂下两个字儿："忘了！"扭头就走。于是，木锤爷记性不好忘性大的事儿就慢慢地传遍了整个骑河镇。

现在年已八十的木锤爷连木锤奶也忘掉了。医生说他患的是老年痴呆症，失忆只是这种病的一种症状。他总怔怔地看木锤奶半天，说："你是谁呀，老拽着俺干啥？"

木锤奶的眼里就蓄满了泪，说："俺是椿叶儿啊！"

"椿……叶儿？是……谁呀？俺不认识……"

"俺是打小就爱看你担着江米甜酒的椿叶儿！江米甜酒，你想想？"木锤奶不死心。

"唔——俺不认识江米甜酒，他是……哪村的?！"木锤爷仍臆臆怔怔的。

　　木锤奶急了，翻出来那个被她暗地里藏了大半辈子的红肚兜，捧到木锤爷面前问："你看看，这是谁给你做的？"

　　木锤爷眼睛突然一亮，抢过那个红肚兜捧在怀里，"扑通"翻倒在地上，吼："兰花啊——他们的酒里，没有加大枣啊——"

　　木锤奶哭成了一堆，边哭边数落："俺伺候了你一辈子，你把俺忘得干干净净啦！"

# 刘志学小小说创作中的悲悯情怀

周 明

最近，不时有老朋友来电话，说起我年初写的一篇评论中的一段话："其实小文章也一样有大乾坤，比如鲁迅、比如冰心、比如泰戈尔，并不见他们洋洋洒洒的长篇大论，倒是短小精辟、意味隽永的小文章成就了一代宗师的英名。"谈话中，不仅提到一些精短的散文，也提到一些精短的小说，即小小说。

谈到小小说，我很自然地想起在今年的中国报告文学学会迎春联欢会上，刘志学送我的十多篇作品。兼着中国报告文学学会的工作，我经常有机会接触一些年轻的报告文学作家，其中也包括在一家医药卫生专业期刊工作的刘志学。

认识志学好几年了，之前，我仅知道他是一家医药卫生期刊的副总编，也只知道他写过一些有影响的报告文学、纪实文学作品，比如《血灾》《超级"酒鬼"》《情祸》《北京的风花雪月》，以及影响更大的《创造"第一"》等，但今年开过那次联欢会后我才知道，原来这位擅长写报告文学、纪实文学的记者，还是一位小小说作家。

志学送来的作品中，有一篇是《长大了俺都嫁给你》。这个标题我看着很眼熟，借助电脑查了一下，了解到这篇小小说被多家刊物转载过，还被编入了中学生现代文阅读教材。把十几篇小小说都看完之后，我发现，在这位长期从事新闻工作的记者创作的小小说里，贯穿始终的，是一种延续人文精神的悲悯情怀。是的，人文精神表现为对人的尊严、价值命运的敬畏和自觉维护，同时包涵对人类遗留下来的各种精神现象的高度珍视，和对一种理想人格的肯定与塑造。在志学的小小说里，我们能通过他塑造的人物，随处感受到这样的精神。作为人文精神的延续，悲悯情怀是这个世界上最伟大的美德之一。我很高兴，能在志学的小小说中读到这样的悲悯情怀。

比如在他的《长大了俺都嫁给你》这篇作品中，刘志学借助一个乡村"编外"民办教师"冬来"的爱情遭遇，和一群孩子对知识的渴望、对给予他们知识的教师不顾一切的挽留，从一个独特的视角，揭示了一个时期，我国边远乡村教育行业师资力量严重匮乏的状况，并在作品的结尾，以"我无言以对"这句话，沉重、委婉地道出了作者内心深处的忧虑。

再如《裸葬》，刘志学在这篇作品里，以两千余字的篇幅，几乎写出了新中国成立后至上世纪六十年代初，农民在经历历次土地使用权利变化过程中的心灵史。在人类社会发展史上，在我们这个农业大国，土地对于任何一个时期的农民来说，世世代代都是永远的家园，承载着永远的希望。能够拥有一片土地，是多少先民的梦想。在这篇作品里，志学借助一位对土地虔诚到死去都不要棺材、生怕"跟自个儿的土地隔开"，留下遗嘱"要从头到脚都混在土里去见祖先"的"瓦罐爷"这一农民形象，以一位农民一生对"属于自己"的土地的守候，揭示了一位老农的精神图腾，同时通过瓦罐爷的人生际遇，透露出作者对于土地的敬畏，更让我们从作品中读出了外来因素影响到农业社会固有的经济结构时，作者内心深处的痛苦与悯惜。

还有，《死谏》《路祭》《蜜蜂奶奶》等，写出了作者对于妇女在旧时代婚姻观念的桎梏中痛苦挣扎的同情；《纸片儿》《我看着你》《蒸窝儿》等，写出了作者对于最易被人忽略的智障者的爱情的尊重；《扁担七》《母亲》《金锭嫂》《没有彩虹》等，写出了作者对于小人物裸露的真实人性的崇敬……

文学作品通过各种文体的表现形式，达到思想性和艺术性的统一，其最大意义，在于它的普世作用。小小说作为一种易于传播、易于被读者接受的新兴文体，这些年有了较快的发展，对读者的影响力日益凸显。因而，从这组小小说稿子中，我开始重新认识志学，开始重新解读他的内心世界，同时也开始重新打量小小说。通过这些文字，我读到的更多的信息是，志学对于他作品中那些人物的尊重、热爱、痛惜与怜悯。

此前在一些活动中，我和志学曾经有过几次深聊，了解他的一些人生经历，知道他是从农村成长起来的；更重要的是，他曾经在民政系统的媒体工作过几年。志学说过，那几年，因为工作的原因，他经常采访一些生活在社会最底层的孤寡老人、五保老人、残疾人以及其他社会弱势群体。我想，这样的成长背景和工作阅历，无疑是构成志学那腔浓重的悲悯情怀的最重要因素，致使他的笔下，时常活跃着一些不为人们所关注的"小人物"的身影；致使他的笔触，时时触及到这些"小人物"的内心深处，随他们喜而喜、悲而悲、怒而怒、乐而乐。我相信，志学在他的小小说作品中，释放的是一腔真性情。

从职业的角度来说，刘志学是一位媒体工作者。读着他的小小说，我可以想象到，一个长期从事新闻采编职业的作家，在采写报告文学、纪实文学的同时，还能把自己内心的悲悯情怀以别样的文学形式如此精彩地表现出来，是一件多么难能可贵的事情。

（周明系作家、学者。历任《人民文学》常务副主编、中国作家协会创联部常务副主任、中国现代文学馆副馆长，现任中国报告文学学会常务副会长、中国散文学会常务副会长、《中国报告文学》杂志社社长。）

# 质朴叙事的艺术魅力

——刘志学小小说印象

**杨晓敏**

作家刘志学是豫北人，说起来和我算是乡友，而且我们还曾生活在同一座城市，但以前见面不多，只知道他博学多才，一直在民政、卫生等行业期刊工作，又兼写多种文体。近几年刘志学到北京工作，反而与我交流多了，才了解到他为人做事颇有章法，在小小说创作上同样有自己的艺术追求。

刘志学的小小说创作与百花园杂志社是有缘分的。十二年前，他就以《幻肢疼痛》和《最后的感觉》两篇作品在《百花园》上崭露头角。十二年过去，他的《洁癖》和《蒸窝儿》又分别发表在今年的《百花园》上，《小小说选刊》也即将在近期推出他的作品小辑。虽然他的小小说创作数量不多，但可以感觉出来他对每一个素材的处理都非常用心，而且能一直把握住写作质量的底线。不过给我印象最深的，还是他质朴的叙事风格。

在当今社会由精英文化、大众文化、通俗文化构成的文化格局中，小小说无疑属于兼容性较强、引领社会文明主流的大众文化范畴。这一点，决定了小小说要成为雅俗共赏的艺术，也决定了小小说要在一两千字的篇幅里构建一个完整的艺术世界，就必须调动所有的艺术手段，来为内容服务。在这众多的艺术手段中，最能让读者产生共鸣、而同时又令大多数写作者难于把握的，正是小小说的叙述方式和叙述手段。对一个成熟的小小说写作者来说，有自己独到的叙事方式是非常重要的一个标志。刘志学的小小说，以其质朴的叙述和简洁的语言把读者带入日常而真实的生活图

205

景，然后通过情节的递进和场景的切换，自然而然地展现出作品主人公的人物命运和内心世界。

在刘志学的"骑河镇系列"小小说中，有一篇题为《美姑》的作品。作者在文中展示的，是一个叫美姑的女子固守圣洁爱情的复杂心理。作者开篇写道："长得很丑的美姑一辈子没有嫁人，守着她那间小独屋和屋前那水塘里枯枯荣荣的荷叶荷花，一直守到死。"在这里，作者给予了读者两个意象："很丑的美姑"和"水塘里枯枯荣荣的荷叶荷花"。美姑一直"守到死"的"荷叶荷花"，其实就是她深情固守的一份美好的纯真，也是一方她臆想中的寂寞爱情。故事开始，美姑送她的恋人粪孩赴朝参战，在返回的路上被破了相，成了"丑姑"；而粪孩从朝鲜战场回来后，"少了一条腿，据说是被美国人的炮弹皮给削去的"。作者接下来有这样一段描述："等他终于在镇上的一条小胡同里撵上美姑，瞧瞧四下没人，一把从背后把她抱住时，先是美姑'啊——'地惊叫了一声，接着是粪孩'啊——'地怪叫了一声。粪孩瞪着眼睛、张着嘴看了美姑半天，捣着拐杖扭头就走。"这个场景中，两位原本相爱的年轻人，在时过境迁，一个破了相、一个少了一条腿之后突然相遇时，作者仅用了"惊叫"和"怪叫"两个词，以一字之差，准确地写出了两个人物当时不同的心理变化。

在刘志学反映乡野风情的"骑河镇系列"小小说里，这样质朴无华的场景描述很多。他对中国传统的叙事手法理解颇深，常常能在平实的文字中，准确地描绘出人物的生存状态与丰富的内心世界，让读者通过客观形象的画面和人物相遇，零距离地感受到作品丰富的内涵，同时也与作家在对现实描摹中所体现的精神指向产生共鸣。

再来看他的一篇早期的作品《洪水里的一条狗》——

挑着两箩筐猪娃刚刚跑进山洞，男人就很清晰地听到了一种声音——那是一种排山倒海、令人心惊胆颤的声音。

洪水来了……

作者开篇通过客观形象"挑着两箩筐猪娃跑进山洞的男人"、画面"排山倒海"，使读者的阅读情绪立即被调动起来——"洪水来了……"

在这简练、朴实的叙述中，我们不但感受到一种恐惧、紧张的气氛，还能够清晰地感受到作者潜藏在文字背后的情感——仅仅是"洪水来了"这简单的四个字，就能让我们触摸到刘志学在调动读者阅读情绪的同时，自己对作品中的人物的担忧。

在我的印象中，刘志学善于把丰富的人生历练和自己的生活认识，渗透进小小说作品的字里行间，并以准确的文学表达方式，悄无声息地传导出来。类似于上述的例子，在他的小小说作品中俯拾即是。

另外，在刘志学的小小说作品中，恰当的景物描写也发挥着巨大而丰富的修辞功能，比如他最近发表在《百花园》上的新作《蒸窝儿》。在本应惜字如金的小小说作品中，刘志学在结尾时，却用了一大段文字来写景："樱桃身旁的河滩里的一块很平整的泥地上，摆着一大片用河泥团成的泥窝头，横成排、竖成列，每一个泥窝头都小塔一样，圆圆的，尖尖的……北风在凉水河的河道里一阵阵地窜过去，初冬的阳光没有一点儿暖意，却把那一排排泥窝头，耀出了一排排金色的光芒……"

这是一个智障人渴望爱情、守候爱情的凄美故事。在这段描写中，既写了作品中的人物樱桃终于为丈夫"蒸"了一大片泥窝头，"横成排、竖成列，每一个泥窝头都小塔一样，圆圆的，尖尖的"物，还写了"北风在凉水河的河道里一阵阵地窜过去，初冬的阳光没有一点儿暖意，却把那一排排泥窝头，耀出了一排排金色的光芒……"的景，景与物的准确表述，暗喻了樱桃以做"泥窝头"的特殊方式表达她对丈夫的爱情；这段文字营造的意象，以及所折射出来的美学价值，通过准确的景物描写，修饰到了极致。

记得在 2009 年的"中国郑州·第三届金麻雀小小说节"召开之前，刘志学给我打电话："尽管最近工作很忙，我一定会按时赶到郑州报到。写小小说，是我生活中最坚韧的心灵修持。"我想，正因为他将小小说创作当成了自己历炼心灵的一把钥匙，而且也有了这么长时间的倾心坚持，才让他的作品能在小小说创作的长廊中留下自己的一行足印。

（杨晓敏系河南省作家协会副主席、郑州小小说学会名誉会长，《百花园》《小小说选刊》《小小说出版》主编，长期致力于小小说文体的倡导与规范。）

# 骑河镇，刘志学的心灵故乡

### 周大新

几个月前，有一个记者在采访我的时候，曾经问过这样一个问题："回顾近三十年的创作，您走过了怎样的创作历程？"我知道记者们在采访作家时，大都会问这个问题。作家在反思自己的写作、关注他人的写作时，也会不由自主地想到这个问题。而要找到这个问题的答案，要了解一个作家的创作轨迹，最直接的途径，莫过于看作家的作品——比如我的老乡刘志学，比如他的小小说作品。

前些天，志学给我送来了一部将要出版的小小说集子的文稿，这部小小说集子收录了刘志学的三部分作品："病象面具"、"风烟故乡"和一组新作，但我看完之后，却在他的很多篇作品的创作轨迹里，看到了一个贯穿始终的影子——"骑河镇"。

从作品中看出，骑河镇，是一个地域概念，但它更是刘志学的"风烟故乡"。

我和志学同属河南人。志学送稿子时曾告诉过我，在豫北封丘他的家乡那个黄河湾里，并没有一个叫做"骑河镇"的地方，这是他虚构的一个村落，但志学却就生生地让我们看到了这片被黄河水滋养的土地，还有那片土地上被黄河水滋养的人：想挣十个大洋换媳妇的扁担七（《扁担七》），死后光着身子下葬的瓦罐爷（《裸葬》），说不清楚是守规矩还是不守规矩的程二奶奶（《程二奶奶》），长相奇丑的美姑（《美姑》），一听"日本"俩字儿就暴跳如雷的杠子爷（《仇》），被名声困了一世的四奶奶（《路祭》），想当官儿迷了心窍的冒官（《冒官》），镶了假牙的麻爷（《麻爷镶了一口牙》），又晕又倔又穷又横的二愣（《二愣》），端着一瓦盆鸡汤的箩头他娘（《母亲》），被全镇人轮流供养的五保老人迷路（《迷路》），能隔梁飞饼的花姑（《花姑》），执著地为丈夫"蒸窝儿"的樱桃（《蒸窝儿》）……作品里的人说着豫北方言，做着我们看到过的或是听到过的事。阅读这些作品时，每一个人物都能让我们想起家乡，想起老家左邻右舍的乡亲。从这些人物身上，我看到的是像空气一样弥漫在那片土地上、像血液一样融进我们身体的乡情民俗。

在这部小小说文集的三个部分中，写乡村题材的"风烟故乡"篇幅多、分量也重，由此可以看出志学对内心深处的"骑河镇"的感情。这一点，我非常理解。当年，我也曾多次回到我的故乡，亲近滋养自己长大的土地，关注生活在南阳那片土地上的乡亲。

每一个生命都有一片最滋养自己的土壤，我们自己是这样，我们笔下的人物也是这样；我们自己走不出最初滋养我们的那片土壤，我们笔下的人物还是这样。志学在黄河岸边的乡村长大、成家，然后来到城市生活、工作，但故乡的水土、风物和情感，已经融进了他的血液里，汇聚到刘志学的笔下，就构成了"骑河镇"一个个乡邻，构成了"骑河镇"一段段故事。这些人物和故事，让志学以文学的表达方式，最终变成了一篇篇作品。

在"风烟故乡"之外，还有"病象面具"。在这批作品中，刘志学塑造了一批看起来与生活在"骑河镇"的乡亲们完全不同的人物：无论如何不想欠人一顿饭的均延（《欠就欠着呗》），在微波炉里烤古砚的丁一（《古砚》），在雨中卖伞挣学费的大学生（《卖雨伞的姑娘》），知道嫌犯爱吃千滚豆腐万滚鱼的警察老扯（《你走好》），抽烟的芹姑娘（《抽烟的芹姑娘》），摸风的小女孩（《摸风的女孩》）……看起来，似乎这批作品的小说的主人公们都生活在远离"骑河镇"的城市，他们的话里没有了方言，他们在办公室喝茶或者咖啡，他们出门有汽车有地铁有飞机，但是，正如刘志学当了十几年记者、编辑依然迷恋写小说，在北京生活了多年依然每周都会给老家的亲人打电话一样，他笔下这组人物的内心也依然没有走出"骑河镇"，依然在精神气质上，与"骑河镇"有着千丝万缕的联系——我们看到，在这个社会上，撇开城市喧嚣的泡沫，总有一个"骑河镇"鲜活在每一个人的内心深处。

"骑河镇"，在刘志学的小小说作品中，已经成为一个文化符号，一个寄寓他的心灵故乡的文化符号。

我和志学认识得很早，但直到他几年前来北京工作后，才见过几次面。在这之前，一直在忙忙碌碌做专业期刊采编管理工作的他，很少跟我提起他还一直坚持写小说，所以我也未注意他的作品。这次是我第一次集中阅读他的小小说，直到这时我才知道，这近百篇作品，是刘志学二十多年来小说写作的第一次集中展示。

志学做了近二十年的编辑，一直在为他人做嫁衣，但从这些作品后面所附的创作年表中看得出来，他从上世纪八十年代初开始发表第一篇小说到现在，已经写了二十多年小说。这二十多年来，他的小说不仅被多家刊物选载，还上了中学生阅读教材，但他确实直到现在才出第一本小说集子。从这些小小说的故事背景、人物身份、语言风格和叙述技巧上来看，他的生活经历十分丰富，他有十分扎实的处理素材的能力和文学表达的功底。

此前，我在将自己的 33 个中篇结集出版的时候曾经说过："很多作品，发表以后我不再看，现在集中在一起，把我的全部收进来，它能让我看看哪些有价值，哪些还很粗糙，哪些跨越的时间和空间更大一些。如果自顾往前走，很难意识到这些问题。"

现在，我把这句话转赠给志学，并期待读到他更多、更好的作品。

（周大新系解放军总后勤部政治部创作室主任，少将。全军文学界高级职称评委会主任，中国作家协会第五届、第六届全国委员会委员，第七届茅盾文学奖得主。）

# 刘志学笔下的人物

凌鼎年

近些年，我一直在关注刘志学的小小说创作。刘志学的生活积累厚实，文学修养厚实，试以《冒官》与《死谏》为例：前者写男人，后者写女人；前者写出了冒官的为人处世，以及他灵魂深处的东西；后者写出了官印奶奶悲剧性的命运。

冒官这个人物，用民间俗语谓之乃"官儿迷"，所谓做梦都想当官的人物。想当官不是坏事，不是有一句很有名的话叫做"不想当将军的士兵不是好士兵"吗？问题是冒官想当官并不是想为大家服务，或实现什么理想抱负，他只是想过过当官的瘾。因为他觉得当了官，有了权就可以指挥别人、整治别人。他觉得这样从头到脚都很舒服。可惜他本质上还不是当官的料，只能空有当官的想头。不料一次偶然的机会，他发现在十字路口被罚去临时指挥小车的滋味好极了，那些小车都能乖乖地听他指挥。于是，冒官找到了过不了官瘾、过过指挥瘾的捷径——他故意违反交通规则，心甘情愿地被罚去做临时交通指挥，以期在挥舞小红旗时，得到一种心理上的满足。可惜的是，当他再次故意违反交通规则闯红灯时，被小车从脑袋上轧了过去……

冒官的死，只能说是咎由自取，虽不值得同情，但毕竟死得很惨。至此，这个人物形象塑造得十分完整。作者对这个人物的讽刺也可谓入木三分。

我只能说一声：可怜的冒官！

同样是写人物的，《死谏》侧重的却是写人物的命运，而且不只是写官印奶奶一个人的命运。从文中看，这种守寡、贞洁的命运曾在司家几代女人身上重演过。因此可以认定，作者实在是想通过官印奶奶、布袋大娘这一家几代个别人的悲剧性命运来控诉至今遗存的封建贞操观对女性的不人道的摧残。

当我们读到官印奶奶、布袋大娘向秋苗的自白时，谁能不感到心灵极大的震撼呢？

官印奶奶与布袋大娘是去了，是带着人生最大的遗憾去的。她俩为什么死，怎么死的，这似乎成了一个谜，其实也成了作品的空白，令人掩卷三思。以死鉴秋苗？以死儆秋苗？我感到触目惊心！

我想秋苗大概不会再走她前辈的老路了，作品的积极意义正在于此。

这是篇有深度的好作品。如果放在上世纪八十年代发表，获全国大奖我都不会惊讶。写得晚了点儿，可惜了！

刘志学的脑子里有人物、有故事，更有他对人生、对社会、对历史的思考，又善于融入作品的字里行间去表达，难得！

（凌鼎年系中国作家协会会员、世界华文微型小说研究会秘书长、中国微型小说学会副秘书长、江苏省微型小说研究会会长、太仓市作家协会主席、《文学报·手机小说报》执行主编。）

# 微篇小说环境描写中的浓缩之境

龙钢华

微篇小说，又名微型小说、小小说等，古已有之，源远流长。近二十年来，微篇小说空前繁荣，成为当代中国文学的一道奇观。微篇小说的篇幅一般在1500字以内，从作为小说之要素的人物、情节、环境而言，微篇小说的环境描写常易为人忽视。但是，身为小说家族中的一员，微篇小说同长、中、短篇一样，其环境描写具有许多共同之处。概言之，是指一定的时空；具体而言，是指对人物生存、活动和事件发生、发展的自然环境和社会环境所作的形象描绘。这种环境描写在表现主题、刻画人物、渲染气氛、推动情节或展现地域风貌等方面具有不可替代的功用；在写法上，也可虚可实，可长可短，不一而足。不过，微篇小说毕竟篇幅有限，不可能像长中篇一样大篇幅地去描写环境。而作为小说，在写人叙事时是离不开环境的。微篇小说发展到当代，已形成自身独特的环境机制，呈现出规律性的特征。总的来说是以精取胜，体现在具体作品中则又各具特色。基本类型有浓缩之境、暗示之境、泛化之境三大类。

浓缩之境就是根据小说创作意图的需要，精心选择一些浓缩了大量有效信息而又与作品的整体内容不可分割地联系在一起的环境，对其进行恰到好处的集中描写，从而取得以少胜多的艺术效果。

最为典型的浓缩之境是特写聚焦式的环境描写，其特点是集中笔力于一点进行强化加工，将环境特征写足写透，形成一个富有特色，而又能贯通文脉、推动情节且凸显意旨的环境信息源。

刘志学的《长大了俺都嫁给你》写的是主人公冬来因为坚守在偏僻的

213

鹅脖湾办学教书而耽误了自身美好姻缘的故事。作者对鹅脖湾的自然环境和孩子们的求学环境进行了定点集中描写：

> 鹅脖湾因黄河在村南绕了一个很大的像鹅脖一样的弯儿而得名。这个被大堤圈在河滩里的村子只有八十多户人家，四百多口人。汛期一来，河水一漫滩，就成了一个四面环水的孤岛，但地势却很高，从未遭过水患，按他们一脸自豪的说法是：俺村要是被淹了，怕是连北京城也保不住哩！这也许就是鹅脖湾人世世代代固守家园的原因吧。老辈子不知道是咋过来的，反正现在的鹅脖湾人巴不得早一天离开那个孤岛，融入外面的世界。别的不说，光孩子们上学就是个大问题。村子太小，没有学校，水一上来，孩子们就得一天两趟让大人划着船接来接去，才能到大堤外的村里去读书。很多不负责任的或无力应付的家长因为这，就眼看着自己的孩子慢慢地变成大字不识一个的"睁眼瞎"。村里的女孩子就别说了，十个有九个不知道学校的大门朝哪儿开。

这一段环境描写先写鹅脖湾得名的由来、地形地势特点及先辈们世代固守家园的原因，再重点叙写现今鹅脖湾的孩子们上学难的处境。要更好地理解这一环境，我们可以将思路放远一点。对于中国人来说，"万般皆下品，唯有读书高"的思想一直在潜移默化地影响着我们的价值取向，而耕读传家、重视教育一直是我们民族的优良传统，尤其到了现代，孩子们的教育成功与否，直接关系到他们的生存力和竞争力，孩子们对于求知的渴望更是他们天生的本领。如果我们从这些角度去深入思考的话，就能更好地理解后面的情节：为什么冬来回村办起了"鹅脖湾小学"以后如久旱逢甘雨般地受人欢迎，为什么冬来要随香荷去城里时乡亲们那么依依不舍，孩子们那么样地号啕大哭，尤其是十几个女孩子撕心裂肺地喊着"老师，您别跟那个女的走啊——等俺长大了，俺给你当媳妇！""俺们都嫁给你！"最终，冬来硬是被孩子们生生地留住了，到了三十六岁了，仍然固守着鹅脖湾小学的三尺讲台，孤身一人打发着东升西落的日子。他常常反反复复地问自己"是不是很傻"？整个故事令人感动而又倍觉沉重。而这一切，都离不开上段精当的环境描写，是由环境而生发出来的。

另一种用来描写浓缩之境而又与特写聚焦式相似的写法是白描勾勒。二者的共同点在于都要求抓住环境的特征进行相对集中的描写，不同点主要体现在用笔的浓淡、描写的繁简上。白描勾勒往往只关注环境对象的核心特征，三言两语就将其主要信息传达出来。曹德权的《村情》写家境暴富但平日里张狂吝啬不结人缘的斗才家失火之后，伤透了心的乡邻们懒得去救火，结果斗才家被烧光之后的惨状，只用了一句话："斗才的独立院焦黑一片，青烟缕缕，残墙断壁堆里，掺杂着高档家具和电器的残体断肢……"这里仅从火烧的地点和被烧的程度两方面对那场火灾进行粗笔描绘，但是，这一描写可以说恰到好处：其一交代了斗才家被火烧之后的境况。其二，为下文写善良的乡邻们看到惨境后主动地送来席子衣服碗筷之类的生活用品，并赶走前来斗才家催款的人做了铺垫。其三，联系小说的题目《村情》和上下文的内容，会使人想到诸如恶有恶报、有钱能使鬼推磨但推动不了人心、聚财不如聚人、做人当以善为本等方面的问题，这就是村情、人情乃至国情。这一系列引人深思的内涵是与上面一句虽然简略但却骇目惊心的环境描写的触发分不开的。如果缺乏这一环境描写，火灾后的状况就难以具体生动地显示出来，甚至小说前后的情节也不好衔接；而如果浓墨重彩地详细描绘，除了篇幅不允许以外，更主要的是可能造成一种错觉，以为作者是带着一种欣赏的态度故意将这场灾难一一展示出来，这样就会与小说所要表达的赞扬乡邻们心地善良的主题和含蓄凝炼的艺术风格相抵触。所以，此处采用白描勾勒是最适合的。

浓缩之境将富有特色的高质量的环境信息压缩在有限的文字里表达出来，顺应了微篇小说的篇幅要求和文体规范，是其最明显的环境特征之一。

〔龙钢华系湖南邵阳学院文学院副院长，教授，湖南省作家协会会员，湖南省文艺评论家协会会员，主要从事小小说（微型小说）的研究，主持国家社科基金课题"世界华文微型小说（小小说）综合研究"。〕

# 小小说作家的精品意识与文学操守

## 刘志学

中国当代小小说创作经过短短二三十年的发展，其迅速崛起的蓬勃态势，在中国文学史上，是任何一种文学形式也无法比拟的。不可否认的是，小小说在中国文坛的兴盛与发展，一直是在商业文明逐渐扼杀纯文学的生存市场的大背景下，奇迹般地一枝独秀的。因此，探讨小小说作家在经济大潮的冲击下，应该坚持什么样的文学操守，也就成了事关小小说这一文学样式能否长盛不衰的一个至关重要的问题。

### 文学精品是早期小小说作家的潜意识追求

追溯得更远一些，实际上从上世纪五十年代，老舍先生在《新港》杂志发表《多写小小说》开始，中国文坛就已经对小小说这种文体侧目相看了。由于历史的原因，小小说这一文体在上世纪五十年代昙花一现之后，就迅速衰微了。八十年代初至九十年代初，随着郑州《百花园》杂志的大力倡导和《小小说选刊》的创刊，小小说这一文学样式才再次崛起。每一种文学形式的兴盛，都离不开文学创作队伍的支撑，而文学作品的"精品意识"，则应成为作家们最起码的文学操守。但在那时，小小说作家以及有关小小说理论的探讨，尚局限在"什么是小小说"、"小小说应该怎么写"的层面上。

1990年，由《百花园》杂志社主办的"全国小小说创作笔会暨理论研讨会"在河南信阳汤泉池召开，以这次习惯上被称之为"汤泉池笔会"的盛会为转折点，小小说作家对于小小说创作的思考，趋向于更多角度、更多元化，其外延也更为广泛、着眼点更高地转向了更广阔的层面。

在此之前的 1988 年，冯辉先生在《百花园》杂志发表了《小小说与"有意味的形式"》一文，全面系统地论述了小小说如何出奇制胜，以美学特征成为艺术精品的要旨。他认为，小小说要想成为传世精品，必须写出独特的意味并以独特的形式表达出来，这是构成一篇小小说佳作的根本所在。他把"有意味的形式"归结为四个方面，即模拟性、隐喻性、象征化和感觉性。他就如何把小小说从艺术层面提升文学精品理念，系统地作了阐述。冯辉先生的这些观点对我本人后来的小小说创作产生了深远影响。

在这个时期，由于"文革"之后国内所有体裁的文学创作全面繁荣，文学在社会上尚处于神圣或崇高的地位，小小说作为一种严肃的文学创作也开始进入繁荣阶段。小小说作家的精品意识在创作实践经验的积累和创作理论的积极引导下，迅速得以巩固和加强，一些堪称经典文本的作品迅速涌现：许行的《立正》、汪曾祺的《陈小手》、邵宝健的《永远的门》、凌鼎年的《菊痴》、孙方友的《女匪》等等……

文学作品作为一种社会文化信息的传播形式，与终极受众的认可度有着无法割舍的关联。就小小说文体而言，一篇作品能否称得上精品、甚至是经典作品，或者更进一步说是这一文体的"里程碑式"的作品，文学批评家的评论和褒扬是次要的，更重要的还在于普通读者——这些更广大的终极受众的认可度。如上所述的那些佳作，不仅在我个人初读时产生了强烈的共鸣和文学鉴赏上的认同感，直到今天再返观小小说理论领域对这些作品的衡量，更证实了一个普遍规律：真正的佳作，其生命力是长盛不衰的。

那个时期，作家的创作境界相对纯洁，因为他们普遍怀着一腔朝圣般的虔诚侍奉着文字，用心血哺育着自己的创作灵魂。因而，那个时期作家笔下的文字，蕴含了更为沉实厚重的艺术含量。

另外一个重要原因是，那个时代正值"文学热"的高峰时期，曾经出现过众多的文学青年"千军万马"涌向文学小径的现象，而可资发表的文学报刊却相对较少，因此，排除八十年代和九十年代初期一部作品、一篇文章即可成名成家的名利思想使然的原因之外，写作者的众多和发表园地的有限性，也促使小小说作家对出自自己笔下的每一篇作品都精雕细琢，力求在自己的水平线上，达到最高的水准。于是，就必然促成了历经千辛万苦、越过重重竞争者的肩头，而最终发表在文学报刊之上的作品质量，保持着较高的艺术水平。所以，在那个时期发表的小小说作品，有许多成了作家的代表作和成名作，甚至一部分作家此后的创作，再也无法逾越自己为自己竖起的艺术颠峰。

由此看来，上世纪九十年代初之前的小小说作家的文学操守，是促成小小说精品频频面世的一个主要原因。

而那个时期的文学编辑，在精神上应该是很幸福的。因为他们每天审阅的大都是作者用自己的激情、智慧、才华和灵魂养育的文字，尽管这些作品水平无法全部用艺术的眼光去打量，但在对于文学创作的真诚度和严肃性上，是今天无法与之同日而语的。

从这个意义上来讲，那个时期作为一个文学编辑，每天所收到的稿件，都是作者本人的"精品"，都是作者在各自的精品意识驱动下，所创作出来的成果。这些作品放在大的文学环境中，自然有绝大多数自生自灭了，但其中蕴含的对文学艺术孜孜追求的精神和信念，对于今天的小小说作者来说，依然是十分珍贵的。

### 精品意识与市场经济环境的冲突

进入上世纪九十年代之后，随着市场经济体制改革的一步步深化，现代商业文明以其不可阻挡的趋势，疾风暴雨般地覆盖了曾经生机无限的文学田野。拜金主义的盛行促使八十年代固守文学梦想的大多数青年，逐渐失去了对文学的敬重和守持。文学艺术在商品社会的大背景卜迅速衰败，最后，甚至导致文学创作这一上层领域的精神修炼，也逐渐蜕变成了一种商业活动。对相当多的作者而言，作品的质量不再是写作的终极目的，稿酬的多少变成了写作时考量得最多的附加利益。从事文字工作的人们不再把创作当成"做学问"的美好追求，而是把文学作为一种为"稻粱谋"的饭碗端着，出售着自己的灵魂和情操。

商业规则讲究的是产品如何适应"买方市场"，于是文学创作也屈下了高贵的脊梁，顺应着"市场需求"的晴雨表，变换着姿态迎合"市场需求"的口味。随着经济利益在创作活动中所占的比例越来越重，文学创作渐渐失去了其应有的尊严、应有的原则和其"文以载道"的神圣使命。

小小说尽管不像戏剧、曲艺、诗歌、散文、长篇小说、中篇小说等几乎所有的艺术创作种类那样，险些遭到灭顶之灾，而且从表面上看来，似乎还有着"一枝独秀"的可喜局面，它似乎从纯文学万马齐喑的大环境下独自突围出来，并对商品经济的全面围剿进行着艰难而又孤单的抵抗，但进入这个沸沸扬扬的领域，你就会发现，小小说依然在随着所有的文学样式一起堕落。而这种堕落，更为明显地体现在小小说文体的创作者精品意识的灭失和文学操守的堕落。这其实是这一文体由繁荣走向衰败、最终重蹈其他文学形式覆辙的一种十分可怕的征兆。

曾经有一位我很熟悉的作者十分骄傲地宣称，他在一个月之中，发表了26篇小小说。我在惊讶之余，很诚恳地请他把作品的标题和所发报刊的名字提供给我，想从中了解一下这位作者的整体创作素质，但最后他却婉言拒绝了。我推测，如果他所说属实的话，不外乎两种可能：一稿多投，或者粗制滥造地"批量生产"。

由于工作关系，我曾经在一年多的时间内每天都要接触大量的小小说作品。互联网的普及更使人们相互之间的信息传递空前的快捷和便利，因此，我不时会见到一些作者一封邮件就发来数篇、甚至数十篇作品，但他仍在电子邮件中大言不惭地告诉你："专投贵刊。"我看到类似的留言后，往往付之一笑，然后以职业道德的自律意识，很耐心地一一拜读。尽管我也明白，现在的编辑对于作者"一稿一投"的要求，已经显得一厢情愿和十分幼稚了，但仍期望能从这些"批量生产小小说"的高产作家中，去发现让我刻进记忆的精品甚至是经典作品。

也许，小小说以其文体的短小，以及前些年小小说理念研究尚不成熟时，一些评论家所说的"由短到长，由小小说叩开通向文学圣殿的大门"之类理念的误导，致使一些热爱文学的人们误认为小小说真的很好写，所以，便有一拨又一拨的文学青年聚集在小小说的旗帜下，借助这种文体，向文学领域执著地寄予着自己的名利诉求。这实际上是他们因不理解小小说这种文学形式的艺术本质所产生的一种盲目的跟风行为。

　　小小说评论家追溯小小说的历史渊源时，往往提及人类蒙昧时代的一些诸如"后羿射日"、"女娲补天"等等的神话传说，以及六朝时刘义庆的《世说新语》，再到唐人传奇、宋元话本和明清笔记，最后落脚在蒲松龄的《聊斋志异》，然后阐述小小说的微言大义和一叶知秋。这实际上更是在佐证小小说的传世精品，对于历史强大的穿透力和长盛不衰的艺术生命力。但要想"一花一世界，一叶一如来"地把小小说的艺术性提高到精品的层面上，确实是难而又难的事情。因此，那些文学青年对于小小说创作肤浅地认为是很容易的事情，其实是对于小小说艺术要求的无知或者是片面理解造成的。

　　这一问题，直到《百花园》和《小小说选刊》主编杨晓敏先生提出"小小说是平民艺术"论之后，才再次以"平民艺术"的标杆，定位并唤醒了很多小小说作者的精品意识和文学操守。但从此后的小小说作品中所透露出的信息、以及很多小小说作家通过各种渠道发表的言论看来，"小小说是平民艺术"这一精辟论断，又被一些人片面地理解为"小小说是平民皆可参与创作的艺术"。实际上，认真拜读杨晓敏先生的论著，我得到的更准确的信息是，他所要阐述的是：小小说作家要把小小说的"另外一副姿态"，"更大限度地还原为平民艺术"。他还在这篇论文中明确指出："何谓小说家？人生无非两种体验，一种是直接的生活体验，另一种是间接的心灵体验。一般来说，能调动小说艺术手段，来描述诠释这两种体验过程，即具有较强的文学表现能力的人，可谓小说家了。作家们的创作过程处于自由状态，对大多数读者来说，也有自己的阅读选择。他们不太可能具备和作家一起进行文本实验的条件，也不需要有这样的心理准备。他们只是读者而已。"

　　从这段理论可以看出，实际上杨晓敏先生要传递给大家的信息是："小小说是适宜平民阅读的艺术。"这其实也说明了小小说作为一种文化商品，在当今社会的市场潜力。

　　因而，从小小说创作的终极目的——催生小小说精品这方面来说，文学评论家孙荪先生在《越做越"大"的小小说》一文中指出："任何一种文学艺术，都不能仅靠数量大来取胜，也不能仅靠方便来长期赢得读者。小小说也是一样。它必须依靠自身所具有的文学性释放出来的魅力吸引读者，靠艺术质量来与其他文学样式竞争。"

孙荪先生这段论述，诠释了小小说在当前商品经济的土壤上，如何健康成长，并保持自身旺盛的艺术生命力的根本出路。更进一步去理解，即小小说的表面繁荣，实际上是一种囊括了一切短小的文体如故事、段子、甚至小笑话等等的所有以"短"为特征的文字，在鱼目混珠地败坏着小小说原本的艺术品位。这种"数量大"，不但不能取胜，不能长期赢得读者，不能靠艺术质量去与其他文学样式竞争，反而最终会淹没小小说在商品社会中固守的孤岛。

参与小小说创作的文学队伍越来越庞大，小小说作为一种文化商品在社会上的市场越来越广阔，一些小小说作家在利益的驱使下，文学道德和社会责任的丧失，就使小小说的精品意识在商品经济的大背景下遭到了威胁，同时，"市场利益"的需求和精品意识的创作理念，也构成了一对不好协调的矛盾。

这么说来，是不是现阶段的小小说创作已经走入了低谷，或者是江河日下了？不是的。实际上，当下小小说创作的主流仍然是健康的。真正还有社会责任感的小小说作家，在这几年依然通过各自不同的方式，在"市场"与"艺术"之间，寻找到自己最佳的落点，并坚守着精品意识的严肃创作态度，推出了一批又一批堪称经典的佳作。这些优秀的小小说作家们没有被商品经济的浪潮洗削去一名作家应该肩负的道德和责任，在自身生存和文学素养的延续与发展中，迅速寻找到了自己的最佳创作状态和创作角度，用这些含有较高的思想性和艺术性的作品，同样把自己对社会和人生的思考，恰当地还原成了"平民艺术"，在市场上赢得了自己固有的读者群体的高度关注。

同时，一大批固守文学操守的、艺术修养渐趋成熟的小小说作家，也一茬一茬地在市场经济的大环境中成长起来了。

### 文学期刊在市场经济环境中对小小说作家文学操守的影响

从上世纪八十年代中期开始，中国期刊界诞生了专门发表小小说的文学月刊《百花园》。之后，百花园杂志社又推出了中国第一本专门为小小说作家和小小说读者服务的文学期刊《小小说选刊》。从此，《小小说选刊》一直标志着中国小小说这一文体的发展和变化。郑州，也由此被誉为中国的小小说中心。稍后，江西南昌又催生了一本名异实同的小小说类期刊——《微型小说选刊》。这一北一南两本专业选刊，从此一直代表着中国小小说创作的主流，无论在社会效益还是经济效益上，都获得了令期刊界瞩目的成就。尤其是《百花园》杂志社，在肩负文学期刊发现作者、培养作者，为读者推出最优秀的小小说作品的同时，还一直坚持不懈地致力于小小说文体的规范、理论的建树，并设立小小说"金麻雀奖"，举办"金麻雀小小说节"等活动，扩大着小小说的社会影响力，捍卫着小小说文体的尊严。

随着市场经济意识的一步步觉醒，国内期刊界在以发表其他文学样式的纯文学期刊被商业文明扫荡得丢盔卸甲、连生存都难以为继的境况下，都看到了小小说这一文体在经济效益和社会效益上的巨大潜力，因此，期刊界陆续有以专门发表小小说或者辟有小小说发表阵地的文学期刊涌现出来。同时，出版系统也把业务范围延伸到了小小说这一文体领域，各种各样的选本、作品集、创作理论专著等与小小说相关的著作几乎每年都在一批接一批地推向图书市场。

然而，我们也十分遗憾地看到，"利益驱动"的痼疾，也同样导致了小小说同类期刊的病态市场竞争局面。

部分办刊人急功近利的心态和部分作者追逐名利的心态，导致了小小说这一文体在某些期刊所拥有的平台上，被人操纵着上演了一出出把小小说推向沦落的闹剧。

这种借助小小说的顺风车，搭乘小小说的顺风船，以图在小小说的肥沃土地上淘得一钵金的乱哄哄的场面，使小小说成了一种商品。从另一个角度来说，这样的局面不可否认地也培养了一大批小小说作者，培植了小小说读者市场，但是，在这"城头变幻大王旗"的熙熙攘攘的"搭乘小小说顺风船"的热潮中，究竟有谁是真正为了小小说这一文体的健康发展和持续繁荣呢？

这样的局面令人担忧。小小说因其市场优势而兴盛，小小说也因其市场优势而更容易招致伤害。

在我们感叹小小说期刊市场受到利益诉求的驱使，而成了部分人和部分团体的淘金场的同时，我们还欣喜地看到，大多数以发表小小说为主的文学报刊在解决了生存之忧、并获得了一定的经济利益之后，仍把繁荣小小说创作、推动小小说发展、培育小小说作家、推出小小说精品当成自己义不容辞的责任，自觉和主动地履行着一本期刊所应肩负的使命。仅据本人了解，除一北一南两本影响较大的选刊之外，河北省石家庄的《小小说月刊》、吉林长春的《小说月刊》、江苏淮安的《短小说》、吉林延边的《天池小小说》、浙江宁波的《文学港》、江苏镇江的《金山》等，都坚定不移地在市场经济与文学品位的"剪刀差"下步履艰难地寻求各自的着陆点，同擎中国小小说的旗帜，相继形成了各自的办刊思路和特色。小小说的文学品位、办刊人的精品意识，并没有使他们抛弃期刊的操守，朝着迎合低级阅读趣味的方向滑落，反而经过各自的不懈努力和探索，稳固了一批读者群，形成了自己的发行市场，形成了良性竞争、共同发展的有序繁荣态势，在市场经济的大环境下对小小说作家的文学操守负起了应有的责任，发挥着巨大的影响。

在市场的残酷竞争中，一本纯文学刊物要想生存下来并持续良性发展，必须时刻想着自己的作者和自己的读者。只有这样，才能寻找到自己的最佳坐标，进入良性发展态势。只有这样，期刊才能在市场经济的大背景下，肩负起公众话语权所涵盖的文学职责，规范小小说文体、倡导小小说精品意识、激励小小说作家秉持应有的文学操守，让文学真正承担起一定的社会责任和历史使命。

长大了俺都嫁给你

# 创作年表

## （主要作品）

**1982 年**

读高中时发表短篇小说处女作《老憨卖芹菜》，由此开始小说写作。

**1988 年**

发表第一篇小小说《姑娘的彩礼》，开始涉足小小说创作。

**1996 年**

停笔 8 年后，《号首狗爷》发表于《大河文化报》，从此致力于小小说创作，并开始创作以乡村题材为主的"骑河镇系列"小小说。

**1997 年**

《应聘》发表于《热风》杂志第 6 期，被读者关注，收到读者来信200 余封。

**1998 年**

《幻肢疼痛》发表于《百花园》杂志第 1 期，系首次在小小说专业期刊发表作品，并开始创作以解析人性为主的"病象系列"小小说；

《改行》在《热风》杂志发表后，被四川文艺出版社《当代精短文萃》头题收录，小小说作品首次被收入文集。

## 1999 年：

《神鳖团团》在首届蒲松龄杯微型志怪小小说大奖赛中获优秀奖；

《诗样人生》在湖北省作家协会文学院举办的"黄鹤杯"精短文学作品征文中，获二等奖；

《洪水里有一条狗》发表于《大河报》。

## 2000 年

《洪水里有一条狗》被《作家文摘》转载；4 月，又以《狗》为题，被《小小说选刊》第 4 期转载；

《寻觅之圆》在《长江文艺》发表后，获《长江文艺》杂志社举办的"长江杯"文学作品大赛优秀奖；

《生命都是平等的》发表于《写作》杂志第 8 期，后被郑州小小说学会会刊《小小说俱乐部》作为"精品解析"作品转载并配发评论，同时开始以表现自然主义题材为主的"生命系列"小小说创作。

## 2002 年

在《大河报》开辟专栏，连载"网事"系列幽默小小说 7 篇；

于日韩世界杯期间，在《大河报》开辟专栏，连载"球盲与球"系列幽默小小说 13 篇；

《卖雨伞的姑娘》发表于《百花园》第 9 期，开始以表现都市生活为主的"面具系列"小小说创作。

## 2003 年

在《小小说读者》杂志任责任编辑、编辑部主任期间，开始以"老枪评点"的形式涉足小小说评论；至 2004 年 3 月，先后评点了 130 余篇作品；

出席由河南省文学院、《小小说读者》杂志社举办的"中国小小说创作理论研讨会"，在会上作了题为《在市场经济环境中坚守小小说的精品理念》的长篇发言；

《窗口》发表于《三湘都市报》，后获该报举办的"创刊八周年志庆·都市里的天方夜谭有奖征文"大赛一等奖；

《苍狼》发表于《自由日报》，系首次在海外发表小小说作品；

《长大了俺都嫁给你》在《小小说月刊》发表后，获中国微型小说学会主办、《金山》杂志社承办的第二届全国微型小说（小小说）年度评选一等奖。

## 2004 年

《长大了俺都嫁给你》入选中国作家协会创研部编选、长江文艺出版社出版的《2003 年中国微型小说精选》。小小说作品首次进入年选本文集；

《广西文学》2004 年第 2 期以《小小说四题》为题，推出小小说作品小辑，发表《谷苗》《美姑》《窗外的风景》《刺史雨》，系首次发表作品专辑；

《长大了俺都嫁给你》被《微型小说选刊》转载后，获得由读者投票评选的 2003 年度"我最喜爱的微型小说"作品奖第一名，后被收入华东师范大学出版社"九年级·现代文"阅读教材；

出席中国微型小说学会第五届年会，当选为理事。

## 2005 年—2009 年

40 余篇小小说发表于《百花园》《小小说选刊》《小小说月刊》《小说月刊》等杂志，并有多篇入选《中国当代微型小说排行榜》《难忘的 100 篇小小说》《感动中学生的 100 篇微型小说》《感动小学生的 100 篇微型小说》《小学生必读的 100 篇校园小小说》《中学生必读的 100 篇情感小小说》《中国小小说 300 篇》《名家微型小说精品 2009》《职场那些事儿》《最具阅读价值的小小说》《中国当代小小说大系》及历年小小说（微型小说）各类年选本等 30 余种文集。